KB137580

스위핑홀

스위핑홀

차례

프롤로그

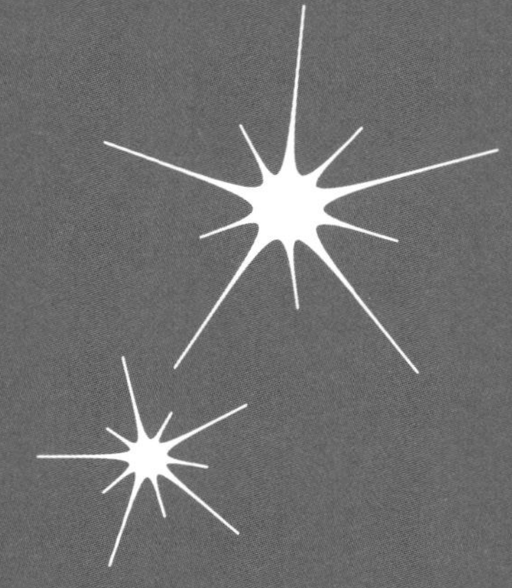

남의 삶을 빼앗는 자들. '디 오더'는 그런 자들을 '약탈자'라 불렀다.

'디 오더'마다 주력하는 '약탈자'가 달랐다. 단체의 구성이 달랐고, 무엇보다 '능력자'의 그 능력이 달랐으므로 주력하는 약탈자도 달랐다.

M시의 디 오더는 자식에게 폭력을 쓰는 부모가 있다 하면, 그날을 넘기지 않고 타깃을 스위핑홀(Sweeping hole)로 날려 보냈다. 요원들의 활동이 어찌나 잔혹하고 단호한지 일곱 명 요원 전원이 부모에게 깊은 원한을 품고 있을 거라는 의혹을 받았다. 각 단체가 주력하는 약탈자를 보면 요원들의 트라우마가 은연중 반영된 것을 느낄 수 있었다. 고추장(高酋長)은 사적 원한이 개입되는 것을 바람직하게 보지 않았으나, 제재를 가하지는 않았다.

주력 약탈자가 다른 만큼, 스위핑홀을 통해 보내는 '그곳' 세계도 달랐다. '그곳'에 대해서는 디 오더 요원들도 잘 알지 못했다. 스위핑홀을 여는 능력자의 능력에 따라, 혹은 스위핑홀로 사라지는 약탈자의 악랄함이 무엇인지에 따라 그곳이 달라진다고 했다.

디 오더가 꾸려지기 위해서는 스위핑홀을 여는 능

력자가 있어야 했다. 최소 한 명의 능력자, 능력자를 찾아내 단체를 꾸리고 활동 계획을 짜는 리더, 약탈자를 찾아내는 조사요원. 세 가지 역할을 분담할 요원이 모이면 하나의 '디 오더'가 결성되었다.

디 오더의 리더를 찾아내고, '연락을 주는 자'는 고추장(高酋長)이라는 인물이었다. 큰무당이라는 소문도 있고, 마법을 연구하는 교수라는 소문도 있었다. 정신병원 원장이 고추장이다, 그게 아니고 정신병원 장기입원 경력이 있는 성격파 배우가 고추장이다, 하는 소문이 요원들 사이에 돌았는데 확인된 바는 없었다. 고추장이 사람인지 사물인지, 초월적 힘을 가진 어떤 존재인지 아무도 알지 못했다. 그가 누구든 고추장의 호출과 연락을 거부한 리더는 없었다. 리더는 고추장이 보낸 메시지를 통해 '천둥새'를 알게 되었다. 리더는 능력자와 요원을 모아 팀을 짜고 나면 천둥새에 관해 전해지는 이야기를 공유했다.

팀에 속한 능력자가 사고나 죽음으로 능력을 잃게 되면 디 오더는 해체되었다. 그 때문에 10년 넘게 활동하는 디 오더가 있는가 하면, 한 건 처리하고 해체되는 디 오더도 있었다. '묻지 마, 살인마'를 이 세계에서 삭제해서 저쪽으로 보내고 곧바로 해체된 P시의 디 오더가 그 경우였다. 살인마를 스위핑홀로 넣으면서 능력자도 같이 쓸려 들어가 버린 건데, 같이 활동했던 요원들은 충격도 충격이지만 창피해서 다른 디 오더를 찾아가지 못했다. 초짜 단계에서 약탈자 선택에 욕심을 부린 게 잘못이었다.

스위핑홀로 쓸려 들어갔던 그 능력자는 얼마 후 이 세계로 돌아왔는데 자꾸 이상한 소리를 하고 다녔다. 스위핑홀 저쪽 세계, 그러니까 '그곳'에는 요괴들이 살고 있다는 거였다. 해체된 디 오더의 리더가 브이알 피시방에서 그와 마주쳤는데, 요괴 세계의 실상에 대해 네 시간 넘게 떠들었다는 것이다. 어딜 심하게 다친 건지 몸도 성치 않아 보였다고 했다.

사라지거나 죽을 수도 있는 활동을 하지만, 디 오더 요원에게는 아무런 보상이 주어지지 않았다. 산재 처리 비슷한 혜택도 없었다. 자원봉사를 넘어 자신의 시간과 에너지와 재능을 바치는 셈인데, 어디 가서 자랑조차 못 했다. 입을 굳게 다무는 것이 디 오더 요원으로서 지켜야 할 첫 번째 규칙이었다. 요원들이 '한 번 디 오더는 영원한 디 오더'라는 자부심으로 입을 다무는

데는 이유가 있었다. 이 세계에 존재하는 삼라만상이 하나의 질서를 따르고 있으니, 우주의 이치라 할 '순명'이 그것이었다.

디 오더(The Order)는 단체를 지칭하는 이름이지만 순명 자체이기도 했다. 디 오더는 삼라만상의 모든 존재가 순명대로 사는 세상을 지향했고, 디 오더에 속한 요원들은 천둥새의 전설을 믿었다. 그것은 기억할 수 있는, 인류 최초의 시간으로부터 시작된 이야기였다.

1장. 비비가 사라졌다

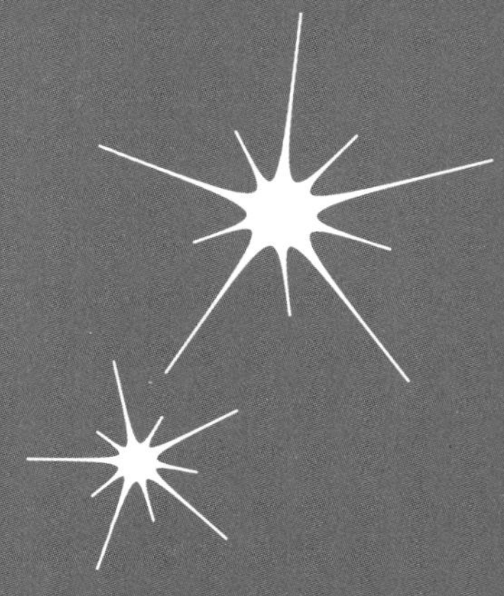

"이유진? 귀신헬리콥터?"

남자가 운전석 창을 내리고 물었다. 유진은 주춤거리며 뒤로 한 발 물러섰다. 귀신헬리콥터는 불법으로 장기를 매매할 때 사용하는 인터넷 은어였고, 루머가 아니라 실재였다. 당장 눈앞의 남자가 바로 장기 매매 카페인 귀신헬리콥터에서 파견된 보디 브로커 비비였다.

"안녕하세요."

유진은 까만 선글라스를 쓰고 있어 표정을 알 수 없는 남자를 보며 웅얼거렸다. 태블릿과 영어 참고서와 옷가지를 넣은 배낭이 갑자기 무겁게 느껴졌다.

"너 혹시 중학생은 아니지?"

"고2 맞는데요."

"그래, 너무 어리면 곤란하지. 타라."

유진이 올라타자 비비가 차를 출발시켰다. 11월이 되면서 날씨가 꽤 추워졌는데 남자는 반소매 티셔츠를 입고 있었다. 울끈불끈 근육이 뭉쳐진 왼팔에 하이에나로 보이는 문신이 있었다. 10분가량 말없이 운전하던 비비가 신호대기 중에 입을 열었다.

"다른 데 가면 반도 못 받아. 운 좋은 줄 알아."

제 몸속 신장을 팔러 가는 고딩한테 운 좋은 줄 알라니. 유진은 왠지 울컥, 하는 기분이었다. 비비의 휴대폰이 울렸다.

"예, 형님! 제가 알아서 하겠습니다. 조심해서 오십시오."

비비가 통화를 끝내면서 인상을 썼다. 형님이라 부르는 걸 보니 카페지기 같았다. 귀신헬리콥터의 카페지기는 일흔 살쯤 된 노인이라고 했다. 몇 시간 후에는 유진의 몸에 있던 신장이 카페지기 영감에게 이식될 거였다. 유진은 숨을 크게 들이켰다. 배가 꿀렁거렸다. 형 집행을 앞둔 사형수도 이런 심정이겠지. 유진은 주먹 쥔 손으로 벌렁거리는 가슴께를 눌렀다. 눈을 감고 엄마를 생각했다. 엄마만 생각하자, 엄마만. 딱 한 시간이라고 했다. 한 시간만 기절해 있으면 엄마의 수술비를 벌 수 있다.

비비의 차가 멈춘 곳은 일반주택 앞이었다. 비비가 차에서 내려 철제문을 밀어 놓고 다시 차에 올랐다. 비비는 마당을 가로질러 담장 가까이 차를 세웠다. 유진은 차에서 내려 담장을 따라 걸어 나왔다. 부서진 궤짝들과 흙먼지를 뒤집어쓴 신문이 담벼락 아래 쌓여 있고, 너른 마당에는 잡초가 군데군데 흩어져 있었다. 아치형 창이 붙은 건물은 영업을 하지 않는 중국집 느낌이 났다.

"여기가 병원이에요?"

"들어와."

비비가 현관으로 들어가며 말했다. 두꺼운 장식무늬 유리를 가운데 끼운 현관문은 마인크래프트 게임에 나오는 지옥문을 연상시켰다. 마인크래프트 게임에서 다이아몬드 곡괭이로 문을 만들면 죽음의 세계인 지옥이 열렸다. 그 지옥 안에 엔더월드로 가기 위한 지름길이 생성되는데, 리스폰 지역으로 올라서기 위해서는 드래곤을 죽여야 했다. 이게 진짜 지옥문이라면… 유진은 현관문을 밀고 들어가며 생각했다. 엄마를 살리려면 아무리 무서워도 드래곤을 처지해야 한다.

집은 조용했다. 현관에서부터 좁은 복도를 10미터쯤 걸어 들어가자 커다란 거실이 나왔다. 비비가 거실에서 가까운 방으로 들어갔다. 따라 들어가려던 유진은 멈칫했다. 방 한가운데 낮은 철제 침대가 놓여 있고, 한쪽 벽에 세워진 수납장에는 대용량 약병과 자잘한

병이 놓였다. 방에서 소독약인지 락스인지 알 수 없는 냄새가 났다.

"여기서 수술하는 거예요?"

유진은 오늘 입원해서 적합성 검사를 하고, 이식 수술이 끝나면 며칠 회복치료까지 받는 것으로 알고 있었다. 귀신헬리콥터에서 카페 지정 병원에 근무한다는 직원을 소개받아 채팅으로 상담했는데 분명 그렇게 말했다. 채팅창을 갈무리해 놨기 때문에 증명할 수도 있었다. 딱 봐도 이 집은 그런 치료를 받을 만한 곳이 아니었다.

"쓸데없는 질문은 하지 말자."

비비가 말했다. 말투가 명령조였다. 유진은 입을 다물고 방 안을 살피다 숨을 흡, 삼켰다. 유진의 눈길이 모니터 아래 받침대에 얹힌 수술용 집기에 멈췄다. 날카로운 메스는 살짝 누르기만 해도 살을 깊숙이 가를 것 같았다. 사람 손목쯤 한 번에 썩둑 자를 것 같은 가위와 어디에 쓰는지 알 수 없는 물음표처럼 생긴 집기가 방치된 듯 놓여 있었다. 그러니까 철제 침대는 유진이 곧 눕게 될 수술대인 것이다. 불시에 얼음물을 뒤집어쓴 듯 온몸이 떨리기 시작했다. 유진이 의학 드라마에서 본 수술실 장면은 이렇지 않았다. 철제 침대는 사람 수술하는 데가 아니라 도살업자의 작업대 같았다. 저기 누워 난도질당하는 자신의 모습이 선명히 떠올랐다.

"저… 모… 으으으… 못 하겠……."

유진의 입에서 끅끅거리는 소리가 새 나왔다. 무언가가 목구멍을 잡고 쥐어트는 것처럼 성대가 눌리는 느낌이었다. 유진은 칼이나 못, 바늘처럼 끝이 예리하거나 날이 선 것들에 유독 민감했다. 그런 것들은 생각만 해도 눈이 시리고 아찔했다.

"저, 못 해요. 안 할래요."

유진이 방문 쪽으로 뒷걸음질 치며 외쳤다. 의사가 와서 수술할 거라는 비비의 말을 믿을 수 없었다. 엄마가 아픈데 아빠가 치료 안 해 줘? 돈 빌려줄 친척은 없어? 보이스톡으로 연락을 해 온 첫날 비비가 유진에게 던졌던 질문이 머릿속을 스쳤다. 가족이 어떻게 되는지, 친척은 없는지 이딴 걸 왜 자꾸 묻나 의아했던 기억이 났다. 비비는 이식 수술을 하다 잘못돼도 문제를 제기할 가족이 없는 애를 골랐던 거다.

"뭔 개소리야. 수술을 못 해?"

비비가 유진의 멱살을 잡아 철제 침상으로 밀어붙

였다.

"계약금 돌려드릴게요. 엄마 간병비로 쓴 거 다시 채워서 다음 달까지 돌려드릴게요. 약속… 약속 증서 써 드릴게요."

유진은 메고 있던 배낭을 내려 볼펜과 공책을 찾았다. 눈앞의 비비도 무서웠지만 철제 침대 위에서 행해질 수술은 훨씬 더 무서웠다. 이 깡패 같은 비비와 한통속인 의사라면 신장만 떼고 고이 보내 줄 리 없었다. 심장을 떼고 간도 쓸개도 떼고 각막과 피부까지 뜯어 갈 게 뻔했다. 뗄 거 다 떼 버려 헐렁해진 유진의 시신이 썩은 냄새를 풍기다 발견되면 엄마는 심장이 터져 죽을 것이다.

"여기요, 여기 써 드릴게요."

유진이 공책을 들고 일어서는데 유진의 얼굴에 뭔가 정통으로 날아왔다. 컴퓨터가 파워 사망으로 꺼질 때처럼 퍽, 소리가 나고 앞이 깜깜해졌다.

"어린놈의 새끼가."

비비가 한 번 더 얼굴을 치려다 말고 유진의 가슴팍을 쿡 쳤다. 키도 몸무게도 또래 애들에 미치지 못하는 유진의 몸이 휘청하며 뒤로 밀렸다. 안 그래도 열 받아

죽겠는데… 쿡! 어린 게 자꾸 딴소리하면… 쿡! 되겠냐 안 되겠냐… 쿡! 비비가 주먹으로 쿡쿡 쥐어박을 때마다 몸이 뒤로 밀리던 유진이 철제 침대에 털썩 주저앉았다. 순간 선득한 공기 덩어리 같은 것이 엉덩이와 등을 감싸 왔다. 여기서 수술하다 죽은 사람들이야. 그렇게 생각하자 온몸에 소름이 돋았다. 헉! 유진이 기겁하며 일어서는데 마당에서 엔진 소리가 들렸다.

"큰형님 오셨다. 찍소리 말고 앉아 있어."

비비가 유진의 어깨를 눌러앉히고 눈을 부라렸다. 유진은 선득한 느낌을 참고 앉아 있다가 비비가 몸을 돌리자마자 일어나 사방을 두리번거렸다. 창문! 창문으로 나가자. 탈출할 곳을 찾아 두리번거리던 유진의 눈이 갑자기 둥그레졌다. 저게 뭐지? 유진이 목을 앞으로 죽 내밀었다. 방금 그거, 무슨 그림자 같은데? 새 그림자인가. 아냐, 그렇게 큰 새가 어딨어. 도망치려 했던 것도 잊고 유진은 창문에 어른거리는 검은 형상을 노려보았다. 검은 먹을 풀어 형체를 잡아 놓은 듯한 그림자의 형상이 창문을 통과해 방으로 쓰윽 넘어왔다. 대체 저게… 유진이 저도 모르게 일어나 다가가는데 주위가 번쩍하고 밝아졌다가 캄캄해졌다. 너무 캄캄해서 앞이 하나도 안 보였다.

"뭐야! 여기 왜 이래!"

유진이 떨리는 목소리로 외쳤다. 아까 본, 검은 그림자가 이 방을 덮어 버린 것만 같았다. 번쩍하는 순간 유진이 본 검은 그림자는 틀림없이 새의 형상을 하고 있었다. 독수리의 모습과 비슷한 그 형상이 자신을 덮칠 것만 같아 유진은 주먹을 쥐고 어둠을 노려보았다. 1분쯤 눈에 잔뜩 힘을 주고 노려보자 방 안을 채우고 있던 어둠이 희미하게 밝아지면서 크고 작은 검은 덩어리들이 떠다니는 게 보였다. 독수리의 형상을 한 검은 그림자는 사라지고 없었다. 유진이 머리 위를 지나가는 큰 덩어리에 손을 내밀었다. 덩어리는 게임을 몇 시간 내리 하고 났을 때 눈앞에 어른거리는 얼룩처럼 둥둥거리며 유진의 손을 피해 달아났다. 이것 봐라. 유진은 손을 휘저으며 얼룩을 쫓았다. 손으로 잡으면 잡힐 것 같은데 얼룩들이 잘게 쪼개지면서 움직임이 빨라졌다. 방 안이 조금 더 밝아졌다. 무수히 많은 얼룩들 사이로 비비가 보였다. 비비도 유진을 보았다. 둘이 눈이 마주쳤고, 비비가 사라졌다.

비비가… 사라졌다. 바탕화면에서 폴더가 삭제되

듯 순식간에 사라졌다. 유진은 무슨 일이 일어났는지 몰라 어리벙벙한 상태로 방을 둘러보았다. 방 안은 조용했다. 방 안 어디에도 비비는 없었다. 유진은 엔더월드로 가는 게임 속 지옥을 떠올리며 둥둥 떠 있는 얼룩 덩어리를 노려보았다. 자잘하게 쪼개진 얼룩 덩어리가 거미줄처럼 흐늘거리는 실로 풀어졌다. 가느다랗게 풀린 것들이 종적 없이 사라지고 방 안이 완전히 밝아졌다.

"나 지금 꿈꾼 건가. 아닌데… 꿈이 아니야."

혼란스러운 기분으로 유진은 방을 나왔다. 거실을 둘러보고 복도를 따라 걸으며 방문을 차례로 열어 안을 들여다보았다. 비비는 어디로 간 거지. 삭제된 폴더처럼 어디 휴지통 같은 데 처박혔나. 순간이동, 그런 건가. 아냐, 말이 안 되잖아. 그럼 뭐 사라진 건 말이 되고? 비비의 행방을 찾으며 유진은 머릿속이 한바탕 시끄러웠다.

"뭐 해! 빨리 나와."

복도에 서서 망연자실해 있던 유진은 마당에서 들려오는 목소리에 움찔했다. 유진은 현관에 내려서서 묵직한 문을 조심스럽게 밀었다. 키가 크고 마른 남자가 마당에서 오토바이 시동을 걸고 있었다. 까만 머플러를 목에 둘둘 감고 시동을 거는 남자는 어딘가 우스꽝스럽고 비현실적으로 보였다. 남자의 어깨 주변에 떠 있는 얼룩이 오토바이에서 피어오른 연기에 섞여 사그라졌다.

"어, 아까 그 얼룩이다."

유진이 말했다. 시동을 걸던 까만 머플러 남자가 고개를 들고 약간 놀란 듯한 표정으로 유진을 보았다. 대학생 형 같기도 하고 아저씨 같기도 한 남자는 인상이 험악해 보이지는 않았다. 견적을 내듯 눈을 좁히고 유진을 보던 머플러가 다시 힘차게 시동을 걸었다.

"됐어. 빨리 타."

머플러가 말했다. 유진이 경계하듯 쳐다보자 머플러가 웃음기를 내비쳤다. 유진을 안심시키려는 것 같았다. 타라고 한다고 쫓아 나가 타는 건 바보짓이었다. 조폭 같은 비비에게 속아서 이런 데 끌려온 것만으로도 오늘 할 수 있는 바보짓은 충분히 했다. 유진은 뒤로 물러서서 현관문을 닫아 버렸다.

"좀 있으면 의사하고 카페지기 영감이 나타날 건데, 기다렸다 수술할래?"

마당에서 머플러가 다시 말을 걸었다. 현관문 안쪽에 붙어 서서 유진은 입술을 깨물었다. 유진을 부르고 있는 저 머플러 역시 싱싱한 장기를 노리고 찾아온 또 다른 보디 브로커인지도 몰랐다. 그러나 만약 보디 브로커가 아니라면…

미치겠네.

현관문 뒤에서 갈팡질팡하던 유진이 문득 숨을 죽였다. 뽑 같기도 하고 뽁 같기도 한, 어둠 속에서 비비가 사라지던 순간에 들었던 소리가 들렸다. 들렸다기보다 머릿속에서 튀어 올랐다. 풍선이 꺼지면서 남은 공기가 빠져나갈 때 나는 뽑 소리와 함께 어떤 장면이 눈앞을 스쳐 갔다. 아까는 도저히 있을 수 없는 일이라 순식간에 사라졌다고 느낀, 고래 입속으로 빨려들 듯이 비비가 큼직한 얼룩에 삼켜지던 장면이.

유진은 현관문 틈새로 눈을 갖다 댔다. 도대체 저 삐쩍 마른 장대 아저씨는 뭐냐고. 뭔데 도깨비처럼 나타나서 나를 태워 가려는 거지. 혹시… 어쩌면… 아냐, 저 남자가 조금 전 사라진 비비일 리는 없었다. 비비가 마술쇼를 하듯 현재 시간대를 후르르 빠져나가 검은 머플러 하나를 척 걸치고 나타날 이유가 없었다. 변신

마술로 모습을 완전히 바꿨다 쳐도 느낌이 너무 달랐다.

머플러를 둘둘 감은 남자는 오토바이에 앉아 이쪽을 가만히 보고만 있었다. 곧 카페지기 영감이 온다고 했으면서 왜 저러고 있는 거지. 유진이 끝내 나가지 않으면 기다리지 않고 휭하니 가 버릴 것 같았다. 유진은 현관문을 앞으로 조금 밀었다. 현관문이 열리는 것을 봤을 텐데 남자는 조용했다. 유진이 자발적으로 나오길 기다리는 듯했다. 납치범으로 몰릴까 봐 그러나. 그러면 결정할 사람은 유진 자신이었다. 나가야 해 말아야 해. 어떻게 하는 게 무사히 학교로 돌아갈 수 있는 길인지, 유진은 저 머플러 남자한테라도 물어보고 싶은 심정이었다.

2장. 나무달과 독수리

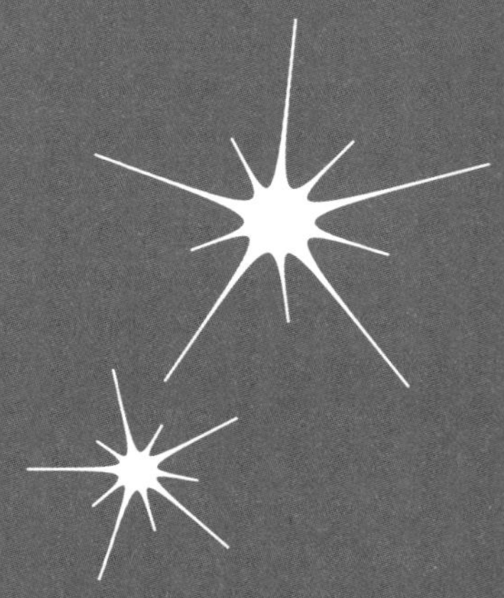

유진은 눈을 몇 번 끔벅이다가 도로 감았다. 몹시 시끄러운 꿈을 꾸고 난 느낌이었다. 꿈을 꾼 거라면 자신이 누워 있는 이곳은 가나예술고등학교 기숙사일 거고, 이단 침대 아래에서는 희준이 베개에 코를 박고 자고 있을 것이다. 콩콩콩콩 복도를 오가는 아이들의 발소리는 들려오지 않고, 방은 조용했다. 벽시계가 열 시 사십 분을 지나고 있었다. 무음 시계인지 아무 소리도 들리지 않았다. 바닷속에 들어앉은 듯 세상이 고요했다. 고요한 가운데 건물이 잔잔하게 흔들렸다. 알 수 없는 어떤 울림이 배와 등을 통과해 잔잔잔 지나갔다.

유진은 침대에서 내려와 창문 블라인드를 반쯤 올렸다. 골목을 가운데 두고 낡은 담장이 서 있는 둔덕이 보였다. 콩콩콩콩… 둔덕을 보고 있는데 애들이 복도를 달릴 때 나는 소리가 들렸다. 유진은 블라인드를 올리고 창을 열었다. 11월의 서늘한 공기가 밀려들어 오고 지축을 울려대는 소리가 들려왔다. 열차가 오른쪽 끝에서 얼굴을 들이밀며 나타났다. 웅웅거리는 소리를 내며 달려온 열차가 유진의 눈앞을 지나 왼쪽 굽잇길로 달려갔다. 열차가 사라진 굽잇길을 보고 있는 유진의 머릿속에 어제 일어났던 일들이 떠올랐다.

어제 머플러 남자와 대치하던 유진은 결국 현관문을 열고 밖으로 나왔다. 유진은 여차하면 들어갈 자세로 현관문을 잡고 머플러를 쳐다보았다. 남자가 어설프게 웃었는데 자신을 해칠 것 같지 않았다. 머플러한테는, 비비나 다른 어른들을 만났을 때 감지되는 어떤 낌새가 느껴지지 않았다. 유진이 뒷자리에 올라타자 머플러는 바로 속도를 냈고, 거침없이 오토바이를 몰았다. 왼쪽 오른쪽으로 방향을 바꿔 가며 20분 남짓 달렸을 때 유진은 앓는 소리를 냈다. 멀미가 나서 어지럽고 속이 울렁거렸다. 유진이 괴롭다고 하자 앞에 앉은 머플러가 뒤쫓아 오는 놈들이 있을까 봐 좀 달렸다고 했다. 그건 머플러가 비비하고 같은 편이 아니라는 의미였다. 유진은 괴로운 중에도 안심이 됐다.

머플러의 말대로 그 집을 떠난 직후 누군가 오토바이를 쫓아왔을지 몰랐다. 사라진 비비 말고도 귀신헬리콥터에서 활동하는 비비가 여럿 있었다. 장기 매매를 결심하고 매일같이 카페를 들락거릴 때 비비 가운데 하나가 카페지기에 대해 언급한 글을 읽었다. 카페지기 영감이 옛날에 자기 조직에서 모시던 형님이었다는 것, 조폭답게 의리남이라는 것과 가오가 있어서 사기는 안 친다는 내용이었다. 기어오르면 옆구리에 칼을 넣고 돌려서 운신을 못하게 한다는 글까지는 안 읽는 게 나을 뻔했다. 그런 흉악한 사람들이 자신을 뒤쫓았을 거라 생각하니 아찔했다.

머플러 남자가 유진한테는 생명의 은인인 셈이었다. 유진은 고맙기는 고마운데 왠지 마음이 불편하고 찜찜했다. 어제 이곳 카페 건물 앞에서 오토바이를 세웠을 때 유진은 학교로 바로 돌아가려고 했다. 같이 올라가자는 머플러에게 구해 줘서 고맙다는 말과 함께 깍듯이 90도 인사를 하고 돌아섰다.

"기숙사는 위치가 노출돼서 위험할 텐데. 계약금도 헐어서 밀린 간병비로 썼다며?"

머플러가 겁을 줬다. 유진이 솔직하게 털어놓은 말로 겁을 주는 게 좀 치사해 보였다. 너, 가출했냐? 한쪽 신장 팔아서 담배 사 피우려고 한 거야? 오토바이를 타고 오면서 머플러가 자꾸 골 빈 애 취급을 해서 엄마 수술비 이야기를 했는데, 괜히 말했다 싶었다. 아무튼 위험하다는 말이 공갈 같지는 않아서 유진은 3층 목조건물로 들어섰다. 먼저 올라가던 머플러는 2층 계단참에서 유진을 돌아보았다. 2층 너른 계단참 오른쪽 출입문에 '나무달 카페'라는 팻말이 붙어 있었다. 유진이 뒤따라 들어가자 머플러가 여자를 소개했다. 카페 사장인 베티라고 했다. 베티는 아무것도 묻지 않고 올라가서 좀 쉬고 있으라고 했다. 시키는 대로 3층 머플러의 방에서 쉬다가 2층 카페로 내려가려고 했는데 잠이 들었던 모양이다.

유진은 책상 위에 던져 놓은 패딩을 집어 들었다. 주머니를 뒤지던 손길이 급해지면서 유진의 낯빛이 변했다. 스마트폰이 없었다. 책상 위에도 없었고 책상 밑에도 없었다. 열어 본 적 없는 서랍 안에도 당연히 없었다. 아, 하고 유진은 괴로운 신음을 냈다. 비비가 밀치는 바람에 침대에 주저앉으면서 스마트폰을 떨어뜨렸던 기억이 슬로비디오로 재생됐다.

"이유진, 잘 잤냐?"

유진이 2층 카페로 뛰어 내려가자 머플러가 말을 걸었다. 가스레인지에서 라면이 끓고 있었다. 맛있는 수프 냄새가 났다.

"배고프지? 가서 앉아. 다 됐어."

머플러가 되게 다정하게 말했다. 갑자기 어깨에 힘이 빠지면서 배에서 꼬르륵 소리가 났다. 어제 베티가 저녁 만들어 준다고 했는데 3층으로 올라가자마자 잠이 들어 유진은 만 하루를 꼬박 굶은 셈이었다.

"아저씨, 제 스마트폰을 어제 그 집에 두고 왔어요."

"저런, 어떡하냐. 휴대폰 말고, 가방 같은 건 없었냐?"

머플러의 말에 유진은 배낭을 두고 나온 게 생각났다. 옷가지랑… 맙소사, 내 태블릿! 중학교 입학 선물로 엄마가 사 준 태블릿은 5년 가까이 손 닿는 거리를 벗어난 적 없는 유진의 애장품이었다. 머릿속이 하얗게 비는 것 같았다.

"글고 너, 아저씨가 뭐야. 형이라 불러. 알렉스 형!"

"예, 알렉스 형!"

유진은 멍한 얼굴로 중얼거렸다. 머플러가 비죽 웃으며 달걀 두 개를 깨서 냄비에 흘려 넣었다. 뭘 또 더 넣고 싶은지 머플러는, 아니 알렉스는 냉장고 문을 열고 들여다보다가 치즈를 꺼냈다. 손톱으로 치즈 봉지를 긁다가 잘 안 되는지 이를 써서 뜯었다. 어리바리한 모습이 어제 검은 머플러를 날리며 오토바이를 몰던 사람이 맞나 싶었다.

"폰은 포기하고 라면이나 먹자."

알렉스가 김치를 접시에 수북이 담아 주방 앞 큰 테이블로 가져갔다. 라면 냄새를 맡으니 태블릿 생각이 사라지면서 에라 모르겠다 하는 심정이 되었다. 유진은 냄비를 들어 테이블로 옮겼다.

"베티 사장님은 어디 갔어요?"

달걀과 치즈를 넣어서 먹음직스럽게 보이는 라면에 젓가락을 가져가며 유진이 물었다.

"고양이 밥 주러 갔어. 아침 일찍 한 번, 오후에 한 번. 카페를 오후 늦게 여니까 세 시까지는 여기 내려와서 놀아도 돼."

알렉스가 선심 쓰듯 말했다. 놀긴, 누굴 애로 아나.

"저, 엄마한테 잠깐 갔다 와도 되죠?"

유진의 말에 알렉스가 난감한 표정을 지었다.

"넌 당분간 숨도 크게 쉬면 안 돼."

알렉스가 말했다. 엄마한테는 면회 와 주는 사람이 나밖에 없는데… 이번엔 유진이 난감한 표정을 지었다. 건물 청소를 같이했던 이모들도 코로나 시국이 진정되면서 한두 번 면회를 오긴 했지만, 주로 전화 통화만 했다.

올봄에 엄마는 마트에 가다가 계단에서 굴러 고관

절이 부러졌다. 고관절 수술로 체력을 소모하면서 심부전증이 더 심해졌는데 병원에서 심장 이식 수술 말고는 답이 없다고 했다. 담당 의사가 심장 이식 대기자 신청 절차를 일러 주고 수술할 때까지 요양병원에서 의료보험 혜택을 받으며 지낼 수 있게 해 주었다.

엄마를 요양병원으로 옮기던 날 유진은 퇴원 수속을 하면서 심장 이식 수술비랑 절차를 물었다. 심장 이식 수술은 대기 순서와 함께 고려해야 할 게 많았다. 수술비는 전세금을 빼면 충당될 거 같았다. 유진은 주인집에 전화해 방을 빼 달라고 부탁했다. 주인집 뽀글이 아줌마는 말로는 알았다고 했는데, 계약 끝날 때까지 방을 세놓을 생각이 없는 거 같았다. 전세금을 재촉하러 집에 들러 보니 방이며 마루에 아줌마네 물건이 놓여 있었다. 선풍기와 제사상, 의자와 헌 매트리스를 방과 마루에 갖다 놓은 이유는 뻔했다. 계약 만기가 내년 12월이니 1년 남짓 전세 놓은 방과 마루를 자기들이 쓰려는 거였다.

유진은 돈을 구해야 했다. 장기 기증자가 언제 나타날지 모르는데 수술비가 없으면 말짱 꽝이었다. 고등학교 2학년인 유진이 학교를 그만두고 일을 한다 해도 삼천만 원이 넘는 돈을 마련하는 건 불가능했다. 온갖 아르바이트 자리를 뒤지던 유진이 마지막으로 선택한 곳이 귀신헬리콥터라는 장기 매매 알선 카페였다.

비비에게 낚여 참사당할 뻔한 위기에 알렉스를 만난 건 갓겜에서나 받을 수 있는 천운이었다. 유진은 천운으로 등장한 알렉스를 새삼스럽게 쳐다보았다. 알렉스가 라면발을 건지다 말고 왜? 하는 표정을 지었다. 유진은 고개를 저었다. 어제 점심때까지만 해도 생판 모르던 사람인데 목숨을 빚지고 마주 앉아 라면을 얻어먹고 있다니. 이런 게 국어 샘이 말하던 부조리, 라는 건가.

"오래 안 걸려요. 후다닥 갔다 올게요."

이 상황이 부조리한 것이면, 위험하든 말든 아무 생각 없이 무개념으로 밀고 나가는 게 상책일 것 같았다.

"잡히고 싶으면 마음대로 해라."

알렉스는 남 말 하듯 했다.

"그러려구요."

유진도 삐딱하게 받았다.

"방은 편해? 난 저기 별실 소파에서 자면 되니까 편히 지내. 붙박이장 안에 네가 입을 만한 옷이랑 속옷 새

것이 몇 장 있을 거야. 베란다에 세탁기 있으니까 알아서 빨아 입으면 되고. 세탁기 옆에 컵밥도 있고 컵라면도 있으니까 배고프면 꺼내 먹어."

알렉스가 기숙사 사감 선생님처럼 말을 늘어놓고 더 궁금한 게 있냐는 표정으로 유진을 보았다.

"카페지기 조폭 부하들이 여기로 쳐들어오면 어떡해요? 형이 스물네 시간 여기 있을 건 아니잖아요."

알렉스는 유진의 말에 고개를 끄덕이며 자리에서 일어섰다.

"그럼 답 없지. 설거지는 네가 해라."

"안 그래도 설거지는 내가 하려고 했어요."

유진이 보기에 알렉스는 대화를 자연스럽게 이어가는 타입이 아니었다. 소심하면서 쿨한 척하는 사람이 흔히 취하는 태도가 알렉스한테서 느껴졌다. 학교 반 애들 중에도 그런 애들이 있었다. 뭔가 일관성이 없고, 행동도 종잡을 수 없어서 사람을 짜증 나게 만드는 애들이었다. 거기다 이름까지 유치하게 웬 알렉스람. 밖으로 나갈 수 없는 형편이 되고 보니 심통이 끓어올랐다.

알렉스는 유진이 설거지하는 동안 부산스럽게 왔

다갔다 하더니 어디 간다는 말도 없이 카페를 나갔다. 다들 나가 버리고 없는 나무달 카페에서 유진은 황당한 기분이었다. 유진은 카페 한쪽 구석에 있는 별실로 들어가 소파에 등을 기대고 앉았다. 서랍장을 깔고 앉은 수납 소파인데 푹신하고 편했다. 알렉스는 3층 자기 방을 유진에게 양보하고 이 별실에서 잔 모양이었다. 여기 내 작업실 하면 좋겠다. 유진은 별실을 둘러보며 중얼거렸다. 여기서 무슨 짓을 하든 알렉스와 베티가 별로 상관할 거 같지 않았다. 문제는 스마트폰도 없고 태블릿도 없고 아무것도 없어서 무슨 짓을 하려고 해도 할 게 없다는 거였다.

유진은 소파에 기댄 채 몸에 힘을 빼고 머리를 좌우로 천천히 흔들었다. 여느 때 같으면 지금쯤 구내식당으로 내려가 시은이랑 희준이랑 같이 급식을 받고 있을 거였다…라고 생각하다 보니 오늘은 일요일이었다. 그러니까 여느 때 같았어도 기숙사에 혼자 남아 뒹굴고 있거나 웹툰 작업을 하고 있을 거였다.

유진은 자리에서 일어섰다. 알렉스가 베란다에 책이며 잡지 같은 게 있다고 했으니 필기구도 있을지 몰랐다. 유진은 오래된 수첩과 신문, 책이 쌓인 데서 이면

지와 커터 칼, 연필 두 자루를 찾아냈다. 문구를 챙겨 돌아서던 유진은 연도가 지난 수첩에 눈길이 갔다. 손길이 많이 닿은 듯 겉장이 떠들려 있어 슬쩍 넘겨 보았다. 독수리가 어쩌고 저쩌고 하는 글이 있었다. 별로 읽고 싶지 않아 내려놓다가 신문지 틈에 끼어 있던 연필을 발견했다. 쓰던 것이긴 해도 4B 연필이었다. 아싸!

유진은 필기구를 챙겨 들고 별실로 돌아왔다. 카페에 갇혀 지낸다고 우울해질 필요는 없었다. 사실 마음껏 작업할 공간만 있으면 며칠씩 틀어박히는 건 어려운 일도 아니었다. 유진은 맞은편 소파로 자리를 옮겨 앉았다. 출입구에서 보이지 않는 쪽이 마음 편했다. 앞으로 여기가 내 자리야. 유진은 결정했다.

별실은 카페 출입문에서 대각선으로 왼쪽 구석에 있는 데다 목재 간이문으로 구분해 놓아 카페 안 독립 공간 같았다. 영역 표시라도 해 둬야 할 것 같은 느낌에 유진은 별실 전체를 찬찬히 살폈다. 별실 한쪽 벽에, 그러니까 유진이 앉았던 쪽 벽에 액자가 하나 붙어 있었다. 유진이 몸을 조금 뒤로 젖혔다. 액자 안에서 독수리가 유진을 내려다보고 있었다. 그림 속에서 현실의 시공간으로 몸통을 밀고 나온 듯한 독수리가 유진을 내려다보고 있었다.

'천둥새는 독수리를 닮은 괴조였다.'

유진의 머릿속에 문장 하나가 돋아 나왔다. 어리둥절한 느낌으로 유진이 머리에 손을 갖다 댔다. 아까 그 수첩! 유진이 자리에서 벌떡 일어났다. 다시 베란다로 달려간 유진은 독수리 이야기가 적혀 있던 수첩을 가져왔다. 수첩 첫 장을 넘겼다. '천둥새는 독수리를 닮은 괴조였다.' 글의 첫 문장이었다. 유진은 숨을 삼켰다. 공연히 눈에 힘이 들어갔다. 차갑고 묵직한 수건이 유진의 목덜미에 척 얹힌 느낌이었다.

천둥새는 독수리를 닮은 괴조였다.

천둥새는 구름에 가려진 바위산에서 살았는데, 가끔 마을로 내려와 유유히 나는 모습을 보여 주었다. 그는 위대한 영의 명령을 받고 마을을 지켜 주는 큰땅의 수호새였다.

큰땅에는 농사를 짓는 낟족과 사냥을 하는 돌족이 마을을 이루고 살았다. 대대로 큰땅에 살았던 낟족은 돌족이 마을에 머물러 살기를 청했을 때 땅의 한쪽을 내주었다. 마을회의에서 선출된 낟족의 추장은 관대하고 현명하여 돌족과의 싸움을 피했다. 충돌을 피할 수 있도록 경계를 긋고 물물교환의 규칙을 정했다. 돌족을 이끄는 족장 또한 숱한 어려움을 뚫고 온 지도자라 상황판단이 빨랐다.

돌족이 자리 잡고 몇 해가 흐르는 동안 농사를 망칠 가뭄과 홍수가 없었고, 돌족은 너른 돌밭을 건너가 사냥감들을 마음껏 잡아 왔다. 돌족이 사냥을 하다 낟족의 밭을 망치는 등 자잘한 말썽이 없지는 않았으나 관대한 추장과 상황판단이 빠른 족장이 만나 사흘 밤낮 얘기를 주고받으면, 서로 술잔을 나누는 화해가 이뤄졌다. 평화로운 가운데 몇 해가 흐르던 어느 날 '악신'의 그림자가 큰땅에 드리웠다.

들판이 황금빛으로 익어 가는 초가을 오후였다. 너른 터로 모여든 낟족과 돌족은 상대 부족을 쳐다보았다. 양쪽 다 우리 부족은 악신을 부를 만큼 사악한 마음을 품은 적이 없다는, 황당하다는 표정을 지었다. 그러나 악신은 우연히 나타나는 법이 없었다. 악신은 자신을 초대하는 자리에만 나타날 수 있는 존재였다.

악신을 부른 건 돌족의 족장이었다. 족장은 축제

의 날을 위해 준비한 탐스러운 암소를 범했다. 마을에 정주하기 전 돌족은 떠돌이 사냥족이었다. 남자들은 여자들을 안전한 곳에 숨겨 놓고 여러 날 산속을 헤맸고, 종종 동물을 상대로 욕정을 해소했다. 그것은 비상 상태에 제한적으로 허용하는 풍속이었다. 마을에서 저지른 족장의 행위는 수치스러운 짓이었다. 더구나 족장이 범한 암소는 연례축제 행사 때 큰땅의 수호새인 천둥새에게 바칠 제물이었다.

자신이 축제의 암소를 범했다는 사실이 공공연해지자 족장은 어리석은 선택을 했다. 수치를 알고 스스로 큰땅을 떠나는 대신 돌족 전사들을 부추겼다. 힘센 부족이 마땅히 큰땅을 가져야 한다. 낟족의 남자들을 죽이고 여자와 아이와 가축을 빼앗아라. 돌족 전사들은 족장의 말이 옳다고 생각했다. 족장을 사로잡은 악신의 그림자가 돌족의 전사들 위에 덧씌워졌다.

사냥족인 돌족과 달리 낟족은 변변한 무기가 없었다. 쟁기와 곡괭이로 돌족을 막던 낟족 남자들이 다치고 죽어 갔다. 돌족 전사에게 흠씬 두들겨 맞고 이마가 깨진 추장이 죽은 듯 엎드려 있다가 고개를 번쩍 쳐들었다. 추장은 양팔을 치켜들고 소리를 질렀다. 사람 소리 같지 않은, 비후의 괴성에 다들 싸움을 멈추고 추장을 돌아보았다. 얼굴에 피를 뒤집어쓴 추장은 돌밭 너머 구름을 헤치고 드러난 바위산을 응시했다.

추장의 눈길을 따라 고개를 돌린 사람들은 그때까지 한 번도 느껴 보지 못한 두려움에 몸이 굳었다. 바위산에서 날아오른 천둥새는 하늘에 뭔가를 고하듯 세 번 선회한 뒤 일직선으로 날아왔다. 천둥새는 난장판이 된 마을 한복판에 내려와 우뚝 섰다. 천둥새가 그렇게 거대하고, 기괴한 형태로 사람들 앞에 나타난 적은 일찍이 없었다.

천둥새가 위대한 영의 명령, 순명을 전하는 존재라 해도 악신을 죽일 수 없었다. 악신일지언정 신적 존재는 스스로의 의지 없이는 소멸되지 않았다. 천둥새는 자신이 점유한 세계를 깨부숴 검은하늘을 만들었다. 검은하늘은 시간이 부서진 경계의 문이었다. 낟족과 돌족의 눈에는 다만 거무스름한 얼룩으로 보였을 뿐이다.

악신은 그의 그늘에 들어온 돌족 전사들을 악귀

로 만들어 천둥새와 싸웠지만 위대한 영의 뜻에 순명하는 존재를 이길 수 없었다. 천둥새는 악신을 시간이 부서진 경계의 문으로 던져 넣었다. 그 자신이 만든 경계의 문에 악신을 가두는 데는 성공했으나 반격을 피하지 못했다. 악신이 뱉은 침이 눈에 들어가면서 천둥새는 빛을 잃었다. 천둥새는 방향을 잃고 비틀거리다 돌밭으로 곤두박질쳤다. 경계 저편의 세계로 떨어져 발광하던 악신과 악귀를 삼킨 검은하늘은 자잘한 얼룩으로 쪼개지고 공기 중에 풀어졌다. 천둥새 역시 어디론가 사라져 보이지 않았다.

이듬해 연례행사인 축제 때 더 탐스럽고 살진 소와 곡식을 바쳤으나 천둥새는 돌아오지 않았다. 큰땅의 사람들은 다시는 천둥새를 보지 못했다. 몇 해가 흐른 뒤, 바윗돌에 농사일지를 기록하는 낱족의 노인이 죽음을 앞두고 말을 남겼다. 천둥새는 원래 인간이었다. 언젠가 인간의 모습으로 우리에게 돌아올 것이다.

바윗돌에 새겨진 그림을 보면서 자란 낱족 아이들은 천둥새의 꿈을 꾸었다. 아이들은 추장에게 가서 꿈 이야기를 했다. 천둥새는 눈을 잃었고 길을 찾지 못하는 거라고 추장이 말했다. 몇 년 새 사이가 틀어질 대로 틀어진 돌족은 낟족이 있는 데서 천둥새에 대해 죽은 동물이나 뜯어먹는 새라고 폄하했다. 천둥새를 비웃는 건 우리를 비웃는 거라고 낟족 소년은 생각했다. 그러나 돌족의 전사는 거칠고 강했으며 노쇠한 자가 적었다. 이미 사냥터에서 목숨을 잃었기 때문이다. 낟족의 절반은 노인과 아이였다.

소년은 열여덟 살이 된 날 추장의 움막을 찾았다. 소년은 추장에게 어릴 적 꿈속에서 자신이 열여덟 살이 되면 순명을 따르기로 약속했다고 말했다. 추장은 순명이 뭔지 이해했으므로 약속한 상대가 누군지 묻지 않았다. 다만 소년의 머리에 손을 얹어 축복을 빌어 주었다. 소년이 마을을 떠난 뒤에도 낟족은 돌족의 위협과 도적질에 계속 시달렸다. 돌족은 낟족을 큰땅에서 쫓아내기 위해 점점 더 거칠고 악랄해졌다. 낟족 가운데는 솥과 쟁기를 챙겨 돌밭을 건너가 버린 사람들도 있었지만, 대부분 큰땅 마을에 남아 돌족을 견디며 살았다. 그들은 낟족의 첫 전사가 되어 떠난 소년이 천둥새와 함께 돌아오기를 기다렸다. 바위산이 유독 가까이 보이는 날은 까마득한 벼랑 끝에서

부리를 벼리는 천둥새의 모습을 환각처럼 보기도 했다.

시간이 흐를수록 낟족 사람들의 믿음은 신앙처럼 깊어졌다. 그들은 스스로 천둥새가 된 소년이 사람의 모습을 하고서 큰땅의 마을로 돌아올 것을 믿었다. 낟족의 아이들은 전설을 들으며 자라났고, 믿음은 아직 깨지지 않았다.

유진은 한숨을 쉬었다. 어떤 감동이, 그리고 어떤 묘한 슬픔이 가슴을 자근자근 밟으며 지나가는 기분이었다. 새삼스럽게 독수리를 쳐다보았다. 차갑고 매서운, 서늘한 기운이 느껴졌다. 온몸을 쓸어내리는 바람처럼 마음속을 훤히 들여다보는 것 같은 서늘함이었다. 유진이 살짝만 사인을 보내도 연필 세밀화로 그린 독수리는 액자의 틀을 가볍게 벗어나 날아오를 것만 같았다. 안녕, 독수리야. 네가 살아 있다는 것을 알아. 유진이 중얼거렸다. 독수리는 액자를 둔피처로 삼아 잠시 세상에서 비켜나 있는 존재였다. 그런 느낌이 들었다.

3장. 버튼을 눌러 멈추게 하는 거지

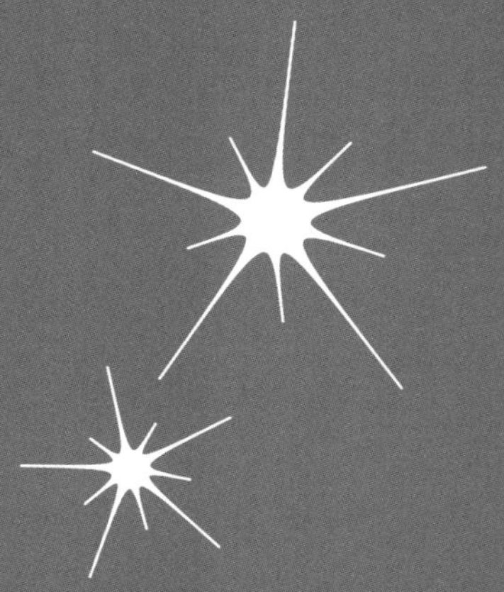

"누나, 휴대폰 좀 써도 돼요? 엄마한테 전화하려고요."

유진은 베티를 사장님이라 불러야 하나 고민하다가 그냥 누나라 불렀다.

"카운터에 전화 있잖아."

카디건에 묻은 고양이 털을 떼면서 베티가 말했다. 아, 맞네. 유진은 실소했다. 카페 전화통을 보면서도 휴대폰이 아닌 전화기를 쓸 수 있다는 생각을 못 했다.

"목소리 높여도 놀라지 마요."

유진이 카운터로 가면서 말했다. 엄마는 젊을 때 시끄러운 공장에서 일해서 청력이 약했다. 전화로 말할 땐 크게 말해야 했다.

"응, 편하게 해."

베티는 주방 바에 놓아둔 냅킨 봉지를 들고 창가로 갔다. 테이블마다 비치된 통에 냅킨 뭉치를 넣던 베티가 유진을 돌아보았다.

"내가 밖으로 나가 있을까?"

베티가 물었다. 전화 수화기를 든 채 우두커니 서 있던 유진이 고개를 저었다.

"엄마 전화번호가 생각이 안 나요."

유진이 머리를 긁적였다. 010 말고는 떠오르는 숫자들이 다 뒤죽박죽 섞였다. 잠시 수화기를 붙잡고 있던 유진은 114에 전화번호를 물어 율도요양병원 로비 직원과 통화했다. 스마트폰을 잃어버렸다는 말을 하고 카운터 전화기에 적힌 번호를 불러 주었다.

"엄마 때문에 걱정이 많겠다."

베티가 주방으로 오면서 말했다. 진심으로 걱정해 주는 마음이 느껴지는 목소리였다. 유진은 3층으로 올라가려던 마음을 바꿨다.

"저, 궁금한 게 있는데요."

베티가 커피를 머그잔에 따르고는 유진을 보았다.

"어제 사람이 한순간에 사라지는 걸 봤거든요. 제가 잘못 봤나 했는데……."

어제부터 계속 궁금했던 거라 불쑥 말을 꺼내긴 했는데, 이게 나무달 카페 사장인 베티에게 해도 될 질문인가 싶었다.

"잘못 봤나 했는데?"

베티가 뒷말을 재촉했다.

"집 안을 다 둘러봤는데, 어디에도 없었어요. 그리고 갑자기 알렉스 형이 나타났고요. 꼭 알렉스 형이 무슨 마술을 부린 것처럼요."

베티가 머그잔을 든 채 주방 바에 기대어 섰다. 베티는 다소 측은해하는 눈길로 유진을 쳐다보았다. 유진은 베티가 자신을 왜 그렇게 쳐다보는지 의아했다.

"알렉스도 참 어쩌다… 커피 마시고 싶으면 한잔 따라 와."

베티가 큰 테이블로 가서 앉으며 말했다.

"어제 비비를 한순간에 사라지게 한 거, 마술이나 뭐 그런 건가요?"

유진이 테이블로 따라가 앉으며 물었다. 비비가 누구냐고, 베티는 묻지 않았다.

"정말 한순간에 사라졌다니까요. 마술이 아니고는 설명할 수가 없어요. 사람이 사라진다는 게 현실적으로 가능하지 않잖아요."

유진이 새삼 흥분해서 말했다.

"그야 그렇지."

"비비는 어디로 갔을까요? 신고하는 게 좋을까요?"

유진이 물었다. 궁금한 건 그뿐이 아니었다. 어제 그 시간에 왜 알렉스가 나타났는지, 그리고 왜 자신을 구했는지도 알고 싶었다.

"신고는 뭐 하러. 오라 가라 피곤해지고 싶어?"

베티가 약간 정색했다. 정색하니까 눈꼬리가 싹 올라가면서 인상이 달라 보였다.

"누나 생각에는 비비가 어디로 갔을 거 같아요?"

너무 밀어붙인다 싶었지만 유진은 다시 물었다. 베티 말고는 이 의문을 풀어 줄 사람이 없었다. 알렉스는 엉뚱한 대답이나 할 게 뻔했다.

"자기 가고 싶은 곳으로 갔겠지. 돈 좋아하는 사람이면 쩐의 전장이 어울릴 거고, 폭력 쓰면서 남을 해코지한 사람이면 서로 죽고 죽이는 배틀로얄로 갔을라나. 아무리 찌질한 인간이라도 흘러들 세계 하나쯤 있겠지."

베티는 시원시원하게 말했다.

"흘러들 세계요? 비비가 다른 세계로 흘러 들어갔나요?"

유진은 베티의 말을 종잡을 수 없었다.

"말이 그렇다는 거야. 너도 게임할 테니 알겠지만, 어떤 세계든 다른 차원으로 빠져나갈 수 있는 구멍은 있잖아. 그런 게 다 가능하려면… 아마도 무의식의 공간으로 난 구멍일 테지."

베티가 말한 '무의식의 공간으로 난 구멍'이라는 말이 유진은 낯설지 않았다. 애들 사이에 떠도는 소문이 있었다.

"베티 누나, 혹시 스위핑홀이라고 들어 봤어요?"

"스위핑홀?"

베키가 되물었다. 왠지 알고 있으면서 능청을 떠는 것 같았다.

"홀로그램 우주 같은 건데요. 애들 말로는 하루에 인구 십만 명당 한 명이 스위핑홀로 사라진대요."

"스위핑홀이 있다는 소문을 믿어?"

베티가 물었다.

"아니, 진짜 믿는 건 아니구요. 애들도 장난삼아 떠드는 건데……."

말을 얼버무렸지만, 유진은 홀로그램 우주가 정말 존재할지도 모른다고 생각했다. 베티는 잠자코 머그잔 속의 커피를 들여다보았다. 까만 커피 속에 차원이 다른 세계가 들어 있기라도 한 듯 골똘한 표정이었다.

"사라져야 할 사람들만 삭제하는 스위핑홀이 존재한다면 어떨 것 같아? 삭제라는 말이 어폐가 있긴 하지만."

베티가 물었다.

"사라져야 할 사람들이 누군데요?"

"약탈자라 불리는 자들이겠지."

"약탈자요?"

유진이 눈을 끔벅이고 있자 베티가 말을 덧붙였다.

"악당 말이야. 악당은 사라져 주는 게 좋지 않나, 누구에게나."

진담으로 받기에는 가볍고 농담으로 받기에는 무거운 말투로 베티가 말했다. 유진은 베티가 자신을 떠보는 느낌이 들었다.

"우리 윤리 샘이 그러는데요, 사람들이 모여서 집단을 이루면 몇 퍼센트는 무조건 나쁜 역할을 맡게 돼 있대요. 나쁜 역할을 한 사람이 다른 집단에 속했을 때는 좋은 역할을 할 수도 있다고요. 누가 악당인지 아닌지 솔직히 어떻게 알아요."

유진의 말에 베티가 어깨를 으쓱했다.

"그 사람이 한 행동을 보면 알 수 있어. 남의 등에 빨대 꽂는 것들은 어떤 핑계를 갖다 대도 그냥 악당인 거야. 근본이니 상황이니 따질 거 없이 행동이 모든 걸 말해 주지."

베티가 하는 말을 듣고 있던 유진의 귀에 뺍, 소리가 들렸다. 유진은 중3 때 부반장이 뺍, 소리를 내며 사라지는 장면을 떠올렸다. 툭하면 유진을 '결손이'라고 불렀던 애였다. 유진이 째려보면 농담이야 농담, 하면서 웃었다. 그 애가 정말 농담으로 그랬다는 게 유진은 더 화가 났다. 전세금을 주지 않고 질질 끄는 주인집 뽀글이 아줌마도 상상 속에서 뺍, 소리를 내며 사라졌다. 전세금을 주지 않고 미루는 게 사람을 한 명 죽일 수도 있다는 사실에 대해 아줌마는 결코 생각해 본 적이 없을 것이다.

"밉상 부리는 사람이 사라지면 고소하긴 하겠네요. 그래도 전 그 사람들이 정말 사라지게 만드는 건 좀……."

유진이 말끝을 흐렸다.

"주변을 잘 살펴봐. 등에 빨대 구멍 난 사람이 수두룩해. 유진이 너 같으면 등에 구멍이 난 사람들이 죽어가게 내버려 둘래? 빨대 물고 다니는 자를 날려 보낼래?"

베티가 날려 보낸다는 말을 하면서 손짓으로 돼지꼬리 교정부호를 그렸다. 얘기를 시작한 건 유진인데,

베티가 기다렸다는 듯 대화를 몰아가는 느낌이었다.

"빨대를 뺏으면 되잖아요."

"빨대를 뺏는 건 약탈과 같은 행위인데? 피해당하지 않으려고 어설픈 범죄자가 되겠다고? 자본주의 사회에서 권력은 권력자의 편이고 빨대를 가진 자의 편이야. 우린 이런 사회에 너무나 익숙해 있고, 그래서 점점 더 뻔뻔해지고 살벌해지고 타인에게 함부로 구는 거라고. 그렇다면 할 수 있는 만큼 빨대들을 사라지게 하는 게 맞다고 생각하는데, 네 생각은 어때?"

베티가 구술 평가 하는 선생님처럼 물었다.

"남의 등에 빨대 꽂는 약탈자가 사라져야 마땅하면, 사람을 삭제해서 남은 삶을 빼앗는 약탈자도 사라지는 게 마땅한 게 되는데요. 객관적으로는요."

유진은 나무달 카페에 피신해서 신세 지는 상황이라는 것을 잊고 또박또박 따지고 들었다. 뺩, 소리를 내며 사라진 사람이 비비만이 아닐 거라는 생각이 강하게 들었다. 베티가 잠자코 일어나더니 커피를 한 잔 더 받고, 유진에게는 콜라 캔을 갖다주었다.

"오늘 아침 뉴스에 지하철에서 임신한 여자를 폭행한 사건이 나왔는데, 봤어?"

베티가 물었다. 유진은 뉴스 같은 거 잘 안 본다고 말하려다 그냥 고개를 저었다.

"가해자는 60대 남자인데 임산부석에 앉은 여자에게 난데없이 발길질하며 난동을 부렸어. 실신한 여자는 병원에 실려 갔고, 남자는 불구속 입건이야. 웬만하면 불구속 입건이지. 그 남자는 여자와 배 속의 아기를 죽일 수도 있었어. 장애를 입게 했을지도 몰라. 만약 그렇다면 평생 지고 가야 할 고통을 안겨 준 거지. 지하철에서 그딴 짓을 하는 놈이 다른 데선 안 그럴 거 같아? 숱하게 많은, 다른 피해자를 만들어 왔고 앞으로도 만들 거야. 그런 자를 그대로 놔두는 게 옳은 일일까? 스위핑홀이라는 게 있다면, 난 기꺼이 그런 자들을 보내 버릴 거야. 그게 정의가 아닐 수도 있고, 위법일 수도 있지. 이런 유사한 상황에서 생각할 건 딱 하나야. 사람은 누구나 자기가 누릴 수 있는 몫을 누릴 권리가 있다는 것. 함부로 그 권리를 침범해서는 안 된다는 거야. 간단한 상식이지. 우리는 이 상식을 순리라고 불러."

베티가 부드러운 허스키로 한 마디 한 마디 꾹꾹 누르듯이 말했다.

"누나 말에 저도 공감은 해요. 하는데, 남의 권리를

침범하는 약탈자니까 사라지게 만드는 게 맞는지는 잘 모르겠어요. 다른 차원의 세계로 가는 거라 해도, 그런 세계가 있는지 없는지, 실제로 체험하고 온 사람도 없잖아요."

유진은 말했다. 생각해 보면 모든 게 다 이상했다. 지금 이 자리에서 베티라 불리는, 나무달 카페 사장인 여자와 앉아 세상에 태어나 한 번도 생각해 본 적 없는 이야기를 하는 이 상황까지 이상하지 않은 게 없었다.

"복잡하게 생각할 거 없어. 그 지하철 남자가 사라지는 건 민폐 하나가 사라지는 거고, 민폐 하나가 사라진 만큼 세상이 나아진다고 생각하면 돼."

"어쩔 수 없이 민폐를 끼치는 사람도 있어요."

남한테 민폐 끼치는 사람들을 다 사라지게 한다면 엄마가 입원해 있는 요양병원 병실은 순식간에 텅 빌 거였다. 사람이 나이 먹으면 어쩔 수 없이 민폐를 끼치며 산다는 것을 베티는 모르는 듯했다.

"엄마 때문에 그래?"

베티가 목소리를 누그러뜨리고 물었다. 유진은 속으로 뜨끔했다. 민폐 어쩌고 하는 말에 유진이 불편해하는 기색을 읽어내고 베티는 요양병원에 있는 유진의 엄마를 떠올린 듯했다. 어쩌면 베티는 평범한 카페 사장이 아닐지도 모르겠다는 생각이 들었다. 고양이 밥을 주러 다닌다고 했는데 사실은 알렉스처럼 오토바이를 타고 다니며 민폐 인간들을 삭제하고 다니는 건 아닌지 의심스러웠다.

"병상에서 목숨만 부지하고 있는 노인들 보면 안타까워. 무엇보다 본인이 가장 고통스러울 테지. 가족들도 고통스럽고."

베티가 생각에 잠긴 투로 말했다. 악의로 한 말은 아니겠지만, 유진은 베티의 말이 듣기에 불편했다. 엄마가 입원해 있는 율도요양병원은 다른 데 비해 저렴한 편이어서 가난한 노인들이 많았다. 노인들은 종일 침대에 누워 밥 먹고 약 먹고 자고를 반복하며 일이 년을 흘려보냈다. 그동안 가족 가운데 누군가는 병원비를 감당하기 위해 자신의 생활을 포기했다. 분식집을 운영하며 10년간 어머니의 병원비를 벌던 딸이 자살하는 사건도 있었다. 극단적인 선택을 하지는 않았지만, 환자 가족들은 자살해 버린 딸 못지않게 힘들어하고 있었다.

그런 일들이 사람을 얼마나 암담하게 만드는지, 극

단적인 생각을 하게 만드는지 유진도 알고 있었다. 엄마가 기초생활수급자라 병원비가 거의 무료고 식대 혜택을 받고 있지만, 다달이 들어가는 돈이 적지 않았다. 제일 큰 문제는 수술비였다. 돈 마련할 생각을 하자 마음이 초조해지면서 명치께가 딴딴해졌다.

"왜, 속이 안 좋아?"

베티의 말에 유진이 찡그렸던 얼굴을 폈다.

"단순하게 생각해. 우리 카페에서 가끔 술에 취해 진상을 부리는 치들이 있어."

유진이 찡그리고 있는 이유를 어떻게 해석했는지 베티가 말을 이었다. 왜 이런 이야기를 이렇게 집요하게 늘어놓는 거지, 생각하며 유진은 베티를 새삼스럽게 쳐다보았다. 나 혹시 여기 납치된 건가, 하는 생각이 스쳐갔다.

"그 사람들도 사라지는 게 나을 사람들이라는 건가요? 경찰을 부르는 게 맞지 않나요?"

유진이 신경질적으로 말했다. 베티가 늘어놓은 말들이 머릿속에서 막 소리를 내며 돌아다니는 것 같았다.

"쌈박질하고 기물 파손 좀 했다고 경찰을 불러댔다

간 이런 장사 못 해. 내쫓으려 하면 진상 게이지가 상승해 진짜 사고를 치거든. 그럴 땐 스톱워치 같은 걸 쿡 눌러서 꺼 버리고 싶지. 일테면 그런 거야, 사람을 사라지게 하는 건."

베티가 말했다. 농담 같지는 않았다. 저렇게 확신에 찬 표정으로 농담을 하는 사람은 없었다.

"쿡 누르는 거, 그거 사람을 죽인다는 뜻이잖아요."

유진의 목소리가 높아졌다.

"너 어릴 때 손가락 딴 적 없어?"

"없어요."

엄마가 바늘을 들고 손 내밀라고 할 때 기겁하며 울었던 기억은 있었다. 뾰족하고 날카로운 것에 대한 두려움을 가졌던 게 아주 어릴 적부터였던 모양이다.

"나 어렸을 땐데, 배 아프다고 하면 외할머니가 바늘을 머리카락에 쓱쓱 문대서 콧김을 쐬고는 손가락을 따 줬어. 인정사정없이 땄지. 그럼 금세 트림이 나오고 아픈 배가 낫는 거야. 상황 끝인 거지."

유진은 일부러 뭔 소린지 모르겠다는 표정을 지었다. 그만 자리에서 일어나고 싶었다. 어제오늘 겪은 일을 생각하면 베티가 마귀할멈같이 변해서 유진의 머리 꼭뒤를 따 버린다 해도 이상할 게 없었다.

"술 먹고 옆자리에 시비 걸고 공포 분위기 조성하는 진상들을 내버려 두는 건 다른 손님들에 대한 직무유기라는 뜻이야. 즐거운 시간을 가지려고 온 사람들이잖아. 그런 시간을 보내도록 해 줄 의무가 있지. 그러니 버튼을 누를 수 있으면 누르는 게 맞지."

베티가 버튼 누르는 시늉을 했다. 유진은 지금 막 만난 낯선 사람처럼 베티를 쳐다보았다.

"왜?"

베티가 물었다.

"그래서 본명 대신 알렉스, 베티 이런 이름을 쓰는 건가요? 앞으로 위법한 일을 저지를지도 모르니까 그때를 대비해서?"

조금 전 베티가 돼지꼬리 교정부호를 그릴 때 머릿속을 스쳐 지나간 생각이었다. 베티가 눈썹을 치키더니 웃음을 터트렸다.

"카페에선 다들 닉 쓰잖아. 여긴 오프라인이지만 카페는 카페니까. 이왕 짓는 거, 스스로 소명대로 이름을 부여했지. 알렉스는 인류의 수호자, 나는 신의 서약."

베티가 웃음기 없이 말했다.

4장. 메시지MZ의 웹툰 작가

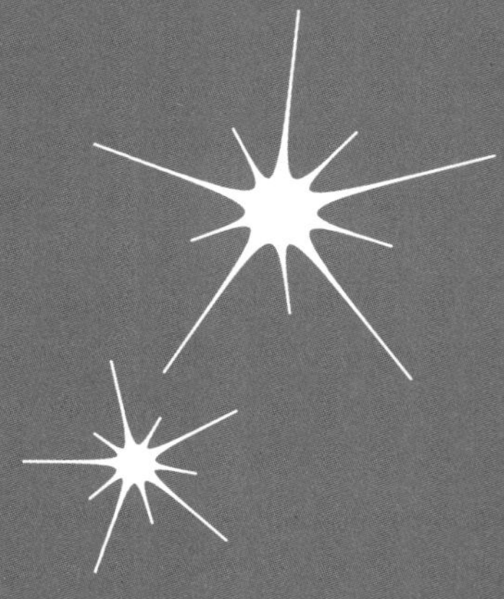

유진은 희준과 시은의 인스타그램으로 들어가 댓글이 달렸는지 확인했다. 어제 메시지를 보냈는데 아직 둘 다 인스타그램을 열어 보지 않고 있었다. 나한테 전화해서 통화가 안 되면 SNS부터 확인해야 된다는 걸 모르나. 유진은 투덜거리며 인스타그램을 닫았다.

클립스튜디오 창을 다시 띄우는데 마음이 수란스러웠다. 유진은 인튜어스 태블릿에서 손을 떼고 등을 세워 앉았다. 나무달 카페 안에는 아무도 없었다. 바깥에서 무슨 소리가 들려오는 것도 아니고, 환청이 들리는 것도 아니었다. 낯설고 제어되지 않는 어떤 에너지가 밀려오는 느낌이었다.

감금 생활의 후유증인가.

유진이 카페 건물 안에서만 갇혀 지낸 지 오늘로 6일째였다. 이렇게 오래 집 안에서만 지내는 건 초등학교 6학년 때 이후 처음이었다. 반 친구 한 명이 코로나19 확진자로 진단받는 바람에 무려 2주일이나 방에서만 지냈다. 엄마가 일을 나가고 나면 혼자 있어야 했는데, 밖으로 나가지도 못하고 친구도 만날 수 없어서 돌아 버리는 줄 알았다. 다행히 유진은 그림 그리는 것을 좋아해 웹툰을 연습하면서 시간을 보냈다.

시간을 헛되이 보내지 말자. 마음을 다잡고 스타일러스 펜을 잡는데 카페 출구 쪽에서 사람들 소리가 들렸다. 유진은 노트북으로 시간을 확인했다. 오후 두 시 십 분 전. 카페는 세 시쯤에 문을 열었다.

"알렉스, 커피 좀 내려 줘."

카페 출입문이 열리면서 베티의 목소리가 들렸다. 베티와 알렉스가 들어오고 세 명의 남자가 줄줄이 카페 안으로 들어섰다. 유진은 소파에서 일어나 별실 바깥을 살짝 내다보았다.

"콜라 하나 묵는데이."

"빨리 앉아요. 오늘 늦어도 네 시 안에 들어가야 돼."

"차 보좌관이 요즘도 갈궈?"

세 남자가 걸걸하고, 카랑카랑하고, 건조한 목소리로 제각기 떠들었다. 유진은 소파에 앉아 몸을 낮추고 간이문 틈으로 사람들을 훔쳐보았다. 덩치가 큰 남자가 쇼케이스 냉장고에서 콜라 캔을 꺼냈다. 테이블에 앉아 있는 두 명 가운데 성깔 있게 생긴 곱슬머리가 카랑카랑한 목소리였다. 그들을 잠시 지켜보던 유진은 몸을 돌려 편하게 앉았다.

누군지 알아서 뭐 해. 그림이나 그리자.

지난 일요일부터 유진은 아침부터 별실을 차지하고 카페가 문을 여는 오후 세 시까지 그림을 그렸다. 태블릿은 알렉스의 선물이었다. 태블릿이 없어 맨날 스케치만 해야 한다고 푸념을 하긴 했어도 사 달라고 한 건 아니었다. 저렴한 보급형이지만 되게 고마웠다.

"이번 달에도 후보가 셋이네. 세 명 걸러지면 더 이상 조사를 안 하는 거야?"

백색소음처럼 멀어지던 수런거림에서 베티의 목소리가 도드라졌다.

"레드마켓 아닌 쪽은 쟁여 놨지. 그나저나 변태가 와 이래 많노."

콜라를 찾던 걸걸한 목소리가 심한 사투리로 대꾸했다. 유진은 펜을 들고 변태 이미지에 어울리는 캐리커처 하나를 재빨리 그렸다. 키워드를 던져 주면 특징을 잡아 캐리커처를 그리는 작업은 유진이 좋아하는 놀이였다.

"그 변태 영감, 오로라는 영순위로 보내야 해."

카랑카랑한 목소리가 끼어들었다.

"오로라? 데이팅 클럽?"

베티가 물었다.

"데이팅앱 오로라가 강남 오로라 클럽이랑 연계된 거 같아. 이번에 죽은 여자애도 오로라 앱에서 만나 클럽으로 불러들인 거지. 약도 먹이고. 스발, 추잡해 죽겠어. 장기 매매는 그래도 살아 보겠다고 하는 짓이라지만 이 인간들은 진짜……. 이것들은 저쪽으로 보낼 것도 없어. 생짜로 삭제해 버려야 돼."

카랑카랑이 열을 냈다.

"컴다운, 컴다운. 지금은 장기 매매 쪽으로 힘을 모아야지."

"차근차근 가자. 알렉스 혼자 무리야. 우리도 약탈자 동선 파악하면서 판 까는 거 쫓기잖아."

걸걸한 목소리가 들리고, 유진이 앉은 쪽에서 얼굴이 보이지 않는 건조한 목소리가 말을 보탰다.

"차근차근 가다가 여자애들 몇 명이나 더 보내려고? 알렉스 형은 이 변태 새끼 이대로 두고 볼 거야?"

성질을 부리던 카랑카랑이 알렉스에게 화살을 돌렸다.

"레드마켓이 아니잖아."

알렉스가 말했다.

"판판파크, 그거 형이지? 고양이 몽둥이질로 때려 죽인 또라이, 형이 처리한 거 맞잖아. 오로라 이것들은 판판파크 또라이보다 죄질이 더해. 이런 놈을 그대로 둘 거야?"

카랑카랑한 목소리에 독기가 묻어났다. 유진은 태블릿을 긋던 펜을 멈췄다. 그저께 새벽같이 나갔다 들어오던 알렉스의 표정이 생각났다. 알렉스는 검은 머플러를 두르고 있었고, 무서운 걸 목격하고 온 사람처럼 정신 나간 표정이었다.

"디노! 디 오더는 살인 단체가 아니데이. 말은 가려서 하자."

걸걸한 목소리가 말했다. 디 오더? 살인 단체? 낱말들이 각진 나무토막처럼 날아왔다. 저 사람들이, 그렇다면 디 오더라는 단체 회원들인가. 유진은 갑자기 가슴이 두근거렸다. 디 오더, 라는 단어가 귀에 익었다. 베티한테서 들었나. 아니면 알렉스였나. 기억을 더듬던 유진이 아, 하고 낮게 소리를 질렀다. 저 독수리 그림! 유진은 별실 벽에 붙어 있는 액자 그림을 올려다보았다. 그림 속 독수리의 발톱 옆에 The Order라는 영어가 콩알만 하게 적혀 있었다.

디 오더, 라는 게 혹시 독수리 5형제 같은 건가. 그러기엔 테이블에 붙어 앉은 사람들이 너무 평범해 보였다. 유진은 액자에 담긴 독수리 그림에 눈길을 준 채 생각을 굴렸다. 독수리는 하늘의 제왕이고, 디 오더는 명령이라는 뜻이니까… 디 오더는 하늘이 내린 명령이라고 해석하면 크게 틀리지 않을 것이다. 이틀 전, 유진은 알렉스와 나눴던 이야기를 떠올렸다. 알렉스는 이 별실 맞은편 소파에 앉아 잡지를 보고 있었고, 유진은 모바일폰이 아닌 잡지를 들여다보는 알렉스가 신기해서 자꾸 쳐다보았다.

"뭐가 궁금한데?"

알렉스가 현미경과 쌍안경 등 광학기기와 복잡한 그래프로 채워진 잡지를 내려놓고 물었다. 왜 모바일폰을 쓰지 않는지 물으려던 유진은 문득 눈에 들어온 독수리 그림을 보면서 질문을 바꿨다.

"여기 커피랑 술을 파는 카페잖아요. 그런데 왜 저렇게 무시무시하게 생긴 독수리 그림을 걸어 놨어요? 카페하고는 어울리지도 않는데."

"카페에 걸어 놓기엔 좀 그렇지."

알렉스가 금세 수긍했다.

"그런데 어딘가 좀 멋있긴 해요. 저 독수리요."

"멋있긴. 위험하고 더러운 새가 뭐가 멋있어. 사체를 파먹는 스캐빈저라서 썩는 냄새도 진동하고, 몸에 더러운 균이 많아. 그래서 사람들이 가까이 갈 엄두를 못 내지."

독수리가 더럽다고 말하는 알렉스의 얼굴에 혐오감이 어렸다. 아니, 혐오감이라기보다는 그때 알렉스는 서글픈 분노라고 표현하는 게 조금 더 맞는 표정을 지었다.

"아, 잠깐! 여기 오로라 기사가 올라왔네. 여자애 시신에서 마약 성분이 검출됐대."

독수리를 쳐다보며 잠시 회상에 잠겼던 유진은 카랑카랑한 목소리에 정신을 차리고 다시 간이문 바깥을 살폈다.

"여자애 나이가 겨우 열일곱 살이야. 내 사촌동생이 만 열일곱 고딩인데 아직 애라고! 오로라, 이 변태 새끼가 열일곱 살짜리 애한테 마약을 먹여서 죽였다니까. 죽은 애가 이 여자애 하나일 거 같아? 알렉스 형, 솔직히 내가 형 같은 능력 있으면 타깃이고 뭐고 없어. 쥐도 새도 모르게 처리했다 진짜."

카랑카랑이 목소리를 높였다. 알렉스의 이름이 나오고 타깃 어쩌고 하는 말에 유진은 침을 꿀꺽 삼켰다.

"야, 디노! 그만 좀 해. 너는 내가 눈 한번 끔벅하면 스위핑홀이 열리는 줄 알지?"

알렉스가 말했다. 스위핑홀? 방금 알렉스가 스위핑홀이라고 했지? 저도 모르게 탄성이 터져 나올 거 같아 유진은 두 손으로 제 입을 막았다. 스위핑홀이 정말로 존재한다니! 거기다 알렉스가 스위핑홀을 열 수도 있다는 거잖아! 유진은 소파에서 벌떡 일어나 별실 안을 왔다 갔다 했다. 너무 놀랍고 너무 흥분돼서 도저히 앉아 있을 수가 없었다.

"오로라는 열일곱 여자애의 인생을 빼앗은 약탈자야."

디노라 불린 카랑카랑이 고집스럽게 말했다. 유진은 마음을 가라앉히고 얼른 소파에 앉았다. 저들이 무슨 말을 하는지 들어 보고 싶었다.

"디노. 장기 매매 합법화를 무산시킬 때까지는 장기 약탈자만 우리 타깃이야. 회의에서 결정한 건 따라야지. 자꾸 고집부리려면 독립군으로 나서든가."

베티가 말했다. 베티의 말에 디노는 더 이상 대꾸하

지 않았다. 다른 사람들도 조용했다. 갑자기 왜 조용하지. 유진은 저들의 침묵에 귀 기울이다 돌아앉았다. 앞에 누가, 다리가 긴 사람이 서 있었다.

"너 뭐냐?"

건조한 목소리였다. 알렉스만큼 키가 큰 사람이 도수 높은 안경을 쓰고 유진을 내려다보고 있었다.

"코이, 그냥 나와. 유진이는 태블릿 갖고 오고."

베티가 소리를 높여 말했다. 유진을 내려다보는 키 큰 남자 이름이 코이인가 보았다. 이 카페에서 만나는 사람들은 다들 이름이 왜 이 모양이람.

"일부러 엿들으려고 한 거 아니에요. 갑자기 들어오는 바람에……."

유진이 변명을 늘어놓는데 건조한 목소리, 아니 코이가 태블릿을 집어 들고 나가 버렸다. 뭐야. 왜 남의 걸 맘대로 집어 가. 유진은 인상을 쓰고 따라 나갔다. 곱슬머리 디노와 걸걸한 목소리의 덩치가 유진을 빤히 보았다.

"알렉스가 현장에서 만난 친구야. 이름은 이유진. 여기서 지내고 있어."

유진에게 옆자리를 내주며 베티가 말했다.

"제 이름을 말했으니까 다른 사람들도 말해야 되잖아요."

유진이 등을 펴고 사람들을 둘러보며 말했다. 덩치와 코이는 알렉스랑 나이가 비슷해 보였고 디노는 두세 살 적은 듯했다.

"고딩 같은데. 중딩인가? 설마 디 오더에 들이려고?"

디노가 어이없다는 표정을 과장하며 베티를 보았다.

"고2인데 웹툰을 잘 그려. 우리 일을 도와줄 거야."

베티의 말에 디노가 콧소리를 냈다. 유진은 순간적으로 기분이 상했다. 디노의 뜻은 찾아보나마나 뻔했다. 틀림없이 독종 아니면 싸가지일 것이다.

"설마 고딩을 우리 팀에 넣으려는 건 아니지?"

디노가 베티를 보며 물었다. 역시 싸가지였다. 내가 언제 디 오더에 들어가고 싶다고 했나. 사람을 앞에 앉혀 놓고 저렇게 매너 없이 구는 사람이 있는 단체라면 들어가고 싶은 마음이 하나도 없지만 디 오더가 어떤 단체인지 궁금하긴 했다. 디 오더의 실체보다도 더 궁금한 건 스위핑홀이었다. 조금 전 알렉스의 입을 통해 등장한 스위핑홀이라는 미지의 공간, 미지의 세계가 너무 궁금했다.

"아침에 내가 말한 건 그렸어?"

베티가 디노의 말을 무시하고 유진에게 물었다.

"네, 생각나는 대로 몇 개……."

유진이 태블릿에 손을 뻗으며 말했다. 코이가 태블릿을 베티 쪽으로 밀었다. 유진이 못마땅한 눈길로 째려보자 코를 벌름거렸다. 꼭 사마귀같이 생겨서는.

"아직 손만 풀고 있었어요."

베티가 스크롤하는 화면을 옆에서 보며 유진이 변명조로 말했다. 유진이 네가 최근에 본 꼴불견 가운데 생각나는 걸 그려 봐. 아침에 베티가 던져 준 키워드, 꼴불견으로 몇 장 그렸는데 성에 차지는 않았다. 나쁘지 않은데… 베티가 중얼거리며 사람들이 모니터를 볼 수 있게 돌렸다.

"된장국인가?"

알렉스가 태블릿 화면을 보며 말했다.

"바다에 떠 있는 쓰레기잖아요."

유진이 말했다. 아, 그렇구나. 알렉스가 고개를 주억였다. 여기 뚜껑 열린 캔도 그려 놨는데. 알렉스에게 너무 퉁명스럽게 말한 것 같아 유진이 덧붙였다.

평소 베티가 노트북도 빌려주고 먹을 것도 잘 챙겨주는데 유진은 알렉스를 더 편히 대했다. 생각해 보면 유진은 감금 생활의 스트레스를 다 알렉스에게 풀고 있었다. 아무 맥락 없이 유진이 짜증을 내고 삐딱한 소리를 해도 알렉스는 그러려니 했다. 별실에서 그림을 그리다가 혼자 중중거리며 짜증을 내면 베티는 왜 그러는지 묻지만 알렉스는 힐긋 보고는 그만이었다. 비비를 사라지게 한 그날, 약간 우스꽝스럽긴 해도 검은 머플러를 날리며 오토바이를 몰던 알렉스는 어디론가 가 버리고, 시무룩한 대타가 와 있는 거 같았다.

"이거 메시지MZ에 올리면 어떨까? 타깃에 대한 보고서로만 채우는 거 심심하잖아."

베티가 말했다. 디노를 빼고 다들 아무려나 상관없지 하는 표정이었다.

"타깃을 적시하고 처리 결과를 보고하는 거 말고 뭐가 더 필요해."

디노가 말했다.

"웹툰 연재, 코너명은 뭘로 할까. 디 오더의 길, 어때? 초심을 잊지 말자는 의미에서."

베티의 말에 디노가 눈알을 굴렸다.

"메시지MZ에 우리 디 오더의 정체성이 뭔지 확인시켜 주는 거라면 나쁠 것 없지."

걸걸한 목소리의 덩치가 말하고 나서 끄윽, 트림을 했다.

"으윽, 아모스 형, 좀!"

디노가 코를 막으며 비명을 질렀다. 아모스라 불린 덩치 앞에 빈 콜라 캔이 두 개나 놓여 있었다. 고약한 냄새가 풍겨 와 유진은 고개를 외로 꼬았다. 디 오더에 대한 신비감이 확 떨어졌다.

"메시지MZ 후원자도 그렇고, 우리 요원 확보 문제도 그렇고 재정비가 필요하긴 해. 사실 우리 구성원에 문제가 좀 있어."

베티의 말에 세 사람이 멀뚱한 표정을 지었다.

"조사요원은 너희 셋인데 필드는 알렉스 혼자잖아. 알렉스 지금 과부하야."

베티가 말했다.

"그렇다고 아무나 넣으면 안 되지. 얼치기 잘못 넣었다 말아먹는 수가 있어."

디노가 말하면서 유진을 힐긋 보았다. 정말이지 반

감이 생기는 타입이었다.

"고추장의 연락을 받았어."

베티가 말했다. 다들 궁금한 표정으로 베티의 얼굴을 쳐다보았다.

"요원 배가에 힘쓰고 활동 영역을 넓혀 보라더라. 특별히 능력자를 찾아내는 일에 신경을 써 달랬고."

베티가 말했다.

"알렉스 같은 능력자 찾기가 어데 쉽나."

덩치가 말했다.

"JK7팀은 조사요원에게 훈련비를 주고 능력치를 키우게 한다더라고. 고추장(高酋長)도 묵인하는 것 같고."

코이가 말했다. 코이는 말하는 투나 표정이 제법 비밀단체 요원 같은 분위기를 풍겼다. 알렉스는 인류의 수호자, 베티는 신의 서약이야. 소명대로 이름을 받는 거지. 유진이 왜 영어 이름을 쓰는지 물었을 때 베티가 해 준 대답이었다. 그럼 코이는? 조언자인가? 아모스는? 디노는? 유치하지만 자기만 빼고 다들 영어 이름을 쓰고 있으니 유진은 왕따가 된 기분이었다. 베티한테 몇 번 무시를 당한 곱슬머리 디노는 무슨 생각을 하는지 멍한 눈으로 구겨진 콜라 캔을 보고 있었다.

"팀마다 각자 맞는 방식을 찾아야지. 이 건은 다음 회의 때 정식으로 이야기해 보자."

다른 사람들의 의견을 두루 듣고 나서 베티가 요원 건을 마무리하고는 유진을 돌아보았다.

"유진이 너, 이번 달부터 웹툰 작가로 데뷔해라. 일주일에 한두 개 정도, 메시지MZ에 올릴 수 있지?"

"할 수 있어요."

유진이 바로 대답했다. 웹툰 작가 이유진으로 데뷔하라니, 메시지MZ가 뭔지 몰라도 무조건 오케이였다.

"요원 자격으로 연재하는 거라면 디 오더 입단 절차를 거쳐야지."

코이가 말했다.

"숙식 제공 알바 차원이야. 유진아, 넌 이제 그만 올라가 있어."

베티가 말했다.

"그냥 여기 있으면 안 돼요? 조용히 앉아 있을게요."

앉아 있으면 사람을 한순간 사라지게 만드는 마술에 대해, 그리고 스위핑홀에 대해 무슨 얘기를 들을 수 있을지도 몰랐다.

"안 돼."

베티가 말했다. 계속 졸라 봐야 베티의 말투만 더 싸늘해질 것 같아 유진은 태블릿을 챙겨들고 카페를 나왔다.

"디 오더!"

"디 오더!"

유진이 계단을 올라가는데 베티의 선창에 이어 다 같이 디 오더를 외치는 소리가 들렸다.

"우주 자연의 순리와 순명에 따라 디 오더를 수행한다."

베티가 선창했고, 다른 사람들이 따라 했다. 소리가 낮고, 짧고, 묵직했다. 유진은 3층 거실 마루에 태블릿을 내려놓고 삐걱거리는 나무계단을 살금살금 내려가서 카페 문 앞에 쪼그려 앉았다. 카페 안을 채운 긴장된 공기가 출입문을 팽팽하게 미는 느낌이었다.

—소해헌, 장갑술, 윤부생. 셋 다 조사 작업 마무리된 건가?

베티가 말했다. 숨을 죽이고 있던 유진은 저도 모르게 피식 웃었다. 이름들이 하나같이 촌스러웠다.

—셋 다 보내 버리면 안 되나.

디노의 목소리였다. 베티가 뭐라고 화를 내는 것 같은데 출입구를 등지고 있어서인지 잘 들리지 않았다.

—언론이 소해헌 의원을 장기 매매 합법화로 몰고 가게 하려면… 맞춰야지.

—그때 가서는… 통과되고 나면 되돌리기 힘들어.

—빼박 증거를 확보…….

다들 주거니 받거니 쉴 틈 없이 떠드는 데다 말이 들렸다 말았다 해서 무슨 말을 하는지 알아들을 수가 없었다. 유진은 출입문을 1센티쯤 살며시 밀었다.

—소해헌 의원은 킵해 두고, 장갑술에 대해 조사한 걸 들어 볼까. 가만, 장갑술이면 수혈옹 장갑술?

베티가 목소리를 높였다.

—알렉스, 이 노인네한테 한 번 더 걸리면 핏구덩이 속으로 보낸다고 경고했다며? 몇 달 되지도 않았잖아.

—그 버릇 죽기 전에 못 고쳐. 본격적으로 빨려고 조립 주택까지 지어 놓고. 뱅골마을이란 데…

카페 출입문에 귀를 대고 있던 유진이 갑자기 청설모처럼 바닥을 치면서 계단을 다르르 올라갔다. 3층 현관 앞 층계참에 올라서며 참았던 재채기를 연거푸 했다. 한숨 돌리고 나서 유진은 뒤늦게 진저리 쳤다. 노인을 핏구덩이 속으로 보낸다고?

5장. 죽이는 게 아니라 보내는 거야

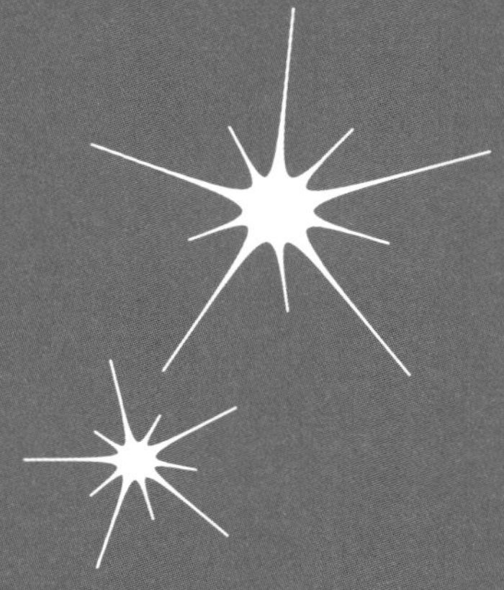

팔 굽혀 펴기와 바벨스쿼트를 100개씩 한 뒤 숨 고르기를 하던 유진은 거실 구석에 세워 둔 무선청소기를 집어 들었다. 보름 남짓 카페 건물 안에서만 지내면서 유진에게 몇 가지 버릇이 생겼다. 멍때리고 있다가 정신 차려 보면 침대를 정리하고 있거나 거실 청소 중이었다. 맹세코 청소를 좋아하는 성격이 아니었다. 희준과 같이 쓰는 기숙사 방도 서로 청소를 미루어서 늘 난장판이었다. 오늘은 창틀 밑과 계단 구석진 곳의 먼지가 유진의 청소 욕구를 불러일으켰다.

유진이 노즐을 교체하는데 아침 일찍 외출했던 알렉스의 목소리가 들려왔다. 알렉스나 베티가 외출했다 돌아오는 소리가 들리면 마중하는 버릇도 청소와 함께 새로 생긴 칩거 증상이었다. 계단을 내려가는데 카페 문이 열리고 알렉스가 나왔다.

"형, 팔이 왜 그래요?"

알렉스는 왼쪽 어깨에 붕대를 감고 팔을 고정하는 지지대까지 착용하고 있었다. 어, 이거… 웅얼거리는 알렉스의 표정이 어두웠다. 유진을 보는 눈길도 초점이 잡히지 않고 흐릿했다.

"아, 오늘 네가 카페 일 좀 도와줄래?"

알렉스가 계단을 오르며 말했다. 계단을 오르는 걸음이 불안해 보였다. 무슨 일인지 궁금해 유진은 알렉스를 따라 올라갔다. 3층 계단참으로 급하게 올라서던 알렉스가 갑자기 어쿠 소리를 지르며 이상한 각도로 몸을 휘익 틀었다. 유진은 무선청소기를 팔 아래 낀 채 몇 계단을 껑충 뛰어올라 알렉스의 몸을 받쳤다. 알렉스가 균형을 못 잡고 계속 허우적거리는 바람에 지지대에서 팔이 빠져 덜렁거렸다. 유진은 팔에 힘을 주어 아슬아슬하게 받치고 있던 알렉스의 등을 바로 세웠다. 그 바람에 떨어트린 청소기가 우당탕 소리를 내며 2층 계단참까지 굴러내렸다.

"알렉스!"

베티가 알렉스를 부르며 카페에서 튀어나왔다.

"괜찮아? 아, 놀래라. 너 2주 진단 넘어가면 지배인 자리 잘라 버릴 거니까 조심 좀 해."

농담조의 말과는 달리 베티는 엄청 걱정스러운 표정이었다. 알렉스는 대꾸 없이 3층 거실로 들어갔다.

아참, 청소기!

한바탕 난리에 혼이 나갔던 유진이 계단을 내려갔다. 알렉스를 지탱하느라 용을 써서인지 아래쪽을 디

덨던 왼쪽 발목이 찌릿찌릿했다. 무선청소기는 겉보기에 깨진 데는 없었다. 유진은 노즐을 나무계단 구석에 대고 전원을 켰다. 청소기는 몸집에 비해 어마어마하게 큰 소리를 내며 구석에 쌓인 흙먼지를 빨아들였다.

"와, 가성비 갑! 말짱해요."

유진이 무선청소기를 총처럼 어깨에 걸치고서 말했다. 3층 현관을 쳐다보며 서 있던 베티는 유진이 하는 말을 듣지 못한 듯 뭐라고 중얼거리더니 카페로 들어갔다.

알렉스는 흔들의자에 앉아 있었다. 유진이 카페로 내려가서 별실을 차지하는 오전에 알렉스는 종종 3층으로 올라와 혼자 시간을 보내곤 했다. 책을 보는 것도 아니고 음악을 듣는 것도 아니고 아무것도 안 했다. 유리문을 향해 나란히 놓인 흔들의자 중 오른쪽 의자에 몸을 부린 채 가만히 앉아 있기만 했다. 낡은 담장이 서 있는 둔덕을 바라보며 앉은 알렉스를 보면 왜 그런지 짠한 마음이 들곤 했다. 심지어 오늘은 어깨에 붕대까지 친친 감고 앉아 있으니.

"형, 들어가서 쉬어요. 침대 정리해 놨어."

유진이 달래는 투로 말했다. 스물여섯 살이나 된 어른인데 알렉스는 어떨 때 보면 자기 앞가림 못 하는 중학생처럼 보였다. 나는 위대한 피자나 데워 먹어야겠다. 유진이 청소기를 충전기에 올려놓으며 일부러 큰 소리로 말했다. 편의점 피자 중에 '위대한 피자'는 알렉스와 유진이 둘 다 좋아하는 거여서 열 개씩 사 놓고 먹었다. 알렉스는 몸에 힘을 뺀 채 축 늘어져서는 눈을 감았다.

"형, 내가 가서 진통제랑 필요한 약 좀 사 올까?"

유진이 2층 카페로 내려가려다 알렉스에게 물었다. 알렉스는 대답이 없었다. 하긴 병원에서 깁스했으니 처방해 준 약을 타 왔을 것이다. 약이 주머니에 들었나. 유진은 거실 문이 닫히지 않게 잡고서 잠시 기다렸다. 뭔가 개운치 않았다. 어릴 적 밖에서 놀다가 집에 들어갔을 때 엄마가 출근하고 없는 걸 알면서도 공연히 서운하고 허전했던 기억이 났다. 컴퓨터를 켜고 게임을 클릭하는 순간 괜찮아졌지만 그렇지 않을 때도 있었다. 기분이 울적하고 마음이 괜히 슬픈 날, 그런 날은 엄마가 직장에서 빨리 와서 옆에 있었으면 싶었다. 옆에 엄마가 있는 것만으로 버석버석한 마음이 데워지고 말랑해졌다. 유진은 마루로 도로 올라서 알렉스에게 갔다.

"여기 있을 테니까 뭐 시킬 거 있음 시켜요. 방해 안 할게요."

유진은 왼쪽 흔들의자에 털썩 앉으며 말했다. 알렉스가 유진을 힐긋 보고는 유리문 밖으로 눈길을 돌렸다.

"맨날 여기 앉아서 뭘 보는 거예요?"

유진은 알렉스에게 방해 안 한다고 한 말을 깜박하고 물었다.

"보긴, 뭐 볼 거 있다고……."

"근데 왜 맨날 여기 와서 앉아 있어요. 볼 것도 없는데."

알렉스는 유진의 말에 대꾸 없이 잠자코 있었다. 만사 귀찮은 듯했다. 유진이 아무 말 없이 한참 앉아 있었더니 신경이 쓰였는지 알렉스가 입을 뗐다.

"내가 오늘 어디 갔다 왔는지 아니? 하긴 그때 다 엿들었으니 알겠지. 무슨 일을 하고 왔는지도 알 거고."

알렉스의 말에 유진은 뭐라고 변명하기 애매해 가만히 있었다.

"일을 겨우 처리하고 한숨 돌리는데 기분이 이상하더라. 돌아보니까 누가 문을 열고 내다보고 있네. 처음엔 몰랐지. 심하게 마른 남자가 링거 거치대를 붙잡고 서 있길래… 으윽!"

알렉스가 말을 하다 말고 오른손을 눈에 댄 채 길게 신음했다.

"왜 그래, 형! 눈도 다쳤어요?"

유진이 놀라서 물었다. 눈을 꾹 감고 있던 알렉스가 잠시 후 괜찮다고 했다. 괜찮은 목소리가 아니었다. 한참 뒤 알렉스가 다시 입을 열었다.

"거치대를 잡고 서 있는 자세가 위태위태해. 남자가 나한테 와서 묻더라. 장갑술 회장님 어디 가셨냐고. 그런데 목소리가 너무 어려. 혹시나 해서 몇 살이냐 물었지. 고등학교 2학년이라더라. 너하고 같은 고2라는데 주름이 자글자글해. 몸에 있는 혈액과 수분이 다 빠져나갔는지… 세상에, 그 꼴을 하고는 돈을 받을 거라고 회장님을 찾더라. 금방 같이 있는 거 봤는데 갑자기 어디로 사라졌냐고."

알렉스가 잠긴 목소리로 이어가던 말을 멈췄다. 유진은 놀랐지만 내색하지 않았다. 왠지 그래야 할 것 같았다.

"팔은 어쩌다 다쳤어요? 그 애는 괜찮아요?"

유진이 조심스럽게 물었다.

"그 애는, 집에 데려다주고 온 거예요?"

"그 애가 보고 있는 줄도 몰랐어. 같이 병원에 들러서 내 어깨도 치료하고 그 애 영양수액도 맞히고… 집에 데려다주려고……."

입술을 움직이지 않고 웅얼거리는 말을 유진은 잘 알아들을 수가 없었다.

"그러니까 그 애를 집에 데려다줬다는 거죠?"

유진이 다시 물었다. 잠자코 있던 알렉스가 갑자기 몸을 일으켰다.

"유진이 네가 걱정할 일은 아냐. 그보다 너 며칠 알바로 카페 일을 하면 안 되겠냐. 사람 구하는 거 번거롭기도 하고 신경 쓰여서 말이야."

알렉스가 말했다. 속도를 내어 달리다가 급정거한 차체처럼 유진은 감정의 꽁무니를 수습하지 못한 채 멍한 표정을 지었다. 유진은 입을 다문 채 고개를 끄덕이고는 흔들의자에서 일어났다.

"이런 일, 왜 하는 거죠?"

유진이 축 처져 있는 알렉스를 내려다보며 물었다.

"디 오더에서 고른 몇 명 잡아 죽인다고 세상이 바뀌는 것도 아닌데요."

유진의 물음에 알렉스가 중얼거렸다.

"세상이 바뀌진 않겠지. 그래도 누군가의 삶은 바뀌겠지."

"사람들을 구하려고 사람들을 없애는 거죠? 디 오더가 하는 일이."

유진이 확실한 대답을 듣겠다는 투로 물었다. 알렉스가 얼굴을 가리고 있던 팔을 내렸다. 눈이 충혈되어 있었다.

"뉴스 보면 하루에도 수십 가지 끔찍한 범죄가 쏟아지지. 그런 뉴스를 보면서 사람들은 놀라고 흥분해서 떠들지만, 금세 잊어버려. 세상이 원래 그런 곳이라고, 사람은 원래 무슨 짓이든 저지를 수 있는 존재라고 하면서 서둘러 수긍해 버리지. 그런 수긍과 외면과 망각이 쌓이고 쌓이면서 그보다 더 끔찍한 일들이 벌어지는 세상이 돼 가는 거야."

알렉스가 말을 끊고 유진을 쳐다보았다. 너도 그 사람들 중에 하나가 되고 싶은 거냐. 그렇게 묻는 듯해 유진은 얼굴을 조금 붉혔다.

"수천수만 건 가운데 우리가 자기 일까지 포기하고 뛰어도 처리할 수 있는 건 한 달에 대여섯 건, 어떨 땐 고작 두세 건일 때도 있어. 그런데 이런 일을 왜 하냐고? 우리가 그 대답까지 해야 한다고 밀어붙이는 건 잔인한 거지. 네가 잘 생각해 봐. 우리가 이 일을 왜 하는 거 같냐?."

알렉스가 다소 격앙된 투로 유진에게 질문을 넘겼다. 유진은 침을 꿀꺽 삼키고 말했다.

"누군가는, 나서야 하니까요. 아무도 안 나서면 세상이 점점 무섭고 나쁜 곳이 될 거니까."

유진이 말했다. 내가 이 말을 누구한테 들은 것 같은데, 하는 생각은 뒤늦게 났다.

"그래, 네 말이 맞아. 우린 조금이라도 더 나은 세상을 만들기 위해 이 일을 하지. 그런데 왜 하필 내가 그 일을 하는가는, 디 오더 요원마다 다를 수 있어. 각자의 이유가 있겠지."

"형은요? 형한테는 무슨 이유가 있는데요? 그리고 어떻게 그런 능력을 가지게 됐어요?"

유진은 너무 궁금해서 대놓고 물었다.

"어쩌다 보니, 우연한 일로 능력을 가지게 됐어. 이게 능력인지 저주인지 모르겠다만."

알렉스가 생각에 잠긴 채 웅얼거렸다. 유진은 알렉스를 내려다보다가 의자에 도로 앉았다.

"디 오더가 아니어도 나쁜 짓 한 사람은 경찰에서 잡아 가잖아요. 법에 의해 심판을 받고요. 영화 같은 데서 보면, 검찰이나 경찰은 엄청 큰 사건은 재벌이나 정치인이랑 결탁해서 무마하지만, 작은 사건들은 법의 잣대를 엄격하게 적용해서 다루잖아요. 굳이 디 오더가 범법 세계에 끼어들어 범법을 저질러야 하는 건지 전 잘 모르겠어요. 나쁜 사람을 처치하는 거라 해도 사회적으로 범죄잖아요. 잘못되면 형만 살인자 되는 거예요."

유진은 말을 하다 보니 울컥하는 마음이 되어 목소리가 떨렸다. 알렉스가 앓는 소리를 내며 웃었다.

"이유진, 우린 사람을 죽이는 게 아냐. 죽이는 게 아니라 보내는 거야. 그리고 형은 안 잡혀. 잡히기 전에 사라질 거니까."

"스위핑홀로요?"

유진이 놀라 물었다. 알렉스는 그렇다 아니다 대답

없이 생각에 잠긴 표정이었다.

"스위핑홀로 사라지면, 그다음에는요? 그다음엔 어떻게 되는 거죠?"

유진이 다시 물었다.

"글쎄, 스위핑홀 저쪽 세계에 대해서는 나도 잘 몰라. 이런저런 소문은 들었지만 다 달라서 신빙성이 없고. 사람들의 죄라는 게 결국 욕망의 방향키를 잘못 잡아 일어나는 거니까 그 방향대로 가게 되겠지. 자신의 욕망과 죄에 어울리는 세계쯤으로 가지 않을까. 이것도 내 짐작일 뿐이야."

알렉스의 말을 들으며 유진은 '죄는 지은 데로 가고 덕은 닦은 데로 간다'는 속담을 생각해냈다. 이 속담이 스위핑홀을 두고 만들어진 건 아니겠지만, 스위핑홀의 존재를 눈치챘거나 경험한 사람들이 생각보다 많을지도 모른다는 생각이 들었다.

"스위핑홀은 그럼 저쪽 세계로 넘어가는 궤도 같은 건가요?"

유진은 스위핑홀로 사라진 다음 어떤 일이 일어나는지, 스위핑홀의 시스템이 어떻게 이루어지는지 구체적으로 알고 싶었다. 알렉스가 애매한 표정으로 고개를 끄덕였다. 유진은 아까보다 안색이 더 창백해진 알렉스가 쉬도록 해 주고 싶었지만 궁금한 걸 참을 수가 없었다.

"비비도, 수혈옹도 그러니까 그 궤도로, 스위핑홀로 들어가서 그들이 욕망하던 세계, 그런 욕망으로 설계된 세계로 갔다는 거네요. 각자가요. 그런 말인 거죠?"

유진이 혼자 흥분해서 목소리를 높였다.

"와, 이건 진짜… 진짜 어마무시한 일이잖아요."

유진이 감격에 찬 표정으로 알렉스를 쳐다보았다. 알렉스가 하는 행동이 일종의 범죄니 어쩌니 했던 건 생각도 나지 않았다.

"누구나 자신만의 우주를 가지고 있다고 하잖아. 아름답고 장엄한 우주가 있다면 그 반대의 우주도 있는 거겠지. 그래서 짐작해 본 거야. 내가 잘못 알고 있는 것일 수도 있어."

알렉스는 그렇게 말하고 오른팔을 얹어 자기 눈을 가려 버렸다.

6장. 교수는 살아 있습니다

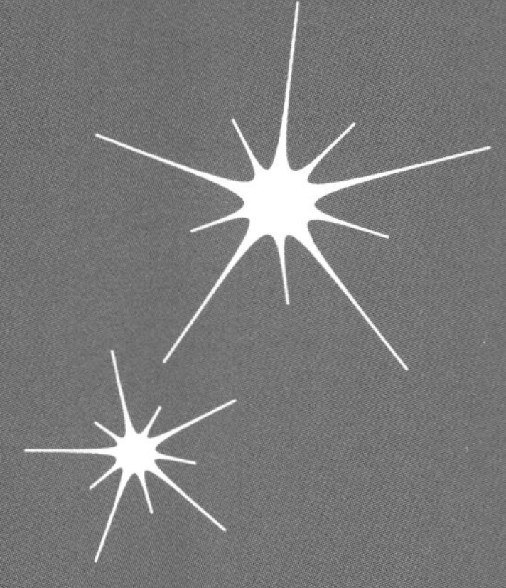

유진은 컵라면에 뜨거운 물을 부어 놓고 컵밥을 뜯어 전자레인지에 돌렸다. 며칠째 아침이 컵라면과 컵밥이었다. 엄마가 만들어 주던 감자조림, 돼지고기를 썰어 넣은 김치찌개, 오징어부추전을 생각하자 배 속도 허전하고 마음도 허전했다.

올봄에 엄마가 요양병원에 들어가면서 유진은 다 자란 남자아이답지 않게 몹시 상실감에 시달렸는데, 상실감의 절반은 엄마 손으로 만든 음식을 맛보지 못하는 거였다. 기숙사에서 생활하면서 유진은 주말 귀가 때마다 엄마한테 미리 전화했다. 엄마는 유진이 먹고 싶다는 건 다 만들어 주었다. 엄마가 김치를 찢어 주고 생선뼈를 발라 주면서 이것 먹어라 저것 먹어라 잔소리하는 밥상이 그리웠다. 유진은 컵라면 국물을 후루룩 마시고 카운터로 가서 엄마한테 전화를 걸었다. 신호는 가는데 전화를 받지 않았다.

"김미홍 환자 아들 유진인데요. 엄마가 전화를 안 받아요. 무슨 일 있는 건 아니죠?"

5층 접수대로 전화를 걸자 바로 받았다.

"자원봉사 하는 애들이 와서 505호실은 오늘 오전 목욕이다. 쫌매 있다가 전화해 보거래이."

율도요양병원은 형편 어려운 사람들이 이용하는 편이라 그런지 자원봉사자 학생들이 자주 왔다. 교회나 성당 같은 데서도 조끼를 맞춰 입고 와서는 일을 했다. 양갱이나 사탕, 카스텔라 같은 간식도 나눠 주었다. 자원봉사자가 오는 날은 간병인 아줌마가 한숨을 돌렸다. 공동 간병인은 유진이 보기에도 일이 많았다.

엄마가 돌봄을 받는지 관리를 당하는지 말을 안 해도 유진의 눈에 뻔히 보였다. 병실 두 개 열한 명의 노인 환자를 맡은 간병인의 손길은 보기에도 거칠고 아팠다. 유진은 간병인 아줌마한테 엄마를 누운 자세에서 천천히 일으키라고 몇 번이나 당부했다. 소용없었다. 아줌마는 유진이 보고 있을 때도 엄마를 휙 잡아 일으켰다. 유진이 그러지 말라고 하는 말도 일에 쫓겨 듣는 둥 마는 둥 했다.

엄마한테 가 봐야 할 것 같았다. 유진은 컵라면 용기를 쓰레기봉투에 넣고 3층으로 올라갔다. 보호자가 어리다고 만만하게 보는 눈치였으니 면회를 빼먹으면 더 함부로 굴지 몰랐다. 유진은 방으로 가서 옷장을 열었다. 이대로 나가면 카페지기 영감이 보낸 조폭에게 걸려 당할 수도 있었다. 혹시 싶어 옷장 안쪽을 살폈다.

나이 든 아저씨들이나 입을 것 같은 옷이 몇 벌 걸려 있었다. 알렉스가 현장 작업을 나가면서 변장이 필요할 때 입는 옷들일 것이다. 후줄근한 갈색 잠바에 풍덩한 바지를 입고 싸구려 뿔테 선글라스를 끼자 거울 속의 유진은 늙수그레한 학교 수위 같았다.

유진은 엄마한테 갔다가 시은을 만나 둘만의 시간을 보낼 계획이었다. 자신이 없는 동안 희준과 시은이 엄청 친해졌을 걸 생각하자 질투가 났다. 유진이 혹시 만날 시간 되냐고 남긴 글에 시은은 'Why not?'이라고 댓글을 달았다. 계단을 내려가면서 유진은 기분이 좋아 팔을 빙빙 돌렸다. 수감 생활을 하다 가석방돼 나가는 사람의 심정을 알 것 같았다. 유진은 히힛, 소리 내어 웃으며 카페 건물 출입구를 풀쩍 뛰어나갔다. 덜덜거리는 소리가 바깥세상으로 튀어나온 유진을 맞았다. 알렉스가 오토바이를 세울 때 나는 소리라는 걸 깨닫는 순간 알렉스의 고함이 들렸다.

"거기 당신, 누군데 거기서 나와?"

유진은 가슴이 철렁했다. 유진은 알렉스가 자신을 알아볼까 봐 허리를 수그린 채 사거리 쪽으로 몸을 틀었다.

"거기 서! 무슨 짓을 한 거야!"

알렉스가 외치는 소리에 아랑곳없이 유진은 냅다 달리기 시작했다. 알렉스가 쉭-하는 바람 소리를 내며 달려오는 기척과 함께 뭔가가 유진의 눈앞을 어지럽혔다. 거뭇거뭇 점점이 피어오르는 그것은…

"안 돼! 알렉스 형!"

알렉스는 유진을 카페지기 영감으로 착각하고 있었다. 아니야, 형! 나 유진이야! 정신없이 고함을 질렀지만 소용없었다. 커다란 우산이 해를 가린 듯 사방에 그늘이 졌다. 그늘이 점점 짙어지면서 세상이 젤리처럼 굳어 갔다. 시간이 느리게, 거의 멈춘 듯이 흐르고, 소리가 흩어지고, 의식이 멀어졌다. 어둡고 빽빽한 공간으로 유진의 몸이 흘러들었다.

여기는 어디지.

빛이 잘 들지 않는 낯선 곳에 둥둥 떠 있는 기분이었다. 유진은 고개를 이쪽저쪽으로 돌리며 주위를 두리번거렸다. 뭔가 굉장히 이상하다고 유진은 생각했다. 어떤 낯선 느낌이 온몸을 둘러싸고 있었다. 아니, 둘러싼 게 아니라 온몸을 채우고 있는 느낌이었다. 혹시 여기가 스위핑홀인가. 그곳… 욕망의 궤도를 따라 흘러드는 세계인가. 유진은 어둠 속에서 무연히 생각했다.

얼마나 오래 그러고 있었을까. 짐작할 수 없는 시간이 흐르고, 위인지 아래인지 방향을 짐작할 수 없는 먼 곳이 희붓해지고 있었다. 언뜻언뜻 무언가가 보였다. 라면 국물에 풀어 놓은 달걀흰자처럼 뭔가가 너풀거리며 떠다녔다. 위험해 보이지는 않았다.

여기가 스위핑홀인지 스위핑홀 저쪽 세계인지는 모르지만 어둠의 세계가 아닌 것에 유진은 일단 안도했다. 오리무중인 이곳에서 빠져나갈 방법이 있을 것이다. 스스로 격려하면서도 유진은 뭐라 표현할 수 없는 불안과 홀가분하고도 고약한 기분을 느꼈다. 자신의 내부에서 뭔가 빠져나간 듯 유진은 흔들리고 흐느적거리고 흘러내리다 뭉쳐졌다. 어떤 감각이 자신을 묘하게 괴롭혔다. 만 17년 인생에 이런 느낌은 처음이었다.

마침내 유진은 알아차렸다. 유진은 보이지 않는 투명인간이 돼 있었다. 팔다리도 보이지 않았고 몸통도 보이지 않았다. 너풀거리는 흰자가 다리쯤에 걸린 거 같은데 이럴 수가! 흰자가 잠시 걸려 있는 것 같더니 다리를 통과해서 너풀너풀 지나갔다. 세상에, 다리가 사라진 것이다. 팔도 사라지고 몸통도 사라져 보이지 않았다. 유진은 정신없이 양팔을 만지고 가슴과 배를 만지고 몸을 굽혀 다리를 만졌다. 있었다. 있기는 있는데, 있으면서 없는 거랑 같았다. 오른손으로 왼팔을 잡자 손이 안으로 쑥 들어갔다. 힘을 줄 것도 없었다.

유진은 유령과 같은 존재가 된 거였다. 아니, 유령이었다. 그럼 나 죽은 건가. 너무 황당해서 겁도 나지 않았다. 이건 겁을 느낄 수 있는 한계를 벗어난 초특급 상황이었다.

여기는 스위핑홀의 저쪽 세계가 아냐.

정신을 차리고 유진은 생각했다. 스위핑홀 저편은 각자의 욕망이 흘러드는 곳이지. 베티가 그랬고, 알렉스도 그런 말을 했다. 유진은 살면서 이런 곳을 욕망한 적이 없었다. 욕망은커녕 머리에 떠올린 적도 없었다. 그래, 기억났다. 나무달 카페에서 뛰쳐나오던 자신을 알렉스가 덮치던 순간이었다. 알렉스는 제 손아귀에서 날다람쥐처럼 팔딱거리는 게 나이 든 사람의 몸이 아니라는 것을 알아차렸다. 알렉스는 덮어쓴 얼룩 속에서 버둥거리는 유진을 도로 빼내려 했으나 잡았던 손을 막판에 놓쳤다. 그 바람에 스위핑홀로 빨려 들어간 유진은 이쪽으로 도로 나오지도 못하고, 저쪽 세계로 넘어가지도 못했다.

"괴물의 탄생이지."

어중간한 경계지대쯤일 거라 짐작하며 유진이 사방을 탐색하려던 순간 목소리가 들렸다. 괴물의 탄생이라니, 나를 두고 한 말인가. 자신을 두고 괴물이라고 했다면 모욕적인데, 냉정하게 생각하면 틀린 말도 아니라고 유진은 생각했다.

"괴물은, 교수가 괴물이지. 너는……."

분명히 아는 목소리였다. 조금 전 괴물의 탄생이지, 라고 말한 목소리도 귀에 익었다. 주변엔 아무도 없었다. 어디쯤에서 들려오는지 짐작이 안 됐다. 여긴 동서남북 방향이 없는 곳인가. 유진은 둥둥거리며 생각했다. 보이지도 않는데 목소리는 바로 옆에서 들리잖아. 방향성도 없고 물리적 거리라는 것도 없다는 거잖아. 세상에 그런 공간이 있나. 유진은 고개를 흔들려다 그만두었다. 고개를 흔들 때 느껴지는 감각이 살아나지 않았다. 그리고 뒤따르는 어떤 무력감, 불안감이 유진의 존재를 안개처럼 둘러쌌다. 어쩌면, 하고 유진은 생각했다. 이 공간 자체도 내 몸처럼 부재하는 비현실적인 공간일지도 몰라.

몸 상태는 한없이 물렁하고 투명한 곤약 같은데 머릿속은 핑핑 돌아갔다. 부재하는 공간은 꿈속의 공간과 다를 게 없었다. 유진은 꿈을 꾸는 거라고 생각하기로 했다. 자신이 이해할 수 있는 방식으로 상황을 일단 정리해야 했다. 유진은 꿈을 꾼다고 생각하고 무의식의 에너지를 정신력과 의식의 형태로 천천히 발동시켰다. 정신과 의식은 감각의 형태로 변환하고 확산시킬 수 있었고, 강한 의지로 목표물을 잡으면 공간 이동이 가능했다. 브이알 게임을 하면서 배우고 익힌 것을 이렇게 써먹을 줄이야.

알렉스!

유진은 알렉스를 떠올리며 의식을 집중했다. 브이알 게임에서 포지션 텔레포트 기능을 작동해 다른 공간으로 이동하듯 유진은 의식을 작동해 목표물을 향해 이동할 작정이었다. 의식에 연동된 듯 주변이 조금 더 밝아졌다. 유진은 둥실 위로 떠올랐다가 명료해진 의식의 중심으로 보이지 않는 몸을 던졌다. 그 순간 유진은 의식의 중심에 알렉스가 있음을 깨달았다. 유진은 나무달 카페의 공간으로 이동했다.

"괴물은, 교수가 괴물이지. 너는 교수에 대면 잽도 안 돼."

베티의 목소리가 들렸고, 알렉스가 보였다. 알렉스와 마주 앉은 베티도 보였다. 나무달 카페로 되돌아온 것이다.

"아냐, 안 돼!"

유진이 외쳤다. 나무달 카페로 되돌아왔다고 느낀 순간 유진은 알렉스와 베티에게서 까마득히 멀어졌다. 유진은 곤약 같은 몸이 온통 뜯겨 나가는 듯한 통증을 느꼈다. 그리고 다음 순간 줌으로 끌어당긴 듯 알렉스와 베티가 눈앞으로 바싹 다가왔다.

"우리라고 다를 거 없어. 나도 누나도 이미 괴물이야."

"됐어. 이럴 줄 몰랐던 것도 아니잖아."

알렉스와 베티가 바로 눈앞에 보였으나 유진은 나무달 카페로 돌아온 게 아니었다. 두 사람은 유진을 보지 못했고, 유진은 여전히 곤약이었다. 유진은 의식의 중심에 알렉스를 놓았지만, 알렉스가 유진을 끌어당기지 않으면 이쪽 공간으로 넘어올 수가 없었다.

"쓸데없는 생각 그만하고, 오늘 윤아 생일이잖아. 축하해야지."

베티가 말했다. 두 사람은 주방 앞 큰 테이블에 케이크 접시를 놓고 마주 앉아 있었다. 케이크에 불붙인 초가 몇 개 꽂혀 있었다.

"윤아는 죽었어."

알렉스가 말했다. 우울한 표정이었다. 사실 알렉스의 표정은 대개 저랬다. 근데 윤아가 누구지? 궁금증은 에너지가 뻗치는 기운이었던지 알렉스와 베티가 무심중에 주변을 두리번거렸다. 유진은 자신이 일으킨 파동으로 두 사람의 대화가 끊길까 봐 한자리에 가만히 떠서 기운을 뺐다.

"교수가 살아 있는 동안 윤아는 죽을 수가 없어. 죽었어도 죽을 수가 없다고. 윤아는, 숱한 윤아들은 죽을 수가 없어서 우릴 지켜보고 있을 거야. 그러니까 우린 교수와 같은 자들을 하나씩 치워 없애야지."

베티가 다소 이죽거리는 투로, 단호하게 말했다.

"언제까지? 얼마큼 더……?"

알렉스가 지친다는 투로 물었다. 베티는 말없이 알렉스를 쳐다보았다. 알렉스는 기가 꺾인 듯 눈길을 케이크 위에 앉았다. 둘 다 슬프고 청승스러워 보였다.

"교수는 중환자실에서 나와서 1인실을 쓰고 있어. 이제 그만 간단히 끝내고 싶다는 생각이 들어."

알렉스가 말했다.

"그렇게 편하게 보내면 안 되지. 너는 그자가 저지른 짓을 다 지켜봤잖아. 다른 사람은 몰라도 알렉스 너는 잊으면 안 되지. 넌 지쳐서는 안 되는 거야."

베티가 말했다. 말투에 어쩐지 미운 감정이 담겨 있는 것 같았다. 유진은 혼란스러웠다. 그 바람에 의식이 약간 흐트러졌다. 주변 공기가 바르르 떨리면서 케이크에 꽂힌 촛불이 팔락팔락 흔들렸다.

"내가 윤아를 어떻게 잊어."

케이크에 눈길을 그대로 둔 채 알렉스가 중얼거렸다.

"윤아를 위해 그 이야기를 해 줘."

베티가 남동생의 고집을 꺾은 누나처럼 득의한 표정으로 말했다. 또? 알렉스가 어이없다는 표정을 지었다.

"윤아 생일이잖아."

베티의 말에 무슨 말을 하려던 알렉스가 고개를 번

적 들었다. 유진이 떠 있는 곳으로 눈길을 보냈지만, 유진을 본 건 아니었다. 알렉스가 의식의 덩어리를 정확히 쳐다봐 준다면, 유진은 그 에너지를 붙잡고 경계지대를 빠져나갈 수 있을 것 같았다.

"교수는 나쁜 사람이었어. 윤아의 꿈을 빼앗은……."

평소보다 낮은 톤으로 알렉스가 입을 열었다. 알지. 베티가 고개를 끄덕였다. 나는 철부지였어. 아무것도 몰랐지. 알렉스의 말에 베티가 그랬을 테지, 고개를 끄덕였다. 느리게 오가는 티키타카에 유진은 가까운 벽에 들러붙었다.

교수는 호락호락한 사람이 아니었다. 교수가 하는 일에 의문을 표하거나 해명을 요구하는 학생은 학생으로서의 거의 모든 권리를 빼앗겼다. 윤아가 그 경우였다. 아주 사소한 일이었다. 윤아는 심리학과 박사 1년 차로 교수가 지도교수로 있는 연구실 참여대학원생이었다. 재작년 1학기에 교수는 국가재원으로 운용하는 사업단의 지원을 받아 '상황과 행동과 뇌의 상호의존적 상호결정론' 연구 프로젝트를 진행했다. 자신의 파트를 완수하기 위해 학생들은 각자 사비로 자료를 구해 보고서를 냈다. 사비로 쓴 돈의 영수증은 연구

교수에게 제출했다. 그런데 프로젝트가 일차 마감되고 지원금 정산이 끝난 뒤에도 사비로 쓴 돈이 정산되지 않았다. 윤아는 연구실 총무 역할까지 맡은 연구교수에게 원서 구입비와 교통비 등 사비로 쓴 돈의 정산이 언제 될지 물었다. 연구교수는 뭐 그런 걸 다 묻는가, 하는 표정으로 교수님이 지금 바쁘시지 않냐고 했다. 윤아는 그렇다면 바쁜 일이 끝나고 나서 바로 정산이 되는지 물으려다 그대로 넘어갔다. 조만간 지급이 되겠지 했다. 한 달쯤 지난 뒤 프로젝트 결과물을 발간했고, 출판 기념으로 회식을 했다. 다들 모인 회식 자리에서 윤아는 다시 정산 문제를 꺼냈다. 연구교수는 당황하는 표정을 지었고, 교수는 윤아가 재미있는 농담을 했다는 듯 껄껄 웃었다.

"내가 교수로 잘못 산 거 같지는 않은데 말이야."

교수가 말했다. 윤아는 자신의 질문에 대한 답을 듣지 못했지만, 거기서 멈췄다. 정확하고 깔끔한 성격이었지만 교수를 거스르고는 학위를 받을 수 없을 것 같았다. 이튿날 프로젝트에 참여한 학생들은 전원 사비로 쓴 돈을 환불받았다. 그리고 그날부터 윤아는 교수가 관여하는 모든 프로젝트에서 제외됐다. 공동집필

자로 이름을 올리기로 하고 마무리돼 가던 논문에서도 윤아는 배제됐다.

윤아는 사리분별이 정확하고 당찬 데가 있는 애였다. 그러나 연구팀을 구성하는 데서 몇 차례 제외되자 불안하고 초조했다. 박사학위를 따지 못할지도 모른다는 생각을 하자 견딜 수 없이 불안했다. 윤아는 결국 교수에게 굽히고 들어갔다. 차갑고 모진 성격이라는 건 알고 있었지만 그래도 학부 때부터 자신을 가르친 선생이었다. 교수는 그러나 쉽게 용서해 줄 생각이 없었다. 허리를 감싸는 교수의 손길을 역겹게 여기고 뛰쳐나온 윤아는 인권센터를 찾아갔다. 그때부터 윤아의 진짜 고난이 시작되었다. 공부밖에 몰랐던 윤아에게 전공분야 교수의 노골적인 적의는 사형선고나 마찬가지였다.

윤아를 위해 알렉스는 교수를 찾아가기로 했다. 교수 앞에 무릎을 꿇든 협박을 하든 뭐든 할 생각이었다. 교수실 팻말이 붙은 문 앞에 서자 솔직히 엄청 떨렸다. 알렉스는 숨을 한번 크게 들이켜고 교수실 손잡이를 잡았다. 안에서 두런거리는 소리가 들렸다. 손님이 와 있는 듯했다. 갑자기 말소리가 바로 곁에 선 것처럼 크게 들렸다. 알렉스는 앗 뜨거라 손잡이를 놓고 복도 맞은편 랩실로 뛰어들었다. 빈 랩실에서 한숨을 돌리는데 뒤를 쫓듯 랩실 문이 덜컹거렸다. 알렉스는 숨을 헉 삼키며 랩실 구석으로 들어갔다.

랩실로 들어온 교수가 캐비닛을 여는 소리가 들렸다. 캐비닛은 공동 연구자료를 넣어 두는 곳으로 교수의 연구실 참석자들은 언제든 필요한 자료를 꺼내 볼 수 있었다.

"여기 있군. 복사본이니 그냥 가져가셔도 됩니다. 참, 아까 그 건은 오늘 중으로 알아봐 주세요."

교수의 목소리였다.

"강윤아라고 했지요? 박 교수한테 운을 띄워 놓겠습니다."

누군지 탁한 목소리로 윤아의 이름을 들먹이는 순간 알렉스는 하마터면 딸꾹질할 뻔했다. 윤아가 디펜스 하는 날 심사위원으로 앉아 있던 연구교수가 확실했다.

"우리가 이 나이에 어린것들 때문에 스트레스를 받아야 되겠습니까."

"그러게 말입니다. 내가 아주 심장 손상이 올 지경

입니다."

"은혜도 모르는 것들은 싹을 뽑아야죠. 걱정 내려놓으십시오."

싹을 뽑겠다는 건 윤아가 학위논문 최종심사에서 탈락할 거라는 뜻이었다. 개새끼들. 알렉스는 주먹을 꽉 쥐었다. 서로 밀어 주자는 덕담을 주고받으며 나가는 소리가 들렸다. 알렉스가 후, 참았던 숨을 내쉬었다.

"거기 누구야!"

교수가 고함을 질렀다. 탁한 목소리는 나가고 교수는 안에 남아 있었던 모양이다. 알렉스는 기겁해서 책장 뒤로 들어갔다. 들어서는 순간 구석으로 오는 발소리가 들렸다. 실수였다. 책장에서 자료를 찾고 있었다고 거짓말을 하려면 책등이 보이는 쪽으로 갔어야 했다. 랩실은 교수가 불시에 들이닥칠 때를 대비한 방어책으로 동선이 최대한 길어지게 책상을 놓고 비품을 장애물처럼 배치해 뒀는데 교수는 순식간에 책장 앞에 와서 섰다.

"뭐 하는 놈이야! 교수가 왔으면 인기척을 내는 게 예의지! 이리 나와!"

교수가 왈왈거렸다. 알렉스는 책장 뒤에서 교수와

반대쪽으로 얼굴을 돌린 채 서 있었다. 일단 여기서 튀자. 생긴 건 불도그여도 60대에 접어드는 노친네다. 내 얼굴을 보기 전에 한 대만 치면 된다. 미친 듯이 머리를 굴리던 알렉스는 빡, 하는 소리를 들었다. 자신의 머리통이 깨지는 소리 같았는데, 그 순간 통증보다도 어떤 지독한 이질감이 몸속으로 훅 들어왔다. 예상치 못한 어떤 감각은 뇌 속의 무언가를 자극하거나 파열시켜 퇴화된 기능을 예외적으로 작동케 한다. 인지심리학 세미나에서 인상 깊게 들었던, 그 예외적 작동이 알렉스의 뇌 속에서 일어났다. 두개골에서 빡, 하는 소리가 난 직후 헛것이 보이기 시작했다.

누가 알렉스의 눈앞에 분분히 낙화하는 풍경 필름을 거꾸로 돌린 걸까. 꽃잎들이… 꽃잎 같은 얼룩들이 점점이 날아오르는 게 보였다. 개중 큰 것이 알렉스의 눈앞에서 바르르 몸을 떨었다. 알렉스는 본능이 시키는 대로 움직였다. 알렉스는 진동벨처럼 떨어대는 얼룩을 낚아채어 교수의 머리를 내려쳤다. 돌 깨지는 소리 대신 뻡, 하는 마찰음이 나면서 교수가 사라졌다. 교수가 사라지는 순간 알렉스는 공중에 뚫린 우물을 보았다. 환각이 알렉스를 덮쳤다. 알렉스는 자신이 행한 일을 이해하지 못한 채 졸도했다.

시간이 얼마큼 흘렀는지 알 수 없었다. 천천히 정신이 돌아왔다. 알렉스는 다소 개 같은 자세로 바닥에 엎드려 있었다. 자신이 왜 그런 자세로 엎드려 있는지, 무슨 일이 일어난 건지 기억나지 않았다. 알렉스는 후들거리는 다리에 힘을 주고 일어섰다. 머리와 등과 팔다리에 새롭게 피가 도는 느낌이었다. 알렉스는 소스라치며 신음을 토했다. 방금 이곳에서 일어났던 난투극이 머릿속에서 재생됐다.

"교수… 교수님?"

알렉스는 비척거리며 랩실을 한 바퀴 돌았다. 교수를 불렀으나 대답이 없었다. 비명도, 피를 흘린 흔적도 없었다. 교수는 랩실을 나간 게 아니라 사라졌다. 혼란스러운 가운데, 자신의 인생에 무슨 일이 일어났는지, 그게 어떤 의미인지 선명하게 다가왔다. 정신 차려. 일단 교수에게 전화해서 확인부터 하자. 전화해서 받으면 무슨 말을 하지. 만약 받지 않으면… 그런데 내가 여기 들어온 건 교수 말고는 아무도 모르잖아. 교수는 정말 사라진 건가. 그렇다면 수습이든 뭐든 해야 할 것 같은데 머리가 너무 혼란스러워 생각을 정리할 수 없었다.

랩실을 나서던 알렉스는 멈칫했다. 뭔가 뚝 부러지는 것 같은, 무언가가 결정적으로 꺾이는 소리였다. 가슴이 뻥 뚫린 듯 막막해지더니 누군가 슬프게 흐느끼는 소리가 들렸다. 자신이 울고 있다는 것을 알렉스는 몰랐다. 절망적인 흐느낌이 자신의 배 속에서 가슴을 두드리며 올라왔다. 교수가 사라진 것에 대한 두려움은 이미 알렉스의 머릿속에서 지워지고 없었다. 아무 이유 없이, 이유도 모른 채 눈물 콧물을 쏟아내며 알렉스는 혼자 랩실에 주저앉아 울었다. 쇳덩어리를 끌어안은 듯 온몸이 차가워지면서 마음이 한없이 아팠다. 윤아가 자기 인생을 접은 게 그때 그 순간이었다는 것을 알렉스는 알지 못했다.

윤아가 죽은 지 세 달 가까이 지났을 무렵이었다. 쇼핑몰 물류창고에서 몸 쓰는 일을 하던 알렉스는 윤아의 언니, 강윤미의 전화를 받았다. 강윤미와는 윤아의 장례식에서 잠시 인사를 나눈 적이 있었다. 알렉스가 학교 친구라고만 했는데 강윤미는 알렉스를 유심히 보았다. 전화를 걸어 온 강윤미는 다짜고짜 자신이 겪은 일을 전했다.

윤아가 남기고 간 일기를 읽어 나가던 중에 정체불명의 메일을 수신했다. 내용은 그림 한 장이 전부였다. 형형한 눈빛을 가진 독수리 그림이었다. 슬픔과 분노와 복수심으로 벼려 놓은 듯한 독수리의 눈빛을 강윤미는 오래 바라다보았다. 그녀는 어떤 운명에 이끌리듯 악의 심장을 꿰뚫는 듯한 독수리의 눈빛을 클릭했다. '디 오더'라는 사이트가 열렸다.

강윤미는 알렉스에게 자신이 베티라는 이름으로 디 오더의 리더가 되기까지의 이야기를 했다. 알렉스에 대한 조사를 시작으로 활동을 시작한 세 명의 디 오더 요원에 대한 이야기도 했다. 마지막으로 강윤미는 교수가 대학병원 중환자실에 있다는 소식을 전했다.

"의식불명 상태이긴 하나, 교수는 살아 있습니다."

베티, 강윤미가 말했다. 알렉스는 무슨 대답을 해야 할지 몰라 잠자코 있었다. 강윤미가 말한 정체불명의 메일이나 디 오더의 리더 이야기를 알아들을 수는 없었지만, 사실을 말하고 있다는 건 알았다. 베티는 예외적인 일을 원한다면 나무달 카페로 오라고 했다.

7장. 곤약 덩어리로 디노를 만나다

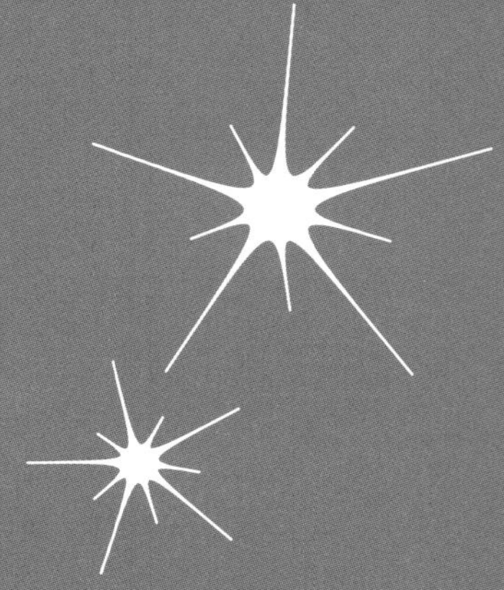

알렉스가 나무달 카페로 오기까지 겪었던 이야기를 엿듣고 나서 유진은 카페 공간을 빠져나왔다. 베티가 말한 예외적인 일은 디 오더 요원으로서의 활동을 의미할 것이다. 알렉스가 디 오더의 현장 요원으로 활약한 이야기는 굳이 듣고 싶지 않았다. 사사건건 알게 되면 알렉스한테 정떨어질 거 같았다.

유진이 간 곳은 가나예술고등학교 편의점이었다. 스위핑홀 입구 어딘가에 갇혀 있다 나무달 카페로 이동한 것처럼 텔레포트로 움직였다. 이번에는 시은에게 의식을 집중했다. 물성의 몸이 사라진 존재로서 어떤 대상에 의식을 집중한다는 건 자신의 존재 전체를 던지는 용감무쌍한 행위였다. 상대가 본능적인 거부감을 느낄 경우, 의식의 바깥으로 튕겨 나가거나 텔레포트 도상에서 산화될 수 있었다.

시은은 하나뿐인 탁자를 차지하고 모바일 폰을 들여다보고 있었다. 유진이 시은의 옆으로 조심스럽게 다가갔다.

—희준아, 뭐 해?

폰을 들여다보던 시은이 희준에게 톡을 보냈다.

—노트북 자습실.

희준의 톡이 찍혔다.

—오늘 토욜인데 집에 안 가?

—과제 다 해 놓고 가려고. 집에 가면 까미 때문에 아무것도 못 해. 밖으로 나가자고 목줄을 물고 온다니까.

—아, 뭐야. 가방 챙겨서 나와. 10분 안에 안 나오기만 해 봐.

희준이 ㅋㅋㅋ을 찍었다. 유진은 괜히 기분이 안 좋았다. 시은과 유진은 중학교 때부터 친한 사이였다. 고등학교 1학년 때 희준과 유진이 같은 반이라 친해지면서 셋이서 몇 번 같이 놀았다. 2학년으로 올라와서도 세 사람은 같이 어울렸는데 시은과 희준이 아주 허물없는 사이는 아니었다. 유진은 시은과 둘이서도 만났지만, 시은과 희준은 유진이 끼지 않으면 따로 만나지는 않았다. 유진이 한 달 가까이 학교를 빠진 사이에 둘이 친해진 듯했다.

시은은 가방과 휴대폰을 챙겨 일어났다. 시은이 기숙사 앞에서 기다린 지 1분도 안 돼 희준이 뛰어나왔다. 유진은 시은이 혼자 와 줬으면 했지만 희준을 부를 거라 예상은 했다. 유진의 몸이 종적 없이 사라져 약속을 지킬 수 없게 됐으니 희준이 따라오는 게 차라리 잘 된 일이긴 했다.

"무슨 일인데?"

희준이 물었다.

"내 인스타에 유진이가 메시지를 남겼어. 오늘 요양병원 갈 거라면서 그쪽으로 오래. 엄마 면회하고 나서 놀고 싶은가 봐."

희준과 걸음을 맞춰 교문 쪽으로 걸으며 시은이 말했다. 유진은 자신의 말을 희준에게 전하는 시은의 말투가 왠지 거슬렸다. 엄마 면회하고 나서 놀고 싶은가 봐. 이 말은 시은이 자신은 딱히 놀고 싶은 게 아니라는 것처럼 들렸다. 시은과 희준은 더는 유진에 대해 말하지 않고 마을버스 정거장으로 갈 때까지 쪽지시험 이야기만 했다.

유진은 따돌림받는 기분이었다. 혹시 모습은 안 보여도 말은 할 수 있는 걸까. 유진은 시은의 키높이로 내려갔다. 시은아. 조심스럽게 부른 말에 시은이 걸음을 잠깐 멈추었다가 다시 걸었다. 아싸, 유진은 투명한 곤약 같은 몸을 구부렸다 펴며 에너지를 끌어 올렸다.

"시은아, 나야. 유진이야."

유진이 시은의 귀에 대고 말한 뒤 두 사람 주위를 한 바퀴 돌았다. 시은을 불렀을 때 놀라는 게 느껴졌으니 자신의 존재를 알리는 것도 가능할 것 같았다. 그런데 희준이와 얘기를 나누느라 바빠서인지 시은은 아무 반응 없이 걷기만 했다.

"유진이는 이제 돌아다녀도 되나 보네? 카페지기 영감한테 잡힐까 봐 학교 못 온다고 했잖아."

마을버스 안에서 시은과 나란히 앉아 가며 희준이 말했다. 희준과 시은은 유진의 상황을 알고 있었다. 디오더 회의가 있던 날 유진은 자신의 상황을 적어 메시지를 보냈다. 사람을 사라지게 하는 초능력 이야기는 빼고 디 오더, 라는 단체의 도움을 받고 있다는 것까지만 썼다.

"변장을, 아니 변복을 했대. 이따 자기 만나면 컬처쇼크로 쓰러질 거란다. 어 잠깐, 메시지MZ에 웹툰이 업로드됐네."

휴대폰을 들여다보던 시은이 메시지MZ를 열었다. 아침에 웹툰을 올리면서 깜박하고 업로드 예약 체크를 하지 않았는데 베티가 뒤늦게 확인하고 올린 모양이었다.

"어때? 메시지의 힘이 느껴지게 하려고 터치를 러프하게 했는데……."

에너지를 한껏 모아 외치던 유진이 중간에 말을 흐렸다. 시은이 혐오스럽다는 듯 인상을 썼다. 희준도 역겹다는 표정을 지었다. 고약하게 생긴 노인이 드라큘라 카페에서 탁자에 올라앉은 남자애의 등에 빨대를 꽂고 피를 빨아 먹는 장면을 그린 거였다. 피를 빠느라 움푹 들어간 노인의 뺨 옆에 의성어 '쪽쪽'을 음산한 폰트로 빨갛게 써서 띄웠다. 디 오더 회의 때 들은 이야기를 소재로 작업한 건데 애들의 반응을 보니까 기분이 묘했다. 유진은 구도와 효과적인 터치에만 골몰했지, 애들처럼 끔찍하다는 생각을 하지 못했다.

"유진이가 전에 독수리를 캡처해서 보낸 적 있잖아. 사진인지 그림인지 맞혀 보라고."

지하철에서 빈자리를 찾아 나란히 앉고 나서 희준이 말을 꺼냈다. 마을버스에서 내려 지하철로 환승한 참이었다.

"그 독수리? 2B 연필로 그린 세밀화였잖아."

"아까 보니까 그림 아래 독수리 로고가 찍혔더라. 독수리 로고도 그렇고, 사실 내가 디 오더라는 단체에 대해서 조사를 해 봤지."

희준이 의미심장하게 말했다. 빈자리에 내려앉으려던 유진이 환풍기에 빨려 올라가듯 위로 붕 떠 올랐다. 애니메이션에서 유령이나 요정이 화들짝 놀라는 장면에서 그러듯 유진은 천장을 한 바퀴 휙 돌고는 아까 앉으려던 자리에 내려앉았다. 흉내를 낸 게 아니라 자기도 모르게 그렇게 됐다.

"독수리 로고? 난 왜 못 봤지?"

시은이 입을 벌려 놀란 시늉을 하고는 메시지MZ를 다시 열었다. 메시지MZ는 단순한 디자인이긴 해도 웹진 형태로 사이트가 구축돼 있고 새로 포스팅한 글은 계정을 걸어 놓은 후원자들 메일로도 발송되었다. 유진은 메일 주소록에 희준과 시은을 올릴까 하다가 관두었다. 스터디실 같은 데서 다른 애들이 노트북을 볼 수 있어 위험했다.

"그러네. 여기 찍혀 있어. 어, 다른 글에도 다 찍어 놓았네."

시은이 말했다. 독수리 로고는 글마다 찍어 놓은 게 아니라 사이트 오른쪽 귀퉁이에 찍혀 있었다. 시은도 유진처럼 웹툰 작가를 꿈꾸는데 세심한 관찰력과는 거리가 멀었다.

"뭔가 있어."

희준이 의미심장한 말투로 중얼거렸다.

"뭐가 있는데?"

"디 오더는 배드민턴 동우회 같은 단체가 아냐. 디 오더를 검색어로 구글링하니까 디 오더 게임밖에 안 나와."

"디 오더 게임도 있어?"

"런던을 배경으로 한 역사 대체물 게임이야. 디 오더 기사단이 유전자에 돌연변이가 일어난 인간 혼종이랑 전쟁을 벌이는 티피에스 게임인데……."

"그 게임에서 디 오더, 라는 단체 이름을 땄나 보다. 디 오더 뜻이 뭐지?"

"게임에서 디 오더 뜻은 성배를 찾아내어 지키는 소명을 의미해. 유진이가 말한 단체에서는 글쎄, 독수리랑 관련이 있지 않을까."

희준이 말했다. 시은이 고개를 갸우뚱 기울이고 있다가 어깨를 으쓱했다. 오랜만에 봐서 그런지 유진은 시은이가 하는 짓이 되게 귀여웠다.

"시은아. 우리 요양병원에서 유진이 만나면 같이

여의도에 가 보자. 너, 여의도 가 봤어?"

"국회의사당 있는 데? 거긴 왜?"

"우리 형 만나러. 이종사촌 형인데 문양, 칼, 방패 이런 거 빠삭해. 중세 판타지물 덕후거든. 가서 디 오더 기사단이랑 독수리 문양에 대해 물어보자."

"형이 국회의원이야?"

시은이 소리쳤다. 시은이 바로 옆에 떠 있던 유진은 놀라서 출렁 뒤집혔다. 희준이와 시은이 디 오더에 대해 누군가에게 떠들고 다닐 줄은 몰랐다. 더구나 그 상대가 국회의원이라니.

"국회의원은 아니고 국회의원회관에 있어."

희준이 말했다.

"거기서 뭐 하는데?"

"나도 잘 몰라. 국회의원이 하는 일을 돕겠지."

"아, 영화에서 봤어. 보좌관 그런 거지? 그런 사람들 일하는 데 가 보고 싶더라."

시은이 선선히 대답하고는 잠시 생각에 잠겼다가 입을 열었다.

"디 오더 이야기 다른 사람한테 하는 거 유진이가 알면 싫어할 텐데. 거기 있는 거 비밀로 해 달랬잖아."

시은의 말에 희준이 고개를 크게 한 번 저었다.

"게임에 나오는 디 오더 기사단에 대해 물어볼 거야. 게임 배경이 된 시대에 독수리 문양이 어떤 가문에서 어떤 의미로 쓰였는지 캐다 보면 그 단체에 대한 정보도 나오겠지."

시은은 크게 관심이 없는 듯 어깨를 으쓱했다. 시은의 시큰둥한 반응에 희준도 입을 다물고 폰을 열었다. 희준은 메시지MZ에 실린 유진의 그림에 한참 시선을 두었다.

요양병원에 들른 희준과 시은은 10분 정도 병실에 머물렀다. 병원 밖에서 한참 기다려도 유진이 나타나지 않은 데다 엄마도 유진이 오는 걸 모르는 눈치여서 둘은 병문안을 왔다고 둘러댔다. 안부를 묻고 나서는 둘 다 어색하게 서 있었다. 엄마가 애들은 이런 데 오래 있는 거 아니라고 새를 쫓듯 내몰았다.

시은과 희준이 505호실 문을 닫고 돌아서는데 복도 반대쪽 병실에서 할아버지 한 분이 벌거벗은 채 나왔다. 허리에 두른 커다란 수건이 헐렁해서 벗은 몸이 다 보였다. 그 할아버지 뒤로 수건만 두른 할아버지들이 줄을 지어 나왔다. 한 할아버지는 도우미가 미는 휠

체어에 앉아서 나왔다. 다들 주름이 엄청 많고 조금씩 휘청거리며 천천히 움직였다.

"단체로 목욕하러 가나 봐."

시은이 속삭였다.

"야, 빨리 가자."

희준이 시은의 팔을 잡아당겼다. 징그러워. 시은이 엘리베이터에 들어가는 노인들을 쳐다보며 중얼거렸다. 시은의 얼굴에 실린 건 징그럽다는 느낌만이 아니었다. 시은의 표정과 눈길에 담긴 표정이 혐오라는 것을 유진은 알고 있었다. 추하고 기이한 생물체를 보는 듯한 저 시선 끝에 유진의 엄마도 있었다.

병든 엄마 곁을 오래 지켜서인지 유진은 늙고 병든 사람들의 몸과 행동에 익숙했다. 때때로 유진은 엄마의 손을 보면서 묘한 감동 같은 걸 느낄 때가 있었다. 나무옹이처럼 박힌 굳은살과 굵은 손마디가 볼품없고 흉하긴 했지만 엄마가 살아온 삶이 불행했을 거라는 생각은 들지 않았다. 엄마는 젊을 때 기계가 시끄럽게 돌아가는 공장에서 일하다 나이가 들어서는 건물 청소를 했다. 수십 년간 걸레를 쥐고 살아서 손이 흙바닥처럼 거칠고 잔주름이 잡혔지만, 유진이한테는 그 손이 엄마였다. 엄마는 아직 육십도 안 됐는데, 조금 전 엘리베이터로 들어간 노인들을 닮아 가고 있었다. 시은과 희준은 비상구 계단을 뛰어 내려갔다.

"여의도까지 가려면 환승을 두 번이나 해야 해."

희준이 지도 앱을 보며 말했다. 시은과 희준은 유진을 보이지 않는 말주머니처럼 달고 대림역에서 2호선으로 갈아타고 가다가 당산역에서 9호선으로 다시 환승했다. 역에서 국회의원회관까지는 걸어서 5분밖에 걸리지 않았다.

"저기서 방문증 받자."

회관 건물에 들어가서 희준은 시은을 데리고 방문 신청서 작성하는 곳으로 갔다.

"학생들, 이거 잃어버리면 돈 물어내야 해요."

안내소 아저씨가 방문증을 내밀며 겁을 줬다. 방문증을 받아 드는데 누가 희준을 불렀다.

"형!"

희준이 손을 번쩍 들었다. 희준의 사촌 형은 커다란 종이박스 두 개를 끌어안고 있어 얼굴이 보이지 않았다. 시은과 희준은 검색대를 통과해서 사촌 형에게 갔다.

"형, 인턴 비서라면서 이런 일도 해?"

희준이 물었다.

"이런 일을 하는 게 인턴 비서야. 바쁠 땐 주차 대리도 하고 커피 심부름도 하고."

사촌 형의 말에 희준은 시은을 힐긋 봤다. 시은은 눈을 동그랗게 뜨고 회관을 둘러보느라 정신이 없었다. 사촌 형이 엘리베이터 앞에서 걸음을 멈추고 말했다.

"니들은 3층 휴게실에 가 있어라. 난 이거 갖다 놓고 갈게."

"우린 사무실에 못 들어가?"

희준이 실망한 투로 물었다. 시은이도 실망한 표정이었다. 난 맘만 먹으면 어디든 들어갈 수 있지. 말주머니처럼 낮게 떠 있던 유진이 혼자 두둥거렸다.

"사무실은 뭐 하러? 별로 볼 것도 없어. 엘리베이터 왔다. 타자."

시은과 희준은 3층에서 내려 휴게실로 갔다. 정문이 보이는 쪽으로 맨 구석방이 휴게실이었다. 크고 푹신푹신한 소파가 있어 일하다 피곤하면 누워서 자도 될 것 같았다. 유진은 둥둥거리며 다니느라 피로해진

의식의 덩어리를 소파 위에 내려놓았다.

"뭔데? 나한테 보여 줄 게 있다며?"

30분 가까이 기다리게 한 후에 희준의 사촌 형이 왔다. 소파 위에서 긴장을 풀고 문어발처럼 늘어졌던 유진은 사촌 형의 얼굴을 보는 순간 호빵처럼 오므라졌다. 나무달 카페에서 봤던 곱슬머리 디노였다. 어쩐지 아까 목소리가 귀에 익더라니.

저 형이 여긴 왜?

의아해하는 순간 디 오더 회의를 할 때 국회의원 한 명의 이름이 타깃 후보로 오르내렸던 게 생각났다. 디노가 혹시 그 국회의원 밑에서 일을 하는 거라면, 디 오더 임무를 수행하는 중일 것이다. 그런데 혹시 그 반대라면? 국회의원을 압박하는 디 오더의 정체를 눈치채고서 디노를 디 오더에 스파이로 심은 것일 수도 있었다. 하는 말마다 밉상스러웠던 디노를 노려보며 유진은 마음이 왔다 갔다 했다.

실상 왔다 갔다 하는 건 디 오더에 대한 유진의 감정이었다. 디 오더가 약탈자들을 상대로 싸우는 것 자체는 공감할 수 있었다. 그러나 정신이 번쩍 들게 혼내는 선에서 그치는 게 아니라 파일 지우듯 타깃을 삭제하는 건 동의할 수 없었다. 스위핑홀에 갇힌 사람들이 자신의 욕망이 들끓는 세계로 끌려가는 거라 해도 마찬가지였다. 아무리 못된 사람이라도 가족이 있고 친구도 있을 거였다. 지금 당장 유진이 그 꼴을 당하고 있었다. 학교 다닐 때는 토요일 각자 집으로 귀가해서 하루 만인 일요일 오후에 만나도 반가워하며 웃고 떠들었는데, 지금은 어떤가 보라지. 몸이 사라지면서 만남도 사라진 것이다. 유진은 그들에게 유령이나 마찬가지였다.

그런데 또 알 수 없는 게 사람의 감정이었다. 국회의원회관에서 디노를 보는 순간 유진의 머릿속에 맨 처음 떠오른 건 디 오더의 정체가 발각되면 어떡하나, 였다. 유진에게 디 오더는 알렉스와 베티였다. 유진은 두 사람이 다치는 것을 원하지 않았다. 디노의 느닷없는 등장과 디 오더에 대한 감정적 동요로 심란해하던 유진은 회관 휴게실을 천천히 돌면서 마음을 진정시켰다.

유진은 발등의 불부터 끄기로 했다. 지금 유진에게 발등의 불은 경계지대에서 둥둥 떠다녀야 하는 이 상황이었다. 디노로 인해 알렉스가 잘못되면 유진은 이 경계지대를 영원히 벗어나지 못할 것이다. 큼직한 곤약 덩어리로 기약 없이 둥둥거려야 한다면, 등에 빨대를 꽂힌 채 사는 것보다 나을 게 없었다.

8장. 어린 생명을 빼앗는 묵은 여우

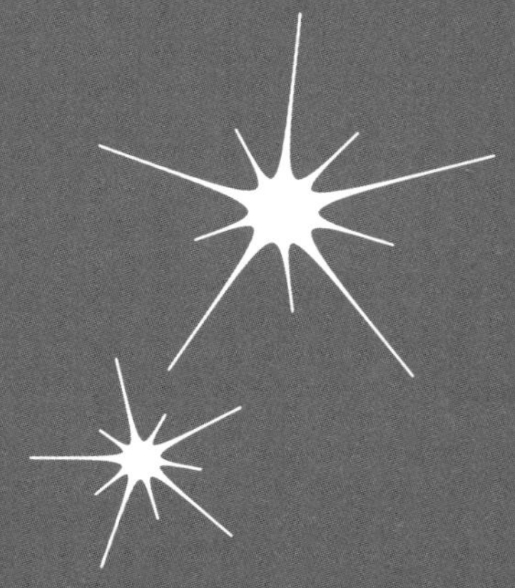

희준은 불만스러운 표정이었다. 디노는 독수리를 로고로 사용해 온 비밀단체와 독수리의 사회적 역사적 의미, 상징에 대해 묻는 희준에게 뻔한 스토리만 주워섬겼다. 희준은 로비까지 내려와 배웅하는 디노에게 괜히 왔다고 툴툴거렸다. 시은은 국회의원회관도 와 보고 인스타그램에 올릴 사진도 찍어서인지 나름 만족한 표정이었다. 유진은 디노의 머리 뒤에 떠서 희준과 시은이 돌아가는 모습을 지켜보았다.

두 고딩이 시야에서 사라지자 디노는 표정이 심각해졌다. 디노가 누군가에게 전화를 걸면서 엘리베이터에 탔다. 유진도 엘리베이터를 탔다. 디노를 따라가서 뭘 어쩌겠다는 계획은 없었다. 따라다니다 보면 디노가 어디에 편을 두고 있는지, 자신이 해야 할 일이 무엇인지 알게 될 거였다. 달리 할 일도 없었다. 이 시간에 웬일이야? 이든의 폰에서 베티 목소리가 들렸다.

"누나, 나 오늘 여기 떠야겠어. 유진인가 하는 그 애가나예술고 다니지? …그럴 줄 알았어. 내 사촌 동생이 느닷없이 찾아와서 디 오더와 독수리에 대해 캐묻더라고. …그거야 모르지. 그러게 꼬마는 뭐 하러… 수혈옹 때는 깔끔하게 처리했잖아."

디노가 내뱉은 말을 처음에는 알아듣지 못했다. 깔끔하게 처리했다는 게 무슨 뜻인지 파악한 순간 유진은 덩어리가 찢기는 듯한 물성적 통증을 느꼈다. 그날이구나. 알렉스가 어깨를 다친 채 한없이 우울한 표정으로 돌아왔던 그날이었다. 고2를 집에 데려다줬다는 알렉스의 말에 의구심을 가졌던 그날. 알렉스가 무슨 말인가 중얼거리는 것을, 유진은 고2를 데려다줬다는 말로 들었다. 그렇게 듣고 싶었던 거다.

"그 꼬마가 얼룩을 봤다고? 사라지는 걸 본 게 아니고?"

디노가 긴장한 표정으로 속삭였다. 유진은 무거운 마음 탓에 빽빽해진 덩어리를 끌고 밑으로 내려갔다. 디노가 말하는 꼬마는 자신일 것이다. 알렉스를 만난 첫날 비비가 사라지기 직전에 유진은 분명 얼룩을 보았다. 알렉스도 베티도, 그리고 디노까지 유진이 얼룩을 본다는 사실에 신경을 곤두세우는 눈치였다.

"꼬마가 얼룩을 봤단 말이지?"

디노가 이것 좀 재미있는데, 하는 표정으로 거듭 물었다. 내가 얼룩을 봤다는 말을 하지 않았으면, 비비가 사라진 날 나 역시 사라졌을까? 아마도 그랬을 것이다.

유진은 기분이 말할 수 없이 이상하고 씁쓰레했다.

"제2의 알렉스든 제3의 알렉스든, 나는 일단 자료 긁어서 여길 떠야겠어. …당근 겁나지. 나는 내 인생까지 디 오더에 갈아 넣고 싶지 않거든요. 아, 끊어야겠다."

디노는 엘리베이터에서 나가며 소심한 인턴의 표정을 얼굴에 붙였다. 유진은 흐느적거리며 디노의 뒤를 따라갔다. 또래 아이가 알렉스의 손에 사라졌다는 걸 안 것만도 충격인데, 알렉스와 베티가 자신을 제2의 알렉스로 기대하고 있다니. 뭐가 어떻게 돌아가는 건지 정신이 하나도 없었다. 알렉스는, 디 오더의 어설픈 능력자는 자신의 실수로 내가 이러고 다니는 걸 알기는 하는지. 마음이 복잡하게 꼬이자 의식의 덩어리가 볼썽사납게 흐트러졌다. 이러다 의식마저 달걀 풀어지듯 풀어져 스위핑홀과 현실 세계 사이에서 미세먼지처럼 부유하게 될 것 같았다. 유진은 디노의 어깨에 올라타고서 흘러내린 가닥을 끌어모아 몽글몽글 모양을 잡았다. 디노는 뭔가에 정신이 팔려 자기 어깨에 투명한 곤약 덩어리 같은 것이 앉았는데도 눈치를 채지 못했다.

국회의원 사무실은 기대한 것과는 달랐다. 뭔가 대단한 일을 하는 사람들의 열기로 뜨겁고 다이내믹할 거라 상상했는데 한산하고 조용했다. 파티션을 두른 책상이 있고, 파티션 없이 서로 마주 보도록 붙어 있는 책상도 있었다. 디노는 파티션이 없는 책상으로 가서 앉았다. 출입문 가까운 곳이었다. 출입문 근처 책상은 기숙사 스터디실에서는 최악으로 치는 자리였다.

디노는 앉자마자 페이스북으로 들어갔다. 타임라인 왼쪽 프로필 사진은 디노가 아니었다. 사진 속 남자는 완전 백발이었는데 얼굴이 매끈하고 번질거리는 가죽 느낌이 났다. 사진 밑에 소해헌, 이라고 적혀 있었다. 페이스북 메시지를 열고 마우스 휠을 돌리던 디노가 거북목을 하고 모니터를 노려보았다.

죽어야 할 자들을 살리고
살려야 할 자들을 죽이는
쓰레기 법안을 거둬들여라.
어린 생명을 빼앗는 여우는
독수리의 밥이 될 것이다!

메시지는 누가 봐도 소해헌 국회의원을 협박하는 내용이었다. 디노가 메시지를 보낸 날짜에 마우스 커서를 대고 검은 블록을 씌웠다. 10월 19일. 한 달여 전의 저 날짜가 무슨 의미를 갖는 듯했다. 하여간 이 형, 촌스럽기는. 디노가 투덜거렸다. 알렉스가 디 오더 회의를 거치지 않고 단독으로 메시지를 보냈을 거라고 유진은 짐작했다.

"김기훈 씨, 이거 복사 좀 해야겠는데."

남자 직원 한 명이 큰 소리를 냈다.

"네, 차 보좌관님!"

모니터에 코를 박고 있던 디노가 벌떡 일어나 사무실 안쪽 자리로 달려갔다. 디노의 본명이 김기훈인 모양이었다. 차 보좌관이라는 남자 직원이 디노에게 서류철을 건네면서 말을 건넸다.

"뭘 그렇게 눈 빠지게 보고 있어?"

"네? 아, 페북에… 잠시."

차 보좌관의 말에 디노는 찔끔하며 말을 더듬었다. 디 오더 회의할 때 날뛰던 기세는 온데간데없었다. 다른 의원님들 홈페이지 참고할 게 있을까 해서요. 말투도 세상 공손했다.

"도표 페이지만 복사해서 갖고 와라."

"넵."

디노는 받은 서류를 들고 복사실로 갔다. 뒤에서 보면 겸손한 걸음걸이인데 돌아선 디노의 표정은 살벌했다. 사극 드라마에서 들킬지 모르는 실수를 했을 때 일을 서둘러야겠다고 결심한 사람이 지을 법한 표정이었다. 표정은 결연했지만 오후 내내 디노는 아무 일도 하지 못했다. 복사는 인턴만 하라는 법이 있는지 다들 디노를 불러 복사 심부름을 시켰다. 복사를 하고, 복사용지 채우고 토너를 갈고, 소해헌 의원의 페이스북과 트위터에 들어가 답글을 다느라 바빴다. 답글을 달다가 어느 직원이 크롬이 열리지 않는다며 부르자 바로 달려갔다. 디노는 그 직원이 비켜 준 의자에 엉덩이를 걸치고서 크롬을 다시 깔고, 까는 김에 고클린을 돌려 최적화 작업까지 했다. 제자리로 돌아와서는 여자 직원이 캡슐커피가 떨어졌다며 속상해하자 쇼핑 사이트로 들어가 주문을 했다. 고분고분 시키는 대로 열심인 디노의 모습이 유진은 신기했다. 나는 나중에 인턴 같은 건 안 해야지, 생각하며 유진은 사무실 천장으로 올라가서 척 붙었다. 좀 쉬고 싶었다.

"안 가고 뭐 해요?"

날카롭고 방정맞게 들리는 목소리에 설픗하게 꺼졌던 의식이 깨어났다. 캡슐커피가 떨어졌다고 했던 여자 직원이 고급스럽게 보이는 백을 팔에 걸치고 디노를 쳐다보고 있었다. 표정과 말투가 인턴 주제에 뭐 대단한 걸 한다고 앉아 있느냐는 질문 같았다. 그러고 보니 사무실에 있던 직원이 다 빠져나가고 없었다.

남이야 가든 말든.

중얼거리며 디노가 째려보자 캡슐커피가 입을 삐죽하고는 나갔다. 캡슐커피는 몰랐겠지만 째려보는 디노의 눈길에 살의가 스쳐 지난 것을 유진은 알 수 있었다. 그건 실제로 살인을 저지르겠다는 의지가 아니라 디노의 무의식적 욕망과도 같은 거였다. 부당한 공격을 받지 않고 살아온 사람들은 저런 무의식적인 욕망에, 저렇게 감춰진 적의에 둔감했다. 유진의 반에도 저렇게 해맑게 무딘 애들이 있었다. 시은도 약간 그런 축에 들었다.

캡슐커피가 나가고 디노는 출입문을 잠갔다. 잠그고 나서 그 자리에서 잠시 생각하던 디노는 잠금장치를 도로 풀고는 차 보좌관 책상으로 갔다. 하긴 누가 왔을 때 잠가 놓은 이유를 대야 하는 게 더 수상할 수도 있었다. 디노는 컴퓨터를 켜고 비번을 넣었다. 화면이 바로 열리자 디노가 코웃음을 쳤다. 디노는 구글 스팸메일로 들어가 '맛의 장인을 꿈꾸다'라는 메일을 열고 광고물을 클릭했다. 링크해 놓은 '세프의 손맛'이라는 레스토랑 사이트가 열렸다. 디노는 사이트를 바로 닫고 로그인 기록을 지운 뒤 차 보좌관의 컴퓨터를 껐다.

자기 자리로 돌아온 디노는 '보낸 사람'의 메일 주소에서 '맛의 장인을 꿈꾸다'를 지웠다. 언뜻 보니 보낸 사람 주소가 chef0520@gmail.com이었다. 보낸 사람의 메일 주소도 임의로 바꿔서 보낼 수 있다는 건 지금까지 몰랐던 사실이었다. 감탄하려던 유진은 다음 순간 저도 모르게 우와, 소리를 질렀다. 디노의 컴퓨터에 차 보좌관의 메일 목록에 있던 메일들이 속속 저장되었다. 디노가 국회의원 사무실에 인턴으로 들어온 이유가 있었던 거다. 국회의원회관 정도 되면 보안 솔루션이 깔려 있어 원격으로 이상한 프로그램을 까는 것 자체가 막혀 있을 거였다.

디노는 유에스비를 꽂고 '소해헌 법안' 폴더를 만들어 차 보좌관 메일에서 날아온 메일들을 저장했다.

차 보좌관 바탕화면에 있던 다른 폴더 몇 개도 통으로 옮겨 왔다. 수명 연장권, 장기 매매, 대한생명연구회 관리 따위의 폴더였다. 이메일과 컴퓨터가 허무하게 뚫리는 것을 직접 보자 유진은 곱슬머리 디노가 다시 보였다. 삭제와 해킹, 두 가지 능력 가운데 하나를 고르라면 유진은 단연 해킹이었다.

디노는 장기 매매 폴더에 들어 있는 법안 발의안 제출용 파일을 클릭해 열었다. '수명 연장 등에 관한 법률 일부개정법률안'이라는 문서의 대표 발의자는 소해헌 의원이었다. 대표 발의자 아래 보건복지위원회 소속 의원들 이름이 적혀 있었다. 디노의 머리 위에서 유진은 발의안을 훑었다. 장기 등 기증 희망 등록을 활성화할 수 있는 인프라 구축이 어쩌고 하는 내용이었다.

다 읽지 않아도 내용이 뭔지 파악이 됐다. 장기 매매를 합법적으로 할 수 있게 한다는 거였다. 장기 매매 합법화는 지하철 스크린도어에서 인간 장기가 3D 화면으로 전시되는 광고를 볼 수 있게 된다는 뜻이었다. 인간의 심장과 간을, 안구와 신장과 뼈와 살을 돈만 주면 마트에서 물건 사듯 살 수가 있다니… 이게 말이야 방구야.

"오케이! 그래, 이거지."

폴더 안에 들어 있는 파일들을 열었다 닫았다 하던 디노가 낮게 소리쳤다. 뭔지 궁금해서 보려는데 페이지를 넘겨 버렸다. 유진은 사진에 달린 캡션 문구만 얼핏 읽었다. 면역 억제제의 부작용과 후유증의 통계 어쩌고 하는.

"이거 빼박이네."

디노가 중얼거리며 사악하게 웃었다. 되게 즐거워 보였다. 저 맛에 디 오더 요원이 된 것 같았다. 디노는 주소록에서 수신자 네 명을 클릭해 메일을 보내고 컴퓨터를 끄고 가방을 챙겨 들었다. 행동이 되게 재빨랐다. 캡슐커피가 입술을 삐죽거리고 나간 지 10분 정도 지났을 뿐인데 디노가 찾아서 옮겨 온 파일이 수신 완료로 모니터에 떴다.

"누나, 첨부파일 보냈으니까 확인해 봐. 아니, 파일은 다 갖고 나왔는데 혹시 몰라서……."

사무실 문을 닫고 복도를 지나 엘리베이터를 타고 내려가면서 디노는 베티와 통화를 했다.

"…이게 되겠다 싶었는지 의사협회가 새로 붙었어. 며칠 전까지는 없던 논문도 올라와 있고, 조작이 확실해. 사망률, 합병증, 만성피로증… 맘먹고 거래하면 소해헌한테서 수십억도 땡기겠어. …농담이야, 농담. 알았어, 미안."

자신의 모험을 신나게 떠들던 디노가 사과했다. 사과도 재빨랐다. 베티가 돌변하면 말투에 얼음 알갱이가 박히는 걸 유진도 알고 있었다. 유진은 국회의원회관의 로비를 빠져나가는 디노의 뒤를 둥둥거리며 따라 나갔다. 차도 쪽으로 내려선 디노는 지하철 입구를 향해 걸었다. 유진은 둥둥거리던 걸 멈추고 가로수 가지에 의식의 덩어리를 걸쳤다. 디노를 계속 따라붙는 것보다 나무달 카페로 돌아가는 게 좋을 것 같았다.

"기훈 씨, 퇴근하나?"

유진이 막 알렉스에게 의식을 집중하려는데 승용차 한 대가 디노의 옆에서 멈췄다. 뒷자리 창문이 내려가고, 앉아 있는 사람이 보였다. 페이스북 프로필 사진으로 봤던 소해헌 국회의원이었다. 얼굴이 흰머리와 어울리지 않게 팽팽해 보이기는 해도 사진에서처럼 번질거리지는 않았다.

"늦게까지 남아 수고가 많았다며? 선혜가 인턴 부지런하다고 칭찬하더만."

소해헌이 말했다. 디노를 가소롭게 보던 캡슐커피가 선혜라면 칭찬이 아니라 고자질을 했을 것이다.

"할 이야기가 있으니 타게."

소해헌이 차에 타라는 고갯짓을 했다. 디노는 찍소리 없이 조수석에 올라탔다. 디노가 당연히 그래야 하는 것처럼 차에 타는 걸 보고 유진은 얼른 자동차 지붕 위로 내려앉았다. 가로로 설치된 루프 랙에 둥둥거리던 의식의 덩어리를 얹으니 의지가 돼서 한결 편했다. 차를 타고 한 십 분 달렸나. 두 사람은 차에서 내려 초고층 오피스텔로 들어갔다.

소해헌의 오피스텔에서는 한강이 훤히 내려다보였다. 뷰가 끝내주는 주거지라는 게 바로 이런 거구나. 유진은 한강을 내려다보며 오피스텔 안을 둥싯둥싯 돌아다녔다. 집 전체가 너무 깨끗해서 사람이 사는 집 같지 않았다. 거실 한가운데 놓인 회의용 탁자나 방에 있는 책상, 노트북이 전부 새것처럼 깨끗했다. 유진의 눈길을 끈 건 구릿빛 검집이었다. 유진은 평소 뾰족하고 날카로운 것이 근처에 있으면 그게 눈앞으로 날아드는 장면이 연상돼 자리를 피할 정도인데 그 칼집은 이상하게 괜찮았다. 전혀 아무렇지 않았다. 고가의 예술품이어서 그런가. 유진이 신기해하며 검의 손잡이를 쓰다듬는데 소해헌이 고개를 돌려 검을 노려보았다. 아니, 검이 아니라 유진을 노려보았다. 내가 보이나. 소해헌의 눈길이 닿은 덩어리 한가운데가 찌릿했다. 설마.

"커피 좋지?"

유진을 본 건 아닌지 소해헌은 냉장고로 가서 커피와 녹차 캔을 꺼냈다.

"네, 감사합니다."

디노가 말했다. 소해헌과 디노는 큼직한 탁자를 사이에 두고 앉았다.

"차 보좌관 컴퓨터를 뒤졌다며?"

녹차를 한 모금 마시고 소해헌이 물었다. 디노는 입으로 가져가던 커피를 든 채 동작을 멈췄다. 눈동자가 불안하게 흔들리긴 했으나 디노는 재빨리 표정을 정돈하고 입을 열었다.

"3주 전쯤에 의원님이 등 뒤에서 덤벼든 불한당한테 다친 적이 있잖습니까. 자택 앞에서요. 오늘 문득 그 생각이 나서 페북 메시지를 열어 봤는데 짐작이 맞았어요. 법안 발의안을 취소하라는 메시지가 날아온 게

36일 전, 그러니까 10월 19일이었어요. 공격을 당하고 사흘 뒤였죠. 그때는 두 사건을 연결할 생각을 못했는데 오늘따라 이상하게 그게 마음에 걸렸습니다."

"오늘따라 이상하게? 갑자기?"

소해헌이 호기심 어린 표정을 지었다.

"그게 사실은 차 보좌관님 복사 심부름을 하다가 서류를 봤는데 입법 예고일이 12월 6일이더라고요. 그걸 보니까……."

"차 보좌관 컴퓨터를 뒤지고 싶었군."

소해헌이 말을 자르며 끼어들었고, 디노가 헉, 소리를 지르며 몸을 뒤로 젖혔다. 소해헌이 칼침이라도 놓는 양 황급히 피해 놓고서 디노가 벙찐 표정을 지었다. 그러나 유진은 소해헌과 디노 사이를 가르는 칼날을 본 듯했다. 소파에 널브러져 있느라 자세히는 못 봤지만 분명 뭔가 번쩍했다. 혹시… 유진은 벽에 걸린 검집과 소해헌을 번갈아 보았다. 소해헌이 칼의 에너지를 부린 건가. 그러고 보니 소해헌은 국회의원이라기보다 어딘지 무사 같은 느낌이었다. 아직 벙찐 표정을 짓고 있는 디노도 칼날의 에너지를 무의식중에 느꼈을 것이다.

"죄송합니다. 제가 잠깐 헛것을 봐서……. 음, 암튼 의원님을 공격한 불한당과 메모장 보낸 놈이 동일인 같더라고요. 보좌관님 서류를 보면, 보도자료 날짜라든가 그런 걸로 의심되는 자들의 알리바이를 대조해 볼 수 있지 않을까 싶었어요."

디노가 말했다.

"그래서, 차 보좌관이 정리해 놓은 서류를 보고 나니 어떤 생각이 들었지?"

소해헌의 말투가 살짝 바뀌었다. 유진은 소파에서 떠올라 두 사람으로부터 멀찌감치 비켰다. 고래 싸움에 새우 등 터질 일 있나 싶었다.

"아시겠지만 문제가 될 소지가 어마무시하다고 봅니다. 장기 매매 합법화 자체를 반대하는 여론도 거센데 합법화를 뒷받침해 줄 자료를 조작했다는 의심을……."

디노가 도전적인 눈빛을 던지며 말을 꺼내는데 소해헌이 손바닥을 펼쳐 들었다. 뻔한 이야기 길게 늘어놓을 거 없다는 뜻 같았다.

"열심히 하는 건 좋은데, 보좌진은 나라를 생각하거나 국민을 위해 일하는 자리가 아냐. 보좌진은 자기가 모시는 보스를 위해 일하는 사람이지. 자네, 대학 휴학 중이라고 들었는데… 내년 인사 때 9급 돼서 보좌진에 합류해야지?”

소해헌이 말끝을 올리며 묻는 시선을 던졌다. 뭐야, 저 국회의원이 곱슬머리를 회유하는 거야? 유진이 다시 두 사람 가까이 갔다. 차에 타란다고 순순히 탄 디노의 속내가 궁금했다. 심각한 표정을 짓고 있던 디노가 고개를 끄덕였다. 헐, 왜 저래. 디노를 노려보며 유진이 덩어리를 불룩거렸다. 이식 수술 사례를 조작했다며? 그럼 저딴 제안은 거절하는 게 맞잖아. 유진은 디노와 소해헌 사이를 둥둥거리며 화를 냈다. 둥둥거리는 유진을 중심으로 그을음이 흩어졌다. 소해헌이 천천히 손을 들어 그을음이 닿은 뺨을 긁었다. 저 그을음은 느낄 수 없어야 정상인데… 유진은 의아해하며 소해헌을 쳐다보았다. 순간 소해헌과 눈길이 마주쳤다. 착각이 아니었다.

유진은 의식의 덩어리를 허겁지겁 위로 끌어올렸다. 긴장한 탓에 위로 쉬 떠오를 수가 없었다. 운동하다 관절을 다쳤을 때처럼 덩어리가 굳어지는 느낌이었다. 소해헌이 천천히 일어나 뒤쪽 벽에 걸린 검을 집어

들었다. 손잡이가 멋진 검이 검집을 빠져나왔다. 소해헌이 검을 머리 위로 치켜들었다. 이 상황이 아니라면 유진이 감탄을 쏟았을 만큼 자세가 딱 잡힌 검객의 포즈였다. 소해헌은 정확히 유진을 겨누어 망설임 없이 검을 휘둘렀다. 번쩍이는 빛을 본 순간 유진은 삭제되었다.

9장. 쿠바의 게릴라들

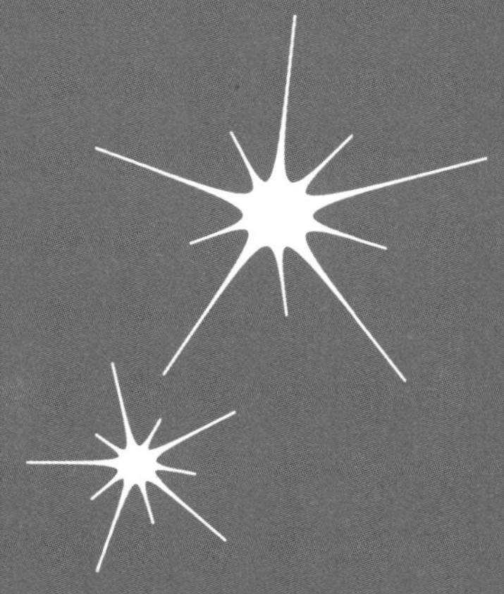

꿈속에서 바닥없는 허공으로 떨어져 내릴 때처럼 유진은 비명을 질렀다. 으아아아아아 길게 길게 울부짖었다. 살겠다는 의지로 죽을 듯이 울부짖어야 생명에 손을 뻗는 어떤 힘이 자신을 붙잡아 줄 것 같았다. 어느 순간 비명이 끊겼다. 관절을 붙잡고 있는 인대가 끊어지듯 곤약 덩어리의 형태로나마 물성을 유지하던 의식이 끊겼다. 의식의 블랙홀을 지나는 듯한 고요가, 절대적인 부재의 시공간이 유진의 끊긴 의식을 대신해 들어앉았다.

나는 죽은 건가.

유진의 의식이 비몽사몽 가운데 깨어났다. 깨어났으나 깨어났다는 실감은 들지 않았다. 나, 정말 죽은 건가. 여기는 사후세계일까. 유진은 눈에 담기는 것들을 멍하니 바라보다가 침을 꿀꺽 삼켰다. 목구멍이 좁아지고 울대가 위로 올라왔다가 내려갔다. 소나기의 세찬 세례를 받은 듯 유진은 몸을 부르르 떨었다. 내가 살아 있구나. 유진은 제 얼굴을 만지고 팔과 어깨를 더듬었다. 멀쩡했다. 눈코입 있을 게 다 있었다. 유령처럼 둥둥거렸던 감각이 남아 있어서인지 손에 닿는 얼굴과 팔의 감촉이 신기하고 뿌듯했다. 그때까지 느끼지 못

했던 소리가 비로소 귓속으로 쏟아져 들어왔다.

유진은 주변을 둘러보았다. 사방이 다 숲이었다. 산속인가. 아무래도 산속 같았다. 그런데 나무가 좀 이상하게 생겼다. 하나같이 뿌리가 흙 위로 솟아나와 구불구불 사방으로 기어가듯 뻗어 있었다. 여기 혹시, 마인크래프트 게임 속인가. 드래곤에게 패했을 때 가게 되는 지옥이 이랬던 것 같은데… 아닌가. 아니야, 죽음의 지옥을 이렇게 후지게 설계할 리가 없지. 되게 후지면서도 뭔가 이국적이고 이색적인 풍경을 보면서 유진은 고개를 갸웃거렸다. 가늘고 긴 가지를 수염 모양으로 땅까지 늘어뜨리고 있는 나무들은, 마치 깊은 땅속에서 솟아나 서 있는 늙은 산신령 같았다. 산신령의 영혼이 깃들었을 듯한 저 나무들이 고등학생한테 해코지하지는 않겠지. 유진은 마음을 가라앉히기 위해 좋은 쪽으로 생각했다. 그리고 사태 파악을 위해 차분히 기억을 떠올렸다.

'그 백발의 국회의원이 나한테 무쇠칼을 휘둘렀지. 그 바람에 나는 투명한 곤약 상태의 에너지가 깨지면서 원래대로 물성이 복원된 거고. 그런데 왜 나를 이런 산속에다… 아, 내가 죽은 줄 알았던 거야. 나쁜 영감탱

이!'

그렇지만 그 덕분에 유진은 경계지대에서 세상으로 도로 나온 셈이었다. 죽었다고 내다 버린 건 괘씸하지만, 어쨌든 빚을 진 셈이니 샘샘이었다. 유진은 얼른 숲을 빠져나가 집으로 가고 싶었다. 유진이 떠올린 집은 기숙사도 아니고 뽀글이 아줌마가 차지하고 있는 전셋집도 아니었다. 그 순간 유진이 떠올린 건 나무달 카페가 있는 3층 목조 건물이었다. 알렉스와 베티가 그 카페에서 유진을 걱정하며 기다리고 있을 거였다. 유진은 자리에서 벌떡 일어났다. 그리고 비명을 지르며 주저앉았다.

세상에, 너무 아팠다. 칼에 찍힌 듯한 통증이 지나가면서 왼쪽 발목이 욱신거리기 시작했다. 잠시 눈을 꾹 감고 앉아 있던 유진은 조심스럽게 한숨을 내쉬었다. 이러고 언제까지 앉아 있을 수는 없었다. 그렇지만 땅에 발이 닿으면 말도 못하게 아플 것 같았다. 아파도 일단 일어서야 했다. 이 악물고 몸을 일으켜 왼발을 내디딘 유진은 선 채로 거의 기절했다. 강렬한 통증이 발끝에서 머리 꼭뒤까지 긴 창처럼 와서 박혔다.

유진은 반쯤 정신을 놓은 채 가만히 서서 통증이 지

나가길 기다렸다. 한참 지나 조금 정신이 들면서 새가 날갯짓하는 소리, 웅웅거리는 숲 울음소리가 다시 들려왔다. 몸과 마음이 감각을 회복하고 나자 문득 무섬증이 시작됐다. 부리로 눈알을 파먹으러 달려들 새도 무섭고 웅웅거리는 숲 울음도 무서웠다. 당장 저쪽 나무숲을 헤치고 멧돼지가 나타나 성한 오른쪽 발목을 아삭 씹어 버릴지도 몰랐다. 피 흘리는 고깃덩어리다 싶으면 뭇짐승이 차례로 나타나 자신의 몸을 나눠 먹을 거였다. 자신의 비참한 죽음을 떠올리자 아파 죽더라도 내려가자, 결심이 섰다.

지금부터 왼쪽 발목은 몸이 아니고 지팡이야.

유진은 마음을 다잡았다. 지팡이가 아픈 거지 내가 아픈 게 아냐. 억지로 우기면서 유진은 왼발을 살그머니 내디뎠다. 으으윽 소리가 잇새로 새 나왔다. 참았다. 달리 방도가 없었다. 잡목이 우거진 숲길을 절룩이는 걸음으로 30분쯤 걸어 내려왔다. 평상시 걸음이라면 10분도 채 걸리지 않았을 거리였다. 언제까지 이러고 내려가야 하나 불안한 마음이 들려는 참에 드디어 임도가 나왔다.

유진이 산비탈을 벗어나 임도로 내려서자 신기하

게도 새소리가 뚝 그쳤다. 공간이 밝아지면서 주변에 보이는 길과 나무의 모양, 공기의 빛깔이 달라졌다. 숲에서 임도로 내려섰을 뿐인데 완전히 다른 세상에 온 거 같았다. 양방향 임도를 보며 유진이 어느 쪽으로 갈지 망설이는데 끊겼던 새소리가 다시 들렸다. 숲에서 듣던 소리와는 역시 미묘하게 달랐다. 유진은 자신이 걸어 내려온 숲을 올려다보았다. 숲은 속을 알 수 없는 짐승처럼 울울한 등을 구부리고 있었다. 내가 저 짐승의 배 속을 통과한 거구나. 뜬금없이 그런 생각이 들었다.

그렇다면 혹시….

가슴속에서 돌덩이 하나가 쿵 소리를 내며 떨어졌다. 내가… 어쩌면… 스위핑홀 너머의 세계로 넘어온 건가. 그 순간 감동인지 충격인지 두려움인지 알 수 없는 어떤 울림이 몸을 쓸고 지나갔다. 의식보다 몸이 먼저 스위핑홀의 세계에 와 있는 걸 자각했던 모양이다. 걷다 보니 통증이 처음처럼 극심하게 일지는 않았다. 엇! 절룩거리며 걷던 유진이 갑자기 허우적거리며 달리기 시작했다. 길이 구부러지는 모퉁이에 나타났다 사라진 건 사람이 틀림없었다.

"저기요! 여기 고등학생이 길을 잃었어요!"

유진이 고함을 빽빽 질렀다. 인적을 느끼고 나자 혼자 있는 이 상황에 얼마나 겁을 먹고 있었는지 느껴졌다. 벌써 공기에 어둠의 입자가 깔리고 있었다.

"사람 살려요! 거기 누구 없어요?"

절룩이며 달려가는 유진의 눈앞에 한 남자의 모습이 보였다. 군복 차림의 남자는 배낭을 멘 채 길가에 앉아 담배를 피우고 있었다.

"총포를 삶아 먹었나. 웬 목소리가 그리 커. 산짐승들 놀라게."

남자가 말했다. 차분하고 친근한 말투였다. 그리고 얼굴이… 외국인이었다. 유진은 낯익은 외국인의 얼굴을 뚫어지게 쳐다보았다. 외국인 남자는 자신을 뚫어지게 보는 유진을 마주 보다가 미소를 지었다. 따뜻한 미소였다. 유진은 그의 표정을 읽을 수 있었고, 그가 사용하는 언어가 한국어가 아님에도 자연스럽게 이해가 되었다. 몸의 떨림이 잦아들고 마음속 불안이 가시는 것을 유진은 느꼈다. 여기가 어디든 이 사람이랑 같이 있으면 안심해도 될 것 같았다.

"저, 여기가 어디에요? 미국인가요?"

유진이 묻는 말에 남자가 인상을 찌푸렸다.

"여긴 쿠바야."

남자가 담배를 끄고 일어나며 말했다. 쿠바? 유진은 눈을 끔벅거리며 총기를 어깨에 걸치는 남자를 쳐다보았다. 나는 이 아저씨를 알고 있어. 쿠바도 이 아저씨 때문에 지도에서 찾아본 적이 있어. 미국 근처였나, 멕시코 근처였나. 억지로 기억하려고 하자 머리가 지끈거렸다. 소해헌이 내려그은 칼에 휘말려 이 세계로 굴러떨어지면서 발목뿐 아니라 머리도 다친 모양이었다.

"마을로 갈 거면 따라오렴."

남자가 말했다. 유진은 벌써 몇 걸음 앞서 걸어가는 남자를 따라붙었다. 때에 전 배낭이 묵직하게 보이는데 남자는 걷는 속도가 빨랐다. 유진은 신음을 삼켰다. 통증이 사라지면서 뻣뻣하게 느껴지던 발목이 다시 아파 왔다.

"넌 산에서 뭘 하고 있었어? 바티스타군은 아니지?"

땀을 뻘뻘 흘리며 따라오는 유진을 돌아보며 남자가 물었다.

"바티스타군이 뭐예요?"

유진이 되물었다. 남자가 걸음을 멈추고 유진을 가만히 보았다.

"전 한국에 있는 예술고등학교 학생이에요. 이름은 이유진이구요. 아저씬 쿠바 군인이에요?"

유진이 예의를 차려 물었다. 어른들한테는 착하고 예의 바르게 보이는 게 중요했다.

"나는 바티스타군에 대항해 싸우는 군인이야. 피델 카스트로를 대장으로 모인 무장 게릴라의 군인이지."

남자가 다시 걸음을 내디디며 말했다. 유진의 머릿속에 이름 하나가 팔짝 뛰어들었다. 체 게바라. 유진은 제 옆에서 걷고 있는 턱수염 외국인을 힐긋거리다 속으로 탄성을 질렀다. 오토바이를 타고 다니던 두 남자가 주인공인 모터사이클 다이어리! 유진은 그가 주인공으로 나오는 영화를 본 적이 있었다. 그 영화를 보고 와서 한동안 체 게바라의 얼굴만 그렸다. 모터사이클을 탄 모습도 그렸고, 총을 든 모습도 그렸고, 시가 피우는 모습도 그렸다. 체 게바라는 꼭 한 번 만나고 싶었던 유진의 영웅이었다. 문득 유진이 눈을 크게 떴다.

"아저씨, 지금 몇 년도죠? 2023년도 아니죠?"

유진이 목소리를 높이자 체 게바라가 걱정스러운

표정으로 유진을 보았다.

"1957년도야. 너는 2023년도라고 생각하니?"

체 게바라가 물었다.

"1957년도라고요? 제가 지금 1957년도 쿠바에 와 있는 거예요? 쿠바에서 체 게바라를 만나다니! 와우… 와…아악!"

유진이 다친 발목을 생각지 않고 펄쩍거리다 비명을 질렀다. 체 게바라가 유진을 부축하며 물었다.

"너, 내 이름은 어떻게 알았니?"

"모터사이클 다이어리라는 영화에서 아저씨가 주인공으로 나오는 거 봤어요. 아저씨에 대해 쓴 평전도 나오고, 컵이랑 모자랑 티셔츠에 아저씨 얼굴이 새겨져서 체 게바라 하면 모르는 사람이 없는 걸요. 근데 사진에서 본 것보단 키가 작네요. 엄청 큰 줄 알았는데."

"무슨 말을 하는 건지 당최."

체 게바라가 등을 쭉 펴며 말했다.

"제가 사는 시대는 지금 2023년도거든요. 시간 여행자처럼 제가 1957년도로 오게 됐나 봐요. 백발 국회의원 때문에 스위핑홀로 들어왔다가…… 암튼 아저씬 세계적으로 유명하게 돼요."

체 게바라가 믿어야 할지 말아야 할지 모르겠다는 표정으로 한쪽 눈썹을 치켰다.

"수십 년 뒤에도 애들 옷은 별반 다르지 않구나."

체 게바라의 말에 유진은 자기 옷차림을 내려다보았다. 몰래 나오려고 갈아입은 알렉스의 분장용 옷은 누가 봐도 늙다리 아저씨 패션이었다. 그러고 보니 선글라스가 없었다. 이쪽 세계로 들어오면서 떨어뜨린 듯했다. 패션 지적이 억울했지만 유진은 해명하지 않았다. 대신 정말 궁금했던 걸 물었다.

"아저씨는 의사가 되려다가 혁명가가 됐잖아요. 후회한 적 없어요?"

체 게바라가 의사를 포기하겠다고 했을 때 주위 사람들의 반대가 심했을 것이다. 유진 역시 그런 경험을 한 적이 있었다. 유진이 예술고등학교를 희망한다고 했을 때 중3 담임이 그랬다. 엄마 혼자 힘들게 고생하시는데 웹툰 같은 건 취미로 해도 되잖아. 담임은 전문고 명단이 정리된 엑셀을 띄우고 말했다. 기숙형 예술고등학교에 가는 건 자신이 생각해도 무리였다. 엄마는 당연히 가라고 했다. 더 좋은 곳이 있으면 얼마든지 가라고 했다.

유진의 마음을 힘들게 했던 건 엄마의 희생을 발판으로 웹툰을 공부해서 성공 못 하면 어떡하나, 하는 게 아니었다. 물론 그런 불안도 있었는데 그건 열심히 노력하면 이룰 자신이 있었다. 유진이 두려워했던 건, 어느 날 문득 웹툰이 지겨워지는 거였다. 웹툰을 그리는 게 행복하지 않은데 엄마가 희생한 것을 헛되게 할 수 없어 자신의 인생을 구속하게 될까 봐 두려웠다.

결국 예술고에 진학했지만 마음 한쪽에 그런 혼란을 안고 있어서인지 유진은 체 게바라 영화를 보고, 또 만화 단행본으로 나온 그의 전기를 보면서 궁금증을 가졌다. 체 게바라에게는 그런 두려움이 없었을까, 하는. 그의 모습을 스케치하면서 유진은 체 게바라를 만날 수만 있다면 물어보고 싶었다.

"의사도 보람 있잖아요. 거기다 사회에서 인정도 해 주고, 돈도 많이 벌고요."

잠자코 걷는 체 게바라에게 유진이 다시 물었다.

"의사는 죽어 가는 사람을 살리는 일을 하고, 혁명가는 살아가야 할 사람들을 살리는 일을 해. 의사 출신 혁명가는 둘 다 할 수 있으니 선택의 여지가 없지."

체 게바라가 말했다. 체 게바라는 어린 친구가 꺼낸

질문에 가볍게 대답한 거겠지만 유진은 그가 들려준 말을 무겁게 받아들였다. 죽어 가는 사람을 살리고, 살아가야 할 사람들을 살리는 일… 체 게바라가 한 말인데, 유진은 알렉스의 목소리로 듣고 있었다.

유진이 장기 매매 합법화가 그렇게 나쁜 건지 잘 모르겠다고 솔직히 말했을 때 알렉스는 급정색했다. 남의 몸을 합법적으로 빼앗는 법이야. 죽어 가야 할 사람이 살아야 할 사람들의 목숨을 돈으로 살 수 있게 하는 법이라고. 합법으로 만들고 나면 돈 있는 자들만 살아남는 세상이 될 거야. 일단 법을 만들고 나면 법의 방패 뒤에 숨어 버릴 테니 제어할 수가 없어. 유진은 알렉스의 얼굴에 어리던 분노를 기억했다. 그게 단순히 분노만은 아닐지도 모른다는 생각이 들었다. 알렉스와 베티가 왜 디 오더가 되었는지, 카페로 들이닥친 그 세 명의 요원들이 왜 그렇게 신참자를 경계하고 조심했는지 유진은 비로소 조금은 알 것 같았다.

"이거 참, 널 업으면 불시에 맞닥뜨리는 적을 대응하기 힘든데."

체 게바라가 절룩이는 유진을 보며 말했다.

"아니에요. 아무 문제 없어요. 근데 체 게바라 아저

씨도 적이 무서워요?"

유진은 씩씩하게 걷는 모습을 보이며 물었다. 체 게바라가 미소를 지었다.

"무섭지. 우리가 전멸하면 혁명은 실패하게 되니까."

적에게 목숨을 잃는 것보다 혁명의 실패가 더 무섭다는 말인가. 설마. 유진은 체 게바라의 말을 믿을 수 없었다. 혁명도 좋고 사회 변화도 좋지만 어떻게 사람 목숨보다 우선일 수가 있지? 체 게바라도 알렉스처럼 허세가 있는 것 같아 어깃장을 놓고 싶었다.

"아저씨는 결국 지게 될 거예요. 아저씨가 찾아다니는 전장에서 사람들은 잔뜩 죽고……."

혁명도 실패할 거라는 말까지 뱉으려다 입을 다물었다. 쿠바혁명은 성공했지만 나중에 볼리비아던가 어디서 시작한 혁명은 실패로 끝났던 것 같았다.

"지게 될지도 모르지. 전장에서 나도 죽게 될 거고."

유진이 참은 말을 체 게바라가 말했다.

"그런데 왜 싸워요? 사람들 모아서 싸운다고 세상이 바뀌는 것도 아닌데?"

이건 유진이 디 오더에 대해서도 품었던 의문이었

다. 디 오더가 타깃으로 조사해 오는 사람들이 비호감 악질들이긴 한데 그 사람들 몇 명을 처치한다고 세상이 바뀔 리 없었다.

"대부분의 혁명은 실패했지. 그러나 혁명을 꿈꾼 사람들로부터 세상은 바뀌기 시작했어. 실패하면 실패한 자리에서 누군가 다시 시작하면 돼. 혁명은 선택이 아니라 운명이거든. 뿌리가 있으면 싹으로 올라오고 가지를 뻗고 꽃을 피우고 열매를 맺을 날이 오잖아. 혁명은 실패할 수 있지만, 실패로 끝나는 혁명은 없어."

체 게바라가 말했다. 미미하게 떨리는 음성에서 그의 진심이 느껴졌다. 뭐지, 끝나도 끝난 게 아니다. 뭐, 그런 건가. 유진은 왠지 숙연해져서 속으로만 반문하며 체 게바라의 걸음을 좇아갔다. 혁명가들은… 체 게바라의 걸음을 좇아가며 유진은 생각했다. 자신의 싸움에서 패하는 운명을 타고난 사람들인지도 몰라. 벼랑 끝까지 몰린 데서 시작하고 개인적으로는 더 나아갈 수 없는 데서 끝을 보니까, 지는 싸움을 버티게 하는 미래를 꿈꿀 수밖에 없을 것이다. 유진은 체 게바라의 진심을 이해할 수 있을 것 같았다. 가끔 알렉스의 얼굴에서 보곤 했던 자부심과 자책감이 뒤엉긴 희생자의 표정도 그렇고.

"저기……."

체 게바라가 걸음을 멈추고 계곡 아래로 시선을 던졌다. 유진은 그의 시선을 좇아 계곡 아래 널브러진 시신들을 보았다. 태어나 처음 주검을 실제로 본 탓인지 유진은 둔기에 머리를 맞은 듯 멍한 기분이었다.

"저들의 죽음이 쿠바를 만들 거야."

체 게바라가 나지막이 중얼거렸다. 체의 가슴이 무겁게 오르내렸다. 유진은 체 게바라의 혁명에 대한 열망은 이해할 수 있었지만, 죽음까지도 열망으로 바라보는 시선은 왠지 꺼림칙했다. 만약 유진이 이 시대에 이곳 쿠바의 국민으로 태어나 더 나은 시대에 대한 열망을 가졌다 해도 혁명에 이 한목숨 바쳤을 것 같지는 않았다. 더러운 계곡에 널브러지는 것으로 인생을 끝내고 싶은 사람은 없을 것이다. 혁명이고 뭐고 저들의 죽음은 비참한 죽음이었다. 물론 체 게바라의 심기를 거스를까 싶어 입 밖에 내지는 않았다.

계곡의 시신들을 보고 나서 체 게바라는 말이 없었다. 유진도 입을 다문 채 걷는 데 집중했다. 머리는 여전히 멍한 상태였다. 몸도 마음도 무거웠고 왼쪽 발목은 마비가 된 듯 통증조차 느껴지지 않았다.

"다 왔다."

체 게바라가 이제야 안심이라는 듯 유진을 돌아보았다. 저만치 막사 같은 게 보였다. 막사 가까이 가자 40여 명의 게릴라 요원들이 여기저기 흩어져 쉬고 있었다. 체 게바라처럼 군복을 입은 사람도 있고, 그냥 사복 차림으로 총을 메고 있는 사람들도 있었다.

"체! 리오한테서 연락이 왔어요. 무기 이송 중 정부군 분대와 대치하고 있답니다."

까칠한 털이 무성해 얼굴이 잘 보이지 않는 남자가 체에게 다가오며 말했다.

"무기는?"

"모제르 소총 18정이 오는 중입니다, 바주카포도 같이요. 지금 정부군 대치 상황을 의논하기 위해 모여 있습니다."

"알았어. 가 보지."

털보의 보고를 받은 체가 어딘가로 가려다 유진을 돌아봤다

"여기 앉아서 기다려라. 갔다 와서 발목을 치료해

줄 테니."

유진은 체 게바라가 시키는 대로 막사 앞 나무 걸상에 앉았다. 막사는 나무 기둥에 판자로 벽을 만들고 야자 잎을 지붕으로 삼은 허름한 건물이었다. 오른쪽 방에는 야전용 침상과 탁자가 있었고, 왼쪽 방은 진료실로 꾸며져 있었다. 탁자에 물병이 놓인 게 보였다. 갑자기 몹시 목이 말랐다.

"아앗!"

물을 마시러 일어선 유진은 누군가가 덮어씌운 담요에 갇혔다. 순간적으로 알렉스의 얼룩을 떠올렸지만, 촉감부터가 아니었다.

"왜 이래요. 이거 치워 주세요."

유진이 악취 나는 담요를 덮어쓴 채 소리를 질렀다. 소리를 끝까지 지르지도 못한 채 유진은 땅바닥에 내동댕이쳐졌다. 아주 억센 손길이 유진의 가슴을 콱 눌렀다. 흡! 유진은 숨이 콱 막히는 듯해 몸부림을 쳤다.

"너 누구냐?"

대답하기가 난감하기도 했지만, 가슴이 짓눌리면서 어디가 잘못됐는지 목소리가 나오지 않았다. 유진은 고통스럽게 몸을 뒤틀었다. 끄으으윽 하는 신음도 간신히 내뱉었다. 누군가 담요를 휙 벗겼다.

"너, 바티스타 편 아니면 빨리 대답하면 되잖아."

유진을 둘러싼 게릴라군 가운데 유진 또래 소년이 잠바를 들고 서서 말했다. 소년은 교복 비슷한 옷을 입고 있었다. 유진을 덮어씌웠던 건 담요가 아니라 군용 잠바였다.

"너 이 새끼, 정탐하러 온 거지? 하여간 체는 사람을 너무 잘 믿어."

눈빛이 매섭게 생긴 남자가 유진의 멱살을 쥐고 흔들었다. 그 바람에 막혔던 숨통이 뚫렸는지 기침이 쏟아져 나왔다. 스무 번쯤 기침을 하는 동안 거칠게 나올 줄 알았던 게릴라군은 잠자코 쳐다보고만 있었다.

"옷차림도 그렇고, 어리바리한 게 정탐병 같지는 않은데……."

우락부락하게 생긴 남자가 유진을 유심히 보며 중얼거렸다. 유진은 가슴을 들먹이며 숨을 들이켜고는 우락부락을 힐긋 보았다. 어리바리라니.

"족쳐 보면 알겠지. 손가락 두어 개 꺾어 놓으면 다 불겠구만."

매서운 눈빛이 유진의 목덜미를 잡아채며 말했다.

"아, 아니에요. 저는 여기에 살지 않아요. 저는 한국에서, 미래의 한국에서 온 고등학생이에요."

손가락을 자른다는 말에 놀라 유진은 사실대로 다 말해 버렸다.

"바티스타 놈들, 거짓말로 요리조리 빠져나가는 쥐새끼들까지 풀다니, 갈 데까지 갔구만. 친미독재정권에 빌붙어 쥐새끼 노릇을 하면 어떻게 되는지 잘 보라고."

매서운 눈빛이 유진의 멱살을 꽉 틀어쥔 채 시커먼 입을 벌리고 웃었다. 이빨이 하나만 남아 있었고, 냄새가 고약했다.

"루이스, 그만해. 내가 데리고 온 애야."

체 게바라의 목소리였다. 유진은 체를 돌아보고는 안도의 한숨을 쉬었다. 우락부락이 유진과 체를 번갈아 보더니, 소년이 들고 있던 잠바를 채어 입으면서 드럼통 있는 쪽으로 갔다. 매서운 눈빛이 자기 눈을 가리킨 손가락으로 유진을 겨누고 나서 우락부락을 따라갔다. 딱 디노를 떠올리게 하는 인상이었다. 디노보다는 훨씬 늙었지만.

유진은 체 게바라한테 왼쪽 발목을 맡긴 채 주변을

둘러보았다. 흩어져 쉬고 있던 사람들이 다들 드럼통으로 몰려갔다. 통에 음식이 들어 있는지 돼지고기 냄새가 났다. 아까 유진을 덮어씌운 잠바를 벗겨 준 또래 소년이 사람들에게 음식을 퍼 주는데 손놀림이 서툴렀다. 배에서 꼬르륵 소리가 났다. 우락부락이 교복 소년한테서 국자를 받아 들었다. 우락부락은 몸집은 곰 같은데 수프를 퍼서 군인들 그릇에 붓는 속도가 굉장히 빨랐다. 수프를 받은 군인들은 광주리에서 큼직한 빵을 하나씩 꺼냈다.

"다 됐다. 너도 저기 접시 들고 가서 저녁 먹어."

체 게바라가 유진의 바짓단을 내려주며 말했다. 붕대로 발목을 꽁꽁 싸매서인지 걸어도 아프지 않았다. 유진은 우락부락하게 생긴 군인이 떠주는 수프를 받고 빵을 하나 집어 사복을 입은 사람들 쪽으로 갔다. 대체로 군복은 군복끼리, 사복은 사복끼리 모여서 먹었다. 유진은 그들 옆에 앉아 빵을 뜯어 먹고 우묵한 접시에 담긴 수프를 마셨다. 순식간에 접시가 비었다. 혀로 핥은 듯 깨끗하게 비운 유진의 접시에 누군가 빵을 놓았다. 우락부락하게 생긴 아저씨가 유진이 옆에 앉으며 막사 곁에 서 있는 체 게바라에게 무슨 사인을 보냈다. 체 게바라가 고개를 끄덕이더니 차를 타고 휑 가 버렸다.

"그 빵은 군의관님 몫인데 너 먹으라고 준 거야."

우락부락이 수프에 빵을 찍어 먹으며 말했다. 우락부락은 수염이 무성하고 억세서 산적 두목 같은 인상이었다. 커다란 덩치하며 인상이 어디선가 본 듯한 느낌이 들었다. 유진은 체 게바라가 주고 간 빵까지 다 먹었다. 긴장이 풀렸는지 하품이 나면서 몸이 좀 으슬으슬한 느낌이었다.

"너 미래에서 왔다는 거 정말이냐?"

우락부락이 물었다. 유진이 고개를 끄덕였다.

"왜 왔는데?"

우락부락은 유진이 미래에서 왔다는 게 이상하지 않은 모양이었다. 유진은 졸음을 쫓으면서 우락부락을 쳐다보았다.

"그게 설명하기가 좀 복잡해요."

"상황이 꼬이고 복잡할 땐 맨 앞대가리만 말하면 돼."

우락부락이 그렇게 말하면서 군용 잠바를 벗었다.

"엄마가 수술을 받으려면 심장이 있어야 하거든요,

심장을 구하러 다니다가 여기까지 온 거예요."

잠이 쏟아지는 바람에 유진은 되는 대로 지껄이며 고개를 어딘가 처박았다. 그게 우락부락의 옆구리였던 모양이다. 심장 구하려고 멀리도 왔다. 중얼거리는 소리가 뺨에 닿는 진동으로 느껴졌다. 유진은 흐릿한 잠 속에서 의식의 덩어리로 변했을 때처럼 둥둥 떠 있는 기분이었다.

우락부락이 안아서 천막에 옮기는 것도 모르고 잠에 빠졌던 유진은 새벽이 지나 깨어났다. 유진은 제 몸에 덮여 있던 군용잠바를 손에 쥐고 보다가 재채기를 했다. 몸에서 우락부락의 냄새가 났다.

"차 떠난다. 같이 갈 거면 빨리 타."

우락부락의 목소리가 들렸다. 유진이 천막을 나갔다. 유진이 나오는 걸 확인한 우락부락이 트럭 조수석에 올라탔다. 유진은 군용잠바를 손에 쥐고서 트럭으로 달려가 짐칸에 뛰어올랐다. 트럭이 출발했다. 유진은 사람들 무릎을 짚으며 안쪽으로 들어가 운전석을 살폈다. 운전병과 가운데 앉은 사람, 둘 다 체 게바라가 아니었다.

트럭은 덜컹대며 산길을 달렸다. 유진은 멀미가 나

고 속이 메슥거렸다. 다른 사람들은 이골이 났는지 차분한 표정으로 각자 생각에 잠겨 있었다. 시시덕거리는 사람은 없었다. 잡담을 해서는 안 된다는 게 암묵적인 약속인지 두 시간가량 침묵에 잠긴 채 달리던 트럭이 갑자기 멈춰 섰다. 드디어 다 왔나. 유진이 몸을 펴고 주변을 살피려는 순간 펑 하고 뭔가 터지는 소리가 났다. 트럭이 튀어 오르면서 짐칸에 있던 사람들이 자리에서 튕기며 서로 부딪쳤다. 사방천지에서 온통 총소리가 쏟아졌다.

"젠장, 바티스타군에 정보가 샌 거야."

누군가 고함을 질렀다. 유진의 옆에 있던 병사가 욕설을 뱉었다. 유진은 엎드린 자세로 고개를 조금 들었다. 총알이 금방이라도 날아올 것 같았다.

"가브리엘! 폭격을 한 놈들이 선발인 거 같습니다. 곧 부대가 움직일 거니 빨리 떠야 합니다."

"그래? 그럼 후발대와 마주칠지 모르겠는데… 대장하고 같이 오는 사람이 체 소령 말고 또 누가 있나?"

우락부락이 말했다.

"라울 소령도 같이 있습니다."

"너, 가서 호세한테 무전을 치라고 해. 이쪽 길 말고 알토 델 나란호를 돌아서 오시라고."

우락부락의 명령에 누군가 알겠다며 뛰어갔다. 지금 이 자리에서 죽지는 않겠다 싶자 참았던 재채기가 나왔다. 유진은 엎드렸던 몸을 일으키고 앉아 연거푸 재채기를 했다. 총탄 때문인지 매캐하고 쓰디쓴 먼지가 눈과 코로 마구 들어왔다. 유진은 콧물을 훔치고는 주변을 살폈다.

"돌아보지 마."

우락부락이 유진을 보며 소리쳤지만 늦었다. 유진은 짐칸 안쪽에 널브러진 시신을 보며 비명을 질렀다. 누군가 유진의 입을 막았다. 한 시신의 몸통이 쩍 벌어져 배 속이 드러나 보였다. 입을 틀어막힌 채 굳어 있던 유진이 짐칸 난간 밖으로 몸을 내밀며 구토를 했다. 내장이 흘러나온 몸통의 주인은 교복 소년이었다. 포탄에 갈라진 몸통 안에 펄떡이는 심장이 보였다. 어떤 생각이 유진의 머리를 스쳐 갔다. 제 머리를 스쳐 지나간 것이 무엇인지 자각한 순간 유진은 다시 난간을 붙잡고 헛구역질을 했다. 교복 소년이 유령이 되어 자신을 보고 있었다. 심장을 욕심내는 괴물을 보며 소년이 지르는 비명이 들렸다. 보이지 않아도 들리지 않아도 유진은 분명히 알 수 있었다.

"알렉스!"

유진은 저도 모르게 알렉스를 외쳤다.

"알렉스 형! 나 좀 데려가 줘!"

알아들을 수 없는 괴성을 지르다가 징징거리며 울다가 다시 우웩우웩 구토를 하는 유진의 뒤통수를 우락부락이 힘껏 쳤다. 어린 병사들이 심하게 망가진 시신을 접하고 미친 증세를 보이면 잠시 기절시켜 충격을 덜어 주는 거였다. 유진이 몇 년 후의 그들을 다시 만났을 때 우락부락이 때린 걸 변명하며 한 말이었다.

10장. 유진과 알렉스, 소해헌을 보내다

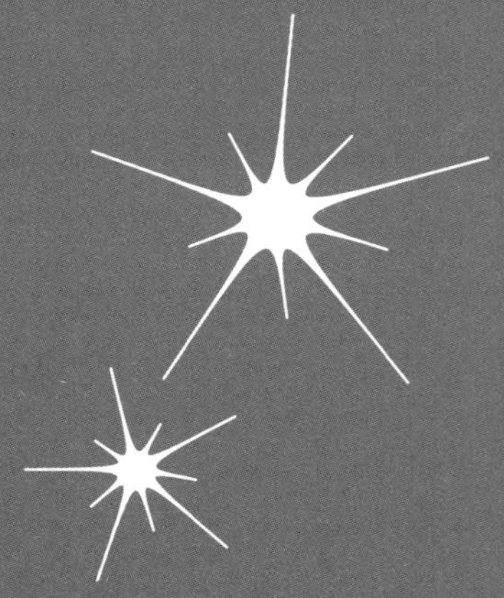

"그만큼 누리고 살았으면 미련이 없을 거 같은데."

희미하게 들려오는 건 알렉스의 목소리가 틀림없었다. 알렉스가 어렴풋이 보였다. 목소리가 들리는 쪽으로 의지를 작동시키자 좀 더 뚜렷이 보였다. 알렉스는 몸을 앞으로 약간 내민 채 백발의 국회의원, 소해헌을 노려보며 서 있었다. 무릎바지 차림으로 소파에 앉아 있는 소해헌은 침착하고 편안한 표정이었다. 탁자에 맥주 캔이 놓여있었다.

"다른 사람 인생까지 관여할 건 없고, 쥐새끼처럼 남의 집에 숨어든 이유가 뭔가?"

가까이 다가가자 소해헌의 표정에서도 경계심이 보였다. 알렉스에게 던지는 눈빛이 차갑고 날카로웠다. 알렉스에게는 없는 자객의 표정이라고 유진은 생각했다. 한번 칼질을 당해 날려가서인지 유진은 소해헌 가까이 가기가 겁났다.

"쥐새끼는 당신이지. 남의 몸을 파먹으려는 쥐새끼에게 내가 한 번 경고를 한 거 같은데?"

알렉스가 맞받아쳤다. 소해헌이 알 만하다는 듯 입술을 내밀며 고개를 끄덕였다.

"메시지 뒤에 숨어서 세상을 구하겠다는 친구군.

그렇게 소심해서야 세상을 바꾸겠나."

"세상을 바꾸진 못하겠지. 그렇지만 당신 같은 사람들한테서 세상을 거둬들일 순 있지."

알렉스의 말에 소해헌이 콧소리를 냈다.

"나를 죽이는 게 정의라고 생각하나?"

"정의? 그게 뭔데? 정의 따위 내 알 바 아닌데, 죽을 사람들을 살리기 위해 어린 몸에서 장기를 빼내는 게 정의인가?"

알렉스가 공격적으로 되물었다.

"동문서답은. 제대로 상황 파악도 못 한 주제에… 내 보기에 자넨 장기 매매 합법화에 대해 잘못 알고 있어."

소해헌이 말했다.

"장기 매매 합법화가 순리를 어기는 법이라는 걸 나는 정확히 이해하고 있어. 세상의 순리를 어기는 꼴은 못 봐주지."

"이 세계의 순리가 뭔지 자네가 아나?"

소해헌이 빈정거림 없이 물었다.

"지금 상황에선 당신을 이 세상에서 치워 버리는 게 순리라고 할 수 있지. 그게 당신이 생각하는 정의에도 부합할 거야."

알렉스가 말했다. 대체 뭐하는 거야. 두 사람을 지켜보던 유진이 짜증을 냈다. 그냥 할 말을 간단히 하면 될 것 같은데, 두 사람 다 토론 배틀에 나와 기 싸움을 하는 것처럼 보였다.

"뭐, 생각은 자유니까. 그래서 김기훈을 내 사무실에 심고, 꼬마까지 보내 날 감시하려고 했나?"

꼬마라는 말에 알렉스가 눈을 크게 떴다.

"꼬마라니, 혹시 고등학생 하나가 여기 왔습니까?"

알렉스가 거친 반말투를 버리고 물었다.

"고등학생인지는 모르겠고, 어린 영 하나가 코앞에서 왔다 갔다 하기에 쫓아 버렸어. 그냥 내쫓으려고만 했는데 제풀에 겁먹고 사라지더만. 저쪽으로 넘어가던 길이었는지……."

알렉스의 다급한 표정이 마음에 드는지 소해헌이 느긋하게 말했다. 알렉스는 대답 없이 눈을 좁힌 채 소해헌을 노려보았다.

"당신, 스위핑홀을 알고 있군."

알렉스가 다시 반말을 쓰며 적대감을 드러냈다.

"요즘은 그걸 스위핑홀이라고 부르나. 자네는 디

오더 요원이겠고… 젊을 땐 그런 꿈을 꿀 수 있지. 법과 정의를 세우고 싶을 나이니까."

"디 오더 요원이었나?"

알렉스가 물었다.

"인간을 믿었던 시절이었지. 한때, 잠시였어. 이 사회를, 세계를 바꾸는 건 인간이 아니라 법이고 시스템이라는 걸 곧 알게 됐으니까."

소해헌이 씁쓸한 포즈를 취했다.

"그냥 솔직해도 돼. 당신 같은 자들을 알아. 당신은 법을 부리고 싶었던 거지. 아니, 법 위에 서고 싶은 거지."

알렉스가 빈정거렸다. 소해헌은 알렉스를 무시한 채 생각에 잠긴 얼굴이었다. 설마 디 오더에서 활동하던 젊은 시절의 추억에 잠긴 건가.

"그 꼬마를 구하기 위해 내 집에 들이닥쳤나?"

소해헌이 말했다. 소해헌이 디 오더 출신인 걸 알고는 약간 긴장이 풀렸던 알렉스가 자세를 바로 했다.

"스위핑홀의 문을 열려면 보내 버릴 인간이 필요하거든."

알렉스가 소해헌을 노려보며 말했다. 소해헌은 소

파에 그대로 앉아 있었지만 다리 근육을 긴장시키는 게 보였다.

"일테면, 꼬마를 쳐낸 나를 저쪽으로 보내고 꼬마를 이 세계로 도로 불러내겠다?"

"당연하지 않나."

알렉스가 말했다. 소해헌이 밉살스럽다는 듯 알렉스를 째려보았다.

"법이 마음에 들지 않는다고 일국의 국회의원을 스위핑홀로 보내 버리는 게 디 오더의 결정인가. 거참, 우리 때는 이렇게 함부로 구는 요원이 없었는데."

소해헌의 말에 알렉스가 피식 웃었다. 유진이 듣기에도 라떼 같은 소리였다. 학생이 잘못하면 벌을 받는 것처럼 일국의 국회의원도 잘못이 있으면 벌을 받는 게 마땅했다. 그 벌을 왜 알렉스가 행해야 하는지는 잘 모르겠지만.

"당신은 국민이 낸 돈으로 세비를 받으면서 국민의 일부를 죽음으로 내모는 법률을 추진했어. 한마디로 배신을 때린 거지."

"건강하게 오래 살고 싶은 건 거의 모든 인간들의 꿈이야. 우리는 그 꿈을 이뤄 주기 위해 노력하는 거고.

내가 정확히 누구한테 배신을 때렸다는 거지?"

소해헌은 화가 날 법도 한데 언성을 높이지 않고 말했다.

"당신 치매야? 몇 번을 말해야 돼. 장기 이식받아 목숨 연장할 환자 대다수가 병으로 죽는다 해도 크게 원통할 것도 없는 사람들이잖아. 수술로 살아나서 휠체어 타고 다닐 늙은이들을 위해 어리고 젊은 몸에서 장기를 떼내는 게 인간을 위한 의료라고 생각하나? 노인들에게 막강한 의료비를 투하하면서 신생아 질병 연구비와 무상치료비를 줄여 나가는 게 인간적이라고? 이게 과연 누굴 위해서인지 본인이 모른다고는 않겠지."

알렉스의 장광설을 듣고 있던 소해헌이 화낼 가치도 없다는 듯 고개를 저었다.

"알겠군. 자넨 나를 의료 카르텔의 하수인으로 보는 모양인데 나는 돈이 아주 많은 국회의원이야. 남아돌 만큼 있지. 돈 많고 권력까지 가진 내가 뭣 때문에 그런 짓을 하겠나."

"그야 모르지."

알렉스가 약간 풀이 꺾인 투로 말했다. 둘 중 누구

말이 옳은지 몰라도 유진은 알렉스가 말은 이제 그만 하고 빨리 자신을 꺼내 주었으면 싶었다. 이러다 스위핑홀로 도로 빨려들 것 같아 유진은 속이 탔다.

알렉스 형!

유진이 기를 모아 알렉스를 불렀다. 그 순간 알렉스가 한 발을 내디디며 공격 자세를 취했다. 소해헌이 미간을 찌푸리며 경고의 눈빛을 보냈다. 소해헌의 몸은 백발과 어울리지 않게 근육이 탄탄했다. 알렉스가 들으면 기분 나쁘겠지만 둘이 맞붙으면 소해헌이 이길 거 같았다.

“장기 매매 합법화는 누굴 죽이고 누굴 살리자는 법이 아니야. 통계 안으로 들어가 보면 살기 위해 장기를 기다리는 숱한 생명들이 있어. 어린아이들부터 노인들까지… 사실 내 아내도 신장이 안 좋아.”

소해헌이 뜬금없이 개인사를 꺼냈다. 알렉스가 뜨악한 표정으로 소해헌을 보았다.

“신장을 새로 바꾸느니 아내를 새로 바꾸지 그래. 아내 바꾸는 건 합법이라 법안을 새로 만들 필요도 없을 텐데.”

알렉스의 이죽거림에 소해헌의 표정이 일그러졌

다. 내 아내가 누군지 알고 감히… 나지막이 중얼거린 소해헌이 잠시 침묵을 지켰다. 알렉스도 미안했던지 머쓱한 표정이었다. 소해헌이 몸을 앞으로 약간 숙인 채 양손을 맞잡았다.

“인공장기로 대체할 수 없는 이식 수술은 돈을 주고 장기를 사는 것 말고는 대안이 없어. 누군가에게 대가를 지불하고 장기를 나눠 가지면 살 수 있는 사람들인데, 그들이 죽어 가는 걸 손 놓고 보고만 있는 게 옳다고 보나.”

소해헌이 이 간단한 사실을 정말 모른단 말이냐, 묻는 눈길로 알렉스를 보았다. 알렉스는 어떤지 몰라도 유진은 소해헌의 말에 공감했다. 엄마의 심장 수술비를 마련하기 위해 신장을 팔기로 했을 때 장기 매매가 합법이었다면 불법 수술장으로 끌려가지는 않았을 것이다.

“제 몸의 장기를 팔겠다고 나서는 사람들 열에 일곱여덟이 철없는 청소년들과 20대들입니다. 그 애들이 돈 때문에 제 몸의 신장까지 꺼내 파는 게 옳은 법이라고 봅니까? 수술해도 얼마 안 가서 죽을 사람들 말고, 남은 인생이 창창한 애들을 위해 법을 만들 생각은 없나요?"

알렉스가 팽팽한 적대감을 내려놓고서 진지하게 물었다. 소해헌이 의분에 찬 대학생을 상대하듯 참을성 있게 고개를 끄덕이고는 입을 열었다.

"아이돌봄 지원사업이나 청년정책 시행령에 대해 얼마나 알고 있는지 모르겠는데, 우리가 정책 토론할 사이는 아닌 것 같으니 패스하지. 중요한 건, 수술만 하면 살 수 있는 사람이 절박하게 돈이 필요한 사람에게 그 돈을 주고 목숨을 얻는다는 거야. 정의든 순리든 다 떠나 상식적으로 보자고. 관점을 바꾸면 이해할 수 있는 일 아닌가."

소해헌이 말했다.

"다 개소리. 당신은 제 권리를 지키지 못할 만큼 어리고 약한 인간을 합법적으로, 뒤탈 없이 속이려는 거야. 당신은 지금 애들한테 장기를 팔아 필요한 목돈을 마련하라는 말을 하고 있는 거라고."

알렉스가 신경질을 내며 목소리를 높였다. 유진은 그러나 소해헌의 말을, 끔찍하지만 이해할 수 있었다. 심장 기증자가 나타난다 해도 돈이 없으면 엄마는 수술을 할 수가 없었다.

"당신 아내가 신장이 필요하다고 했지? 당신이 스위핑홀로 보내 버린 그 꼬마는 자기 엄마 심장 수술비를 위해 제 신장을 팔려고 했어. 장기 매매 합법화가 돼서 그 애가 신장을 하나 팔아 버렸는데, 남은 신장이 망가지면? 다른 사람 신장을 사서 이식해 넣나? 장기 이식이 돌려막기 카드 같은 거야? 혹시 진짜 그렇게 알고 합법화를 추진하는 건가?"

알렉스는 소해헌을 노려보며 쏘아붙였다. 알렉스 형, 제발! 유진은 알렉스의 주의를 자신에게 돌리려고 했는데 잘 되지 않았다. 공기가 점점 더 빽빽해지는 느낌이었다.

"생존율 연구로 이식 수술 이후의 안전성을 확인한 자료가 있어. 그리고 미성년자의 장기 매매는 특수한 경우를 제외하고는……."

"됐고."

알렉스가 소해헌의 말을 자르고 말했다.

"이 빌어먹을 세상에는 묵은 여우가 너무 많아. 잔혹동화에 갇혀 있어야 할 묵은 여우가 우리가 사는 세상에 다 튀어나온 거 같아. 곳곳이 남의 간 빼먹는 여우라서 눈을 둘 데가 없어. 부동산을 쟁여 놓고 수십억씩

주무르는 여우, 강사 자리를 미끼로 젊은 대학원생을 성추행하는 여우, 세금으로 해외 맛집 다니고 골프 지원비까지 받아먹는 여우, 묵은 세월이 억울하다며 난장 치는 묵은 여우… 왜들 그러지. 먹을 만큼 먹고 누릴 만큼 누리고 살 만큼 살았으면 그만 사라질 줄도 알아야지. 스스로 사라지는 게 안 되면 힘이라도 뺄 줄 알아야지. 무슨 미련이 그렇게 많아. 왜들 그렇게 열심히 사냐고. 왜 그렇게들 악착같이 열심이야. 너무들, 너무들 살려고 하잖아."

한 말을 또 하고 또 하면서 알렉스의 목소리가 점점 더 커졌고, 점점 더 거칠어졌다. 유진은 알렉스의 정신에 빽사리가 난 것을 알아차렸다. 알렉스가 생떼를 부리는 상대는 소해헌이 아니었다. 눈앞에 있는 국회의원이 아니라 지금 알렉스는 그 교수를 향해 악을 쓰고 있는 거였다. 윤아, 라는 사람을 괴롭혀 죽게 만든 교수에 대한 증오로 알렉스는 가끔 제정신이 아닌 것 같은 때가 있었다. 지금이 그랬다.

"알렉스 형! 정신 차려! 나 여기 있는 거 모르겠어? 정신 차리고 나 좀 꺼내 줘!"

절박하게 외치는 유진의 목소리가 공중에 부유했

다. 알렉스는 끓는 눈길로 소해헌을 노려보고 있었다. 어쩔 수 없었다.

"알렉스 형! 제발!"

유진은 온몸의 에너지를 알렉스에게 집중했다. 끌어당겨 주는 힘이 없이 혼자 경계지대에서 빠져나가려니 심장이 찢어지는 것 같았다. 알렉스가 휙 고개를 돌렸다. 유진의 얼굴 앞에서 멈췄던 눈길이 일 초쯤 흔들리다 비껴갔다. 소해헌이 오른손을 들어 알렉스를 향해 내밀었다. 알렉스는 장풍을 쏘듯 손을 쳐든 소해헌을 보며 어리둥절한 표정이었다. 유진은 가슴이 철렁해서 벽을 돌아보았다. 다행히 칼은 그대로 걸려 있었다. 알렉스가 설사 무단침입자라 해도 국회의원이 유령도 아닌 민간인을 칼로 내려칠 수는 없을 것이다.

"디 오더 조직을 폭파할 생각이 아니라면 여기서 그만두는 게 좋아. 어리석게 굴지 마."

소해헌이 알렉스를 똑바로 보면서 말했다. 의안처럼 깜박이지 않는 눈이 섬뜩했다. 알렉스를 지켜보는 채로 소해헌이 소파에서 몸을 일으켰다. 알렉스가 뒤로 주춤 물러났다. 소해헌으로부터 흘러나오는 힘이 장난 아니게 셌다. 막무가내의 힘이 아니라 어떤 기운을 뿜어내는 에너지가 그의 몸을 둘러싸고 있었다.

"함부로 설친 건 소해헌 당신이잖아. 당신 같은 자가 갈 곳이 어디일지 궁금해지는군."

알렉스의 목소리는 소리만 컸지 힘이 없었다. 소해헌을 마주 노려보면서 알렉스는 눈에 힘을 주다 말고 자꾸 눈을 감았다 떴다 했다. 소해헌은 알렉스의 에너지를 빨아들이고 있었다.

"알렉스 형! 뭐해! 얼룩이 떴잖아!"

유진이 알렉스를 향해 소리를 질렀다, 유진의 존재를 눈치챈 소해헌이 바닥을 치면서 몸을 날렸다. 알렉스가 바로 옆에 있던 얼룩으로 손을 뻗었지만 주먹을 내지르는 소해헌의 동작이 빨랐다. 알렉스는 소해헌의 주먹 한방에 나동그라진 채 코팅한 거실 바닥 위를 죽 미끄러졌다. 소해헌이 슬라이딩하면서 알렉스를 덮쳤다. 알렉스는 질끈 감았던 눈을 뜨며 오른팔을 휘저었다. 얼굴 위로 얼룩들이 거뭇거뭇 떠 있는데 알렉스는 엉뚱한 데를 휘젓고 있었다. 마치 앞이 보이지 않는 사람 같았다.

"형, 왼쪽 어깨 1미터 옆이야!"

유진은 심장이 쥐어뜯기는 걸 참으며 소리를 질렀

다. 알렉스는 전에 한 번 빠졌던 어깨가 다시 빠지는 위험을 감수하면서 몸을 확 뒤채어 얼룩을 잡아챘다.

됐어!

알렉스가 소해헌의 머리를 내리치는 순간 경계지대에 갇혀 있던 유진은 막 열리기 시작한 출구를 향해 몸을 날렸다. 벼랑 끝에서 뛰어내리듯 날린 몸이 소해헌과 정면으로 부딪쳤다. 소해헌과 유진의 몸싸움으로 스위핑홀의 입구가 먹잇감을 삼킨 뱀처럼 요동쳤다. 형체 없는 거뭇한 파편들이 뿌려지는 가운데 유진이 쿵 소리를 내며 거실 바닥으로 떨어졌다.

"형!"

팔꿈치와 무릎이 부서질 듯 아팠지만 지금은 그게 문제가 아니었다. 유진은 거실 바닥을 기면서 알렉스를 불렀다.

"형, 뭐 해! 국회의원이 빠져나오고 있어!"

유진이 소리치며 소해헌을 가리켰다. 유진이 빠져나오고 아직 열려 있는 스위핑홀의 출구로 소해헌이 다리를 버둥거리며 빠져나오고 있었다. 두 손으로 눈을 꾹 누르고 있던 알렉스가 주변을 두리번거렸다. 앞이 완전히 보이지 않는구나! 유진은 알렉스의 상태를 눈치챘다. 유진은 튕기듯 일어나 소해헌의 다리를 붙잡고 몸으로 막았다.

"이쪽이야. 내가 못 나오게 잡고 있어. 금방 밀려 나올 거 같아."

유진의 목소리로 방향을 잡은 알렉스가 눈을 잔뜩 좁힌 채 달려들어 소해헌의 다리를 같이 붙잡았다.

"형, 이쪽은 내가 잡고 있잖아. 그쪽 다리를 잡아. 하나둘 하면 셋에 힘을 줘서… 악!"

버둥거리는 소해헌의 발길질에 두 사람은 얼굴과 목을 무방비로 맞았다. 형! 셋에 힘을 줘! 유진이 외쳤다. 기운찬 말처럼 퍼덕거리던 소해헌은 셋을 외치는 유진의 구호에 맞춰 스위핑홀로 쭉 밀려들어 갔다. 분통이 터져 내지르는 소해헌의 고함 소리가 메아리처럼 길게 울리다 사라졌다.

11장. 심장을 구하러 가야 해

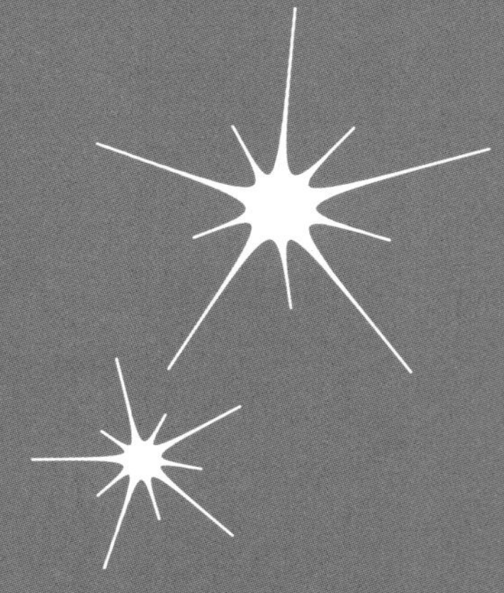

엄마는 잠들어 있었다. 티브이 소리가 백색소음처럼 떠도는 가운데 병실 할머니들이 모두 잠들어 있었다. 유진은 의자에 앉아 잠든 엄마를 내려다보았다. 볼이 꺼지고 이마와 입가에 주름선도 또렷해 엄마는 이제 약간 할머니처럼 보였다. 갑자기 엄마가 반짝 눈을 떴다.

"어, 엄마!"

"우리 아들! 왔으면 엄마 깨우지. 엄마 얼굴만 보고 또 방귀 새듯이 살째기 나갈라 했더나."

유진은 깜짝 놀랐다. 저번에 의식의 덩어리로 둥둥거리다 나간 것을 엄마는 본 것처럼 말했다. 신체 활동이 미약해지면 영적으로 민감해지는 걸까. 하긴 생판 남인 소해헌도 유진을 정확히 겨누고 칼을 휘둘렀으니 엄마가 자식의 모습을 알아본 게 크게 이상할 것도 없었다.

"엄마 내 이제 토요일마다 올 수 있다. 아들 많이 기다렸나?"

유진은 일부러 엄마가 쓰는 부산 사투리로 애교를 떨었다.

"말이라꼬. 우리 아들 안 오니까 심심터라. 작품공

모 낸다고 바쁘다카더만 단디해서 냈나?"

"냈다. 저기 할머니는 어디 가셨나?"

작품공모 얘기에 유진은 찔끔하여 말을 돌렸다. 병실이 어딘가 썰렁해진 거 같더니 엄마 바로 옆 침상이 비어 있었다.

"갔다."

"아, 진짜? 좋겠다. 맨날 잠만 주무시더니."

유진이 부러운 듯 말했다.

"집으로 갔겠나. 좋은 데로 갔다. 장가도 못 간 아들내미 그 고생을 시키면서 10년을 넘게 누워 있었으이, 하이고 언슨시럽다."

좋은 데로 갔다는 말을 유진은 금방 알아들었다.

"그 아들이 효자는 효자라. 상조보험까지 들어서 잘 보내 줬다 아이가. 부럽더라."

"엄마는 그게 뭐가 부럽다고."

툴툴거리던 유진은 문득 디 오더 회의 때 여러 번 나왔던 말이 '보내 주자'였던 것을 기억했다. 아무리 죽을죄를 저지른 사람이라 해도 사람을 삭제하면서 어떻게 전혀 죄책감을 느끼지 않는지 의아했는데, 이제야 좀 알 것 같았다. 가야 할 사람을 가야 할 곳으로 보내는 것. 그 또한 디 오더(The Order)가 말하는 순명, 순리에 해당할 것이다.

"아들이 소설가라면서?"

그 아들도 혹시 어딘가 다른 디 오더 팀에 속해 있는 요원이 아닐까, 하는 밑도 끝도 없는 생각을 하며 유진이 물었다.

"소설 써 갖고는 입에 풀칠도 못 한다 카더라. 체구도 쬐맨한 사람이 막일을 해 가며 돈 백만 원씩 매달 낼라 캐 봐라. 저러다 아들 앞세우지 싶더마는… 아들 잡아묵기 전에 잘 갔다."

엄마가 생각에 잠긴 채 느릿느릿 말을 늘어놓았다. 엄마가 무슨 생각을 하는지 유진의 눈에는 빤히 보였다. 내 때문에 우리 아들 나중에 커서 장가도 못 가믄 우야노. 우리 유진이 고생시키느니 고마 죽는 기 백번 낫다. 병석에 누워 떠드는 엄마의 말을 유진은 늘 무심하게 듣는 척했다. 유진이가 엄마 말에 토를 달며 짜증을 내면 엄마는 마음 놓고 신세타령도 못 하게 될 거 같아서였다.

"엄마! 전화기는?"

벨 소리를 들은 유진이 벌떡 일어나 침대 위를 살폈

다. 유진은 빗이며 손톱깎이 같은 자질구레한 용품이 담긴 바구니에서 휴대폰을 찾았다. 나무달 카페를 나서기 전 유진은 베티의 노트북으로 시은에게 메일을 보내고 인스타그램에 메일 좀 보라고 댓글을 달아 놓았다. 이번에는 용의주도하게 엄마 전화번호를 메일에 적어 넣었다.

"나야, 시은이. 우리 지금 요양병원 옆 건물 편의점이야."

역시 시은의 전화였다. 눈치가 구단인 엄마는 유진이 친구, 라는 말을 꺼내기도 전에 얼른 갔다 오라고 손짓했다.

"저번에 어떻게 된 거야? 연락도 안 되고… 빨리 자백해. 어디 있었던 거야?"

유진이 편의점으로 들어서자 시은이 바로 말 펀치를 날렸다.

"니들이랑 같이 있었지. 유령처럼 졸졸 따라다녔는데?"

유진이 말했다. 애들을 보자 장난기가 발동됐다.

"오, 소오름! 어쩐지 그날 네가 내 옆에 있는 거 같았어…라고 할 줄 알았냐."

시은이 핀잔을 주었다.

"아냐! 네가 그렇게 말하니까 말인데… 나는 그날 이상하게 유진이 네가 옆에 있는 느낌이었어. 환청도 몇 번 들었는데 그게 꼭 유진이 네 목소리 같은 거야."

평소 장난에 잘 넘어가는 시은이 아니라 희준이 유진의 농담에 걸려들었다. 그런데 표정이 아리송했다. 마치 유진이 뭔가 숨기는 게 있을 거라 의심하는 것 같은 표정이었다. 유진은 조심해야겠다는 생각이 들었다. 뭘 조심해야 되는지는 모르겠지만.

"그날 몸이 되게 아파서 종일 잠만 잤어. 꿈에 니들이 나왔는데 그게 텔레파시로 전해졌나 보다. 암튼 미안하니까 내가 핫도그 쏠게."

유진은 얼른 일어나 핫도그 코너로 갔다. 희준은 농담이나 흰소리를 좋아하는 성격이 아니었다. 희준이 그날 유진의 존재를 느꼈고 환청을 들은 게 사실이면 유령을 감지하는 사람이 생각보다 많을지도 몰랐다. 우리가 감지하지 못해서 그렇지 지금 이 순간 이 편의점 안에도 어떤 사유로 둥둥거리는 유령이 있을 수 있었다. 그 유령은 유진이처럼 다른 세계로 가다가 길을 잃은 상태일 수도 있고, 원래부터 그렇게 생겨난 존재일 수도 있었다. 내가 백 퍼센트 알고 있고 온전히 파악하고 있다고 말할 수 있는 세계가 얼마나 협소한지, 그런 세계가 있기나 한지. 유진은 생각에 잠겨 늙은 사람처럼 고개를 주억였다. 어쩌면 자신이 갔다 온 스위핑홀 외에도 현실 세계와 넘나드는 무수한 다른 세계가 있을지 몰랐다. 아니, 백 프로 있을 것이다. 스위핑홀 자체가 하나의 세계만을 의미하는 게 아니었으니까.

"유진아! 너한테 말할 게 있는데."

먼 눈빛으로 생각에 잠긴 유진에게 희준이 말을 걸었다. 희준이 다시 이름을 부르자 유진은 숨을 훅 들이켰다. 오래 잠수해 있다가 물 밖으로 고개를 쳐든 양 숨이 가빴다. 한 번씩 마음속 지하세계에 잠긴 듯 먼 눈빛을 하고 있다가 호흡을 놓치고서 가쁜 숨을 들이켜던 알렉스를, 유진은 조금씩 닮아 가고 있었다. 유진이 알렉스를 보던 시선으로 희준이 유진을 바라보았다. 유진은 멋쩍게 웃고는 경청의 표정을 지었다.

"저번 주에 이종사촌 형을 만나러 갔어. 그 형이 게임 마니아라 중세 문양이랑 창, 방패 이런 걸 잘 알거든. 그날 형이 바빠서 별로 들은 건 없는데……."

유진은 희준의 이종사촌 형인 디노를 알은체할 수

가 없어 잠자코 있었다.

"그날 밤에 형한테서 전화가 왔어. 디 오더를 알아봤는데 위험한 단체 같다고 하더라. 뭘 묻는답시고 거기 찾아가거나 연락하면 절대 안 된다고 그러는 거야. 형이 그렇게 걱정하는 거 보니까 디 오더가 유진이 네가 생각한 거랑 좀 다를지도 모른다 싶더라. 그래서 내가 형한테 말을 했지. 내 친구가 사정이 있어 디 오더 요원들 집에서 지낸다고……."

"야아, 그런 말은 뭐 하러 해. 유진이가 아무한테도 말하지 말랬잖아."

시은이가 희준의 말을 끊고 나무라듯 말했다.

"그래, 그랬더니 뭐래?"

유진이 물었다. 희준의 잘못을 따지는 것보다는 우선 디노의 내심이 궁금했다.

"그 친구를 당장 거기서 끌어내래. 디 오더 같은 단체는 언제 검거될지 모르는데 그대로 뒀다간 백퍼 공범 취급을 받을 거래."

희준이 말했다. 유진은 어깨를 으쓱 들었다 놓았다. 유진이 나이가 어리니 보기에 미덥지 않을 수도 있었다. 아니면 알렉스와 베티와 함께 지내는 게 싫었을 수도 있고. 디노가 어떤 의도로 희준을 통해 이런 말이 자신에게 전해지도록 했는지는 신경 쓰고 싶지 않았다. 당장 발등에 떨어진 고민만으로도 머리가 복잡했다.

그끄저께 뽀글이 아줌마로부터 전화를 받고 통장에 들어와 있는 전세금을 확인하면서 유진은 현실적인 고민을 하지 않을 수 없었다. 유진은 신장 이식 계약금에서 뽑아 썼던 돈을 채워 넣어 카페지기 영감에게 부쳤다. 돈을 부치면서 유진은 이자를 왕창 내라거나 무슨 억지를 쓰면서 전직 조폭답게 으르딱딱거릴 줄 알았다. 그런데 카페지기 영감은 유진을 놀라게 했다. 폰을 통해 흘러나온 말이 공부 열심히 하고 엄마한테 효도하라는 거였다. 잘못 들었나, 귀를 문지르는데 카페지기 영감이 덧붙였다. 필요한 게 있으면 이상한 사이트에 가지 말고 귀신헬리콥터에 오너라. 목소리도 인자했다. 갈지 안 갈지 모르지만 유진은 그렇게 하겠다고 했다. 비비가 사라지고 초반에 너무나 겁먹었던 게 허무할 정도였다.

"아참, 유진아. 우리 반 형석이 알지?"

시은이 말을 꺼냈다.

"최형석? 1학년 때 우리 반이었어."

유진이 말했다.

"어제 모둠과제 할 때 형석이가 메시지MZ란 게 있다면서 갑자기 네 이야길 꺼내는 거 있지. 자기 아빠 노트북에서 메시지MZ라는 웹진을 봤는데 웹툰 그림체가 완전 유진이 너더래. 난 딱 잡아뗐지. 엄마 병간호하느라 바쁠 건데 웹툰을 그리겠냐고."

"어차피 유진이 네 그림인 거 밝혀질 거야. 디 오더가 범죄집단이라면 그것도 공범 증거가 될 수 있어."

희준이 시은의 말에 토를 달았다.

"정희준! 너, 자꾸 이상한 소리 할래?"

시은과 희준이 실랑이하는 동안 유진의 마음에는 복잡다단한 무늬가 그려졌다. 가슴이 쿵 내려앉았다가, 뭐 어때 싶었다가, 웹툰 작가라는 자부심으로 뿌듯했다가, 걱정으로 마음이 무거웠다가 난리였다.

"형석이 걔 입 되게 싼데. 유진아, 이것저것 생각할 것 없이 빨리 학교로 돌아와. 잘못하면 너 유급이야."

시은의 말에 희준도 고개를 끄덕였다. 두 친구의 근심 어린 눈길을 보며 유진은 소해헌을 보내던 장면을 다시 떠올렸다. 며칠이 지났는데도 그 생각을 하면 심장이 뛰면서 입이 말랐다. 후회와 자책의 감정 때문만은 아니었다. 돌이킬 수 없는 짓을 저질렀다는 불안감과 잘못을 저지른 권력자를 자신의 손으로 처리했다는 무섭고 떨리는 자부심이 마음속에서 뒤엉겼다. 메시지MZ에 올린 웹툰이 공공연하게 드러난 것을 아는 순간에 느낀 감정도 그와 비슷했다.

"있잖아, 나 사실……."

유진은 무슨 말이든 자신의 심정을 털어놓고 싶었다. 마술 비슷한 걸 부리는 형이 있거든. 어렵게 입을 떼려는데 주머니에 넣어 온 엄마의 휴대폰이 울렸다. 접수대의 뚱뚱 아줌마였다. 통화 버튼을 눌렀다. 유진이 눈을 부릅뜬 채 서 있었다. 유진아. 시은이 조심스럽게 유진을 불렀다. 유진이 편의점을 뛰쳐나갔다. 희준과 시은도 사태를 파악하고는 유진을 따라 요양병원으로 달려갔다.

엄마는 요양병원 의사의 지시로 앰뷸런스를 타고 미래로병원으로 옮겨졌다. 희준과 시은은 전철을 타기로 하고, 유진 혼자 앰뷸런스에 올라탔다. 호흡기를 끼고 있는 엄마 모습이 너무 고통스러워 보였다. 잔뜩 찡그린 엄마 얼굴을 내려다보며 유진은 뭘 어떻게 해줄 수가 없어 맞잡은 손만 비틀어댔다. 요양병원 의사의 전언 덕분인지 엄마는 응급실을 거치지 않고 바로 심장초음파 검사실로 옮겨졌다. 유진은 복도를 서성이며 손마디를 물어뜯었다. 얼마 기다리지 않아 의사가 나와서 심근경색이 왔는데 증상이 가라앉았다면서 입원 절차를 밟으라고 했다.

"증상이 가라앉았는데도 여기 입원해야 하나요?"

유진이 물었다. 입원 기간이 길어지면 수술비로 남겨 둔 돈을 헐어 써야 했다. 요양병원에서는 엄마가 기초생활수급자라 식대만 내고 병원비는 무료였다. 지난봄 갑작스러운 심장압박으로 쓰러지면서 고관절을 부러뜨렸을 때 입원해 있는 동안 개인 간병인을 썼는데 돈이 물 새듯 빠져나갔다. 당장 수술을 할 게 아니라면 요양병원에서 원장의사의 관리를 받으며 수술을 기다리는 편이 나았다. 의사가 유진을 보며 딱하다는 표정을 지었다.

"엄마가 그새 심근경색이 몇 차례 온 거 같은데 대동맥 박리 전조 증상으로 보여. 대기 순서가 문제가 아니라, 며칠 내로 기증자가 나타나지 않으면 위험할 수도 있는 상황이야."

의사의 말에 유진은 급소를 맞은 듯 그 자리에서 비

틀했다. 의사는 뭐라고 말을 계속하는데 아무것도 귀에 들어오지 않았다. 엄마가 위험해. 의사의 경고만 귓가에서 왕왕 울렸다. 유진은 뭔가 찾듯이 주변을 둘러보았다. 알렉스. 알렉스 형에게 가야겠어. 유진은 입을 앙다문 채 중얼거렸다. 원무과를 찾아가는데 발바닥이 땅에 닿지 않고 붕 뜬 것 같았다. 유진은 입원 수속을 해 놓고 나무달 카페로 달려갔다.

"뭘 구해 온다고?"

알렉스의 반응은 예상대로였다.

"엄마가 중환자실로 들어갈 지경이면 옆에 붙어 있어야지, 무슨 스위핑홀 타령이냐."

"스위핑홀로 들어가 심장을 구해 와야 돼. 들어갔다 오늘 안으로 나올게."

"들어갔다 오늘 안으로… 나 원, 스위핑홀이 무슨 편의점인 줄 아냐."

알렉스가 대꾸할 가치도 없다는 듯 짜증을 내고는 카페로 도로 내려가려고 했다.

"알렉스 형!"

유진은 알렉스의 팔을 붙잡고 털썩 무릎을 꿇었다. 엄마를 살릴 수 있다면 자존심 따위는 아무것도 아니었다.

"내게 심장을 구해 줄 사람은 세상에 단 한 사람, 체 게바라밖에 없어. 난 체 게바라가 있는 쿠바로 가야 해. 제발!"

무릎을 꿇은 채 유진은 두 손을 모았다. 태어나서 한 번도 해 본 적 없는 합장 자세가 저절로 취해졌다. 엄마를 살리려면 스위핑홀로 가. 어떤 내면의 목소리가 유진을 떠밀고 있었다.

"나야말로 제발이다. 네가 쿠바에서 만난 체 게바라는 환영이고 환상이야. 쿠바 자체도 네가 네 머릿속에서 상상하면서 만들어낸 세계라고. 네가 그리는 웹툰 속 등장인물처럼 체 게바라는 유진이 너의 스위핑홀 안에서만 존재하는 거야."

유진은 알렉스의 말에 고개를 저었다.

"형은 어디 있는지도 모르는 나를 이 세계로 끌어냈잖아. 체 게바라도 그럴 거야. 내가 찾아가면 그 세계는 생길 거고, 체 게바라는 그 세계에서 나를 끌어당겨 줄 거야."

유진은 확신에 차서 말했다. 환영이든 뭐든 체 게바라는 약속을 지킬 것이다. 탄탄해진 믿음이 유진의 마음속 어딘가에 뿌리를 내렸다. 이유도 근거도 없이 유진은 그렇게 믿었다. 알렉스와 눈싸움하듯 마주 쏘아보는 와중에 유진은 불현듯 알아챘다. 무작정 탄탄해진 이 믿음의 뿌리는 알렉스였다. 알렉스가 좋은 사람인지 나쁜 사람인지 유진은 마음속에서 결정을 내리지 못하고 있었다. 분명한 건 알렉스는 유진이 위험에 빠지게 되면 목숨을 걸고 구해 줄 사람이라는 거였다.

"유진아, 요즘 내 상태가 말이 아닌 거 너도 알잖아. 내가 다시 널 끌어낼 자신이 없어."

알렉스는 사정을 했다. 아, 답답해 죽겠네. 유진이 식식거리며 일어섰다.

"자신이 없는 게 아니라 그냥 하기 싫은 거잖아. 형이 늙고 병든 사람 싫어해서 그러는 거 다 알아. 다 늙은 사람들 살리려고 젊은 애들 몸에서 장기 떼내려 한다고 소해헌 국회의원을 날려 보냈잖아. 우리 엄만 아직 육십도 안 됐어. 노인이 아냐. 아직 죽을 때가 아니란 말이야."

유진이 고함을 질렀다.

"누가 들으면 내가 노인 전문 살해범인 줄 알겠다. 네가 위험한 것도 위험한 거지만 스위핑홀을 열어야 할 타깃 없이는 나도 힘들어. 열려라 참깨가 아니라고."

"제발, 형!"

유진이 떨리는 목소리로 불렀지만 알렉스는 도망치듯 2층 카페로 내려가 버렸다. 거실에 혼자 남은 유진은 계단 쪽을 원망스러운 눈길로 바라보다가 고개를 돌렸다. 알렉스가 해 주지 않겠다면 내가 하면 돼. 나는 얼룩도 봤고 한 번 갔다 왔잖아. 유진은 거실 바닥에 가부좌를 하고 앉았다. 영화든 게임이든 차원 이동을 하는 장면은 다 비슷했다.

유진은 명상하는 것처럼 눈을 감고 천천히 호흡했다. 100까지 세는 동안 온갖 이미지가 감은 눈 속으로 들어왔다가 사라졌다. 검은 창이 생겼다 사라지고, 사라진 창 안으로 알렉스가 들어왔다. 엄마가 들어오고 시은과 희준이 들어왔다가 나갔다. 이건 그러니까 버퍼링 같은 거겠지. 유진은 막연히 생각했다. 그 생각까지도 쳐내지 않고 받아들였다가 스르르 새 나가도록 내버려 두었다. 천천히 들락거리던 이미지들이 하나씩 사라졌다.

카페 건물을 둘러싼 어스름한 공기가 거실 창을 통

해 사부자기 밀려들어 왔다. 어스름은 끓는 물에 터뜨려 넣은 달걀처럼 몽글거리며 도톰한 꼴을 갖췄다. 이때까지 침착하던 유진의 눈까풀이 다다닥 떨렸다. 유진은 앉은걸음으로 슬금슬금 다가가다가 벌떡 일어서면서 손을 내뻗었다. 손가락 사이로 삐져나가는 건 내버려 두고 손에 채인 얼룩을 그러잡아 푹 덮어썼다. 순간, 전기가 끊기듯 유진의 의식이 나갔다.

"아, 미친 녀석! 초딩도 아니고. 찜찜하더라니."

알렉스의 목소리가 새까매진 의식을 가르고 들어왔다. 알렉스가 유진의 머리와 어깨와 가슴을 팡팡 두드리며 또라이니 천치니 온갖 욕을 뱉었다. 푸짐한 욕설과 주먹질에 머리가 울렸지만 유진은 찍소리하지 않고 가만히 있었다. 머리부터 가슴팍까지 비닐처럼 착 달라붙었던 어스름 덩어리가 팡팡 두드려대는 주먹질에 도톰해지면서 얼룩의 모양새를 갖췄다.

"이제 벗어!"

머리를 디민 채 고꾸라져 있는 유진을 잡아당기며 알렉스가 말했다. 유진은 덮어쓰고 있던 큼직한 얼룩을 벗는 척하다 알렉스의 손을 세차게 뿌리쳤다. 힘찬 잉어가 우물로 뛰어들 듯 유진이 얼룩 속으로 빨려 들어갔다. 형, 미안해. 금방 갔다 올게. 들뜬 목소리를 남긴 채 유진은 환영 너머로 사라졌다.

12장. 체 게바라의 심장

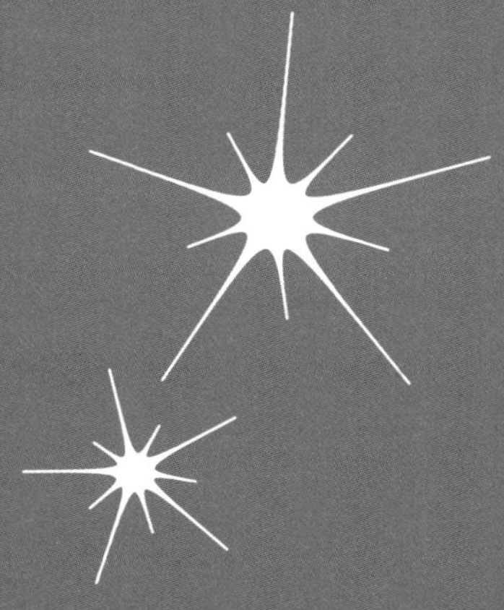

환영의 소실점을 향해 미친 속도로 내리꽂히려는 찰나 숲과 계곡이 환하게 펼쳐졌다. 무사히 들어서는 방법은 단 하나, 두려움을 이기고 이 세계를 믿는 거였다. 이 세계가 나를 부서지게 내버려 두지 않을 거야. 그렇게 믿으며 호흡 조절을 했다. 땅이 가까워지자 유진은 다리를 살짝 구부리면서 발을 내디딜 자세를 취했다. 무사히 착지하는 동시에 긴장이 풀리며 졸도했다.

시간이 얼마나 흘렀는지는 알 수 없었다. 귀가 열리고 지척에서 물소리가 들렸다. 계곡 아래로 넓은 개울이 흘렀다. 건너편은 울창한 숲이었다. 개울가에 일고여덟 명의 게릴라군이 모여 있는 게 보였다. 유진은 개울을 끼고 그들에게 걸어갔다.

"2023년으로 돌아갔다가 다시 여길 왔다고? 여기가 볼리비아인 건 알고 왔냐?"

우락부락이 순진하게 놀란 표정으로 물었다. 유진이 고개를 끄덕이며 그렇다고 했다. 볼리비아인 건 몰랐어도 체 게바라가 있는 곳이라는 건 알고 왔으니까.

"예전에 네가 발작하는 거 멈추게 하려고 내가 한 대 쳐서 기절시켰단 말이지. 그러고 트럭에 태워 보냈는데 도착해서 보니 네가 안 보이더라."

우락부락의 말에 유진은 놀랐다. 예전이라면 쿠바를 떠날 때 일일 것이다. 맞은 것도 몰랐는데, 아예 의식을 잃은 덕분에 1957년도의 쿠바를 수월하게 빠져나갈 수 있었던 거다. 유진은 새삼스러운 눈으로 우락부락과 게릴라 요원들을 둘러보았다. 이들이 다 환영 속의 존재들이라고? 알렉스의 말대로라면 그럴 것이다. 여긴 무의식의 공간이니까. 무심코 떠올리고는 어, 이건 베티 누나가 한 말인데 했다. 무의식 속에서 유진은 스위핑홀을 통해 건너온 이곳을 무의식의 공간이라고 생각하고 있었던 모양이다. 그런데 그렇다 한들 뭐가 달라지지. 환영 속 인물들인 그들과 현실 세계에서 온 자신이 무슨 차이가 있는지 유진은 알 수 없었다. 어쩌면 이들 또한 마음속으로는 유진을 환영 속의 인물로 여기고 있는지도 모를 일이었다.

"어디 다친 데도 없고, 좋은 데서 잘 지낸 거 같다. 그런데 이런 덴 뭐 하러 다시 왔어, 사람 죽어 가는 곳에."

우락부락의 말을 듣고 다시 둘러보니 개울 위쪽 은폐물 뒤에 열두어 명의 정규 복장을 한 군인들이 이쪽으로 총을 겨누고 있었다. 이쪽 게릴라군 역시 적을 경계하느라 각자 총격 자세를 취하고 있었다. 50여 미터 정도의 거리를 두고 쌍방이 대치하고 있는 상황이었다. 유진은 체 게바라가 활동했던 볼리비아의 유로계곡으로 떨어진 것이다.

"꼭 살려야 할 사람이 있어서 왔어요. 체 게바라 아저씨가 그랬거든요. 수술 메스를 버리고 총을 선택했지만 사람을 살리는 일이 훨씬 더 좋은 일이라고요."

"죽이는 거보다야 살리는 게 백번 낫지."

우락부락이 시큰둥하게 말했다. 우락부락은 전에 봤을 때보다 안색이 초췌했고 몹시 지쳐 보였다. 다른 게릴라들도 초췌하기는 마찬가지였는데 우락부락만큼 피로에 전 표정은 아니었다. 체 게바라 없이 우락부락 혼자 이 게릴라들을 이끄는 듯했다.

"체 게바라 아저씨는 어디 있어요?"

우락부락에게는 말 안 했지만 유진은 체 게바라가 한 말을 가슴에 담고 온 거였다. 저번에 유진이 체 게바라를 따라가다가 계곡 아래 방치된 시신을 발견하고서 걸음을 멈췄을 때였다. 체 게바라가 하는 대로 명복을 따라 빌고서 유진이 그랬다. 여기서는 심장이 없어 죽는 사람들은 없겠다. 무심결에 말을 해 놓고서 유진은 얼굴을 붉혔다. 체 게바라가 묻는 표정으로 쳐다보았지만, 유진은 차마 대답할 수가 없었다. 다시 걸음을 옮기기 시작하고 한참 뒤 유진은 엄마가 심장병을 앓고 있어 기증자를 기다린다고 말했다. 체 게바라는 기증자의 의미를 물었고, 유진은 장기 이식에 대해 설명했다. 기증자가 없으면 돈을 주고 다른 사람의 장기를 사서 바꿔 끼우기도 하는데 심장은 그럴 수가 없다는 말도 했다. 체 게바라는 더 듣고 싶어 하는 표정이었다. 심장은 다른 장기와 달리 살아 있는 사람한테서 가져올 수는 없고, 죽음을 앞둔 사람이 자기 심장으로 다른 한 생명을 살리는 걸 동의했을 때 받을 수 있다고 유진이 말했다. 체 게바라는 유진의 설명에 놀라워하긴 했지만 금방 이해했다. 이식 수술에 대해 끔찍해 하는 표정은 아니었다.

"체 게바라 아저씰 만나야 돼요. 지금 아저씨 있는 데로 갈 건가요?"

유진은 혹시 체 게바라를 만나지 못하면 어쩌나 싶자 마음이 급해졌다.

"오늘이나 내일쯤 은신처로 돌아올 거다. 젖먹이처럼 보채지 말고 기다려라."

우락부락이 내뱉은 말에 총을 겨눈 자세로 엎드리거나 앉아있던 게릴라 병사들이 키들거리며 웃었다.

"안 보이니까 걱정이 돼서 그러죠."

유진은 눈을 내리깐 채 말을 둘러댔다. 저번 쿠바 방문 때 체 게바라에게서 들은 말을 숨기려니 마음이 편치 않았다. 엄마를 살릴 심장을 구할 수 있을 거다. 죽어 가는 내 몸의 일부로 누군가를 살리고 새 생명을 줄 수 있다면, 기꺼이 내줘야지. 누구나 같은 마음일 거다. 평생 고생만 하다 돌아가시게 할 수는 없다고 유진이 울먹였을 때 체 게바라는 그렇게 말했다. 그 이야기를 우락부락과 게릴라 병사들 앞에서 털어놓을 수는 없었다.

"걱정할 거 없어. 체는 죽지 않아. 죽을 고비에서 대장은 언제나 살아 돌아왔어."

계곡 위쪽에 눈길을 준 채 우락부락이 말했다. 그 말이 무슨 신호라도 되는지 계곡 위쪽을 향해 총구를 디밀고 있던 게릴라 요원들이 조준 자세를 새로 취했다.

"저기 시신 보이지? 계곡에도 둘러보면 맨 시신일 거다. 다들 자발적으로 혁명을 위해 제 생명과 제 몸을 바친 사람들이야. 네가 그걸 알고 있으면 돼."

우락부락이 계곡 위쪽 볼리비아 적군을 향해 총구를 겨누고서 말했다. 왜 갑자기 뜬금없는 말을 할까. 의아해서 우락부락을 쳐다보던 유진이 고개를 숙였다. 엄마를 위해 심장을 구하러 왔다고 했던 말을, 우락부락은 기억하고 있었던 거다.

"엄마 수술시켜 드리고 이곳에 꼭 다시 올게요. 그때는 저도 죽음을 각오하고 게릴라가 되어 싸울 거예요."

우락부락은 고개를 돌리지 않았지만 유진의 말을 듣고 있다는 것을 표정으로 알 수 있었다. 문득 우락부락의 표정이 팽팽해졌다.

"적진에 대대가 투입됐다! 망루 숲으로 튄다!"

앞을 노려보던 우락부락이 자세를 낮추며 외쳤다. 게릴라군 일곱 명이 매복해 있던 자리에서 일어나 뛰기 시작했다. 유진은 허둥거리며 게릴라군 뒤를 쫓았다.

"숨어!"

10분 남짓 등을 숙인 채 숲길을 달린 게릴라군이 우락부락의 명령에 나무 하나씩을 차지하고 몸을 숨겼다. 덩치 큰 우락부락은 굵직한 나무를 골라 등을 대고 앉았다. 총은 안전장치를 잠가서 무릎에 놓았다. 유진은 그 옆에 무릎을 세우고 앉았다. 체 게바라가 어디 있는지, 혼자서 찾아가려면 어떻게 해야 하는지 묻고 싶은 게 많았지만 우락부락의 눈치가 보였다. 우락부락은 뭐라고 중얼거리며 뒤통수를 나무에 댔는데 바로 코 고는 소리가 났다. 다른 요원들도 순식간에 잠에 빠져들어 여기저기서 코 고는 소리가 났다. 무릎에 턱을 얹은 채 한참을 멍하니 앉아 있던 유진은 쪼그린 자세를 풀고 옆에 있는 나무에 기대 앉았다. 앉은 자세를 바꾸는 것만으로도 한결 피로가 풀리는 느낌이었다.

"가브리엘! 가브리엘!"

무전기를 든 게릴라 요원이 다급한 목소리로 우락부락을 불렀다. 어, 무슨 일이야. 우락부락이 물었다.

"체 대장이 은신해 있는 비트가 적들한테 노출됐답니다. 총격도 있었고요."

우락부락이 등을 세우고 뭐라고 말하려는 순간 개울가를 따라 시끌시끌한 소리가 났다. 볼리비아 정부군이 몰려오고 있었다. 대대가 보충돼서인지 이쪽보다 수가 훨씬 많았다.

"게릴라 놈들 무덤이군. 저기도 한 마리 뻗어 있네!"

저쪽에서 외치는 소리가 날아왔다. 우락부락과 게릴라 요원 일곱 명이 옆으로 퍼지면서 소총을 어깨에 받치고 조준경을 앞으로 겨눴다.

"동요하지 마라. 사격권 안으로 들어올 때까지 기다렸다가 발사한다."

우락부락이 낮게 외쳤다.

"체 대장이 대대 투입되면 전투를 피하라고 했지 말입니다."

우락부락 옆에서 적군을 향해 총구를 조준하고 있던 요원이 말했다.

"어차피 발견됐어. 지금이다. 쏴라!"

우락부락이 소리치며 방아쇠를 당겼다. 적군 한 명이 쓰러지고 다른 요원들 총에서도 총탄이 발사됐다. 한바탕 소란이 이어지는 와중에 벼락이 튀는 듯한 폭음 소리가 들렸다. 그 직후 양쪽에서 소리가 뚝 끊겼다.

"저기 재네들 다 유격대원들이여. 오늘 일 치게 생겼구먼."

조용해진 틈을 타 체구가 작고 나이가 들어 보이는 사람이 징징거렸다. 우락부락이 닥치라고 소리치며 눈을 부라렸다.

"다들 후속 사격을 준비해. 저쪽이 물러갈 때까지 계속해서 쏜다. 총알은 충분하다."

다시 총격전이 벌어졌고, 요원 두 명이 저쪽 정부군의 총탄에 쓰러졌다. 유진은 게릴라군 뒤로 물러나 나무 밑에 몸을 웅크리고서 내내 떨었다. 유진의 인생에 흑역사로 남을 건데 꼼짝할 수가 없었다. 총알이 어디서 날아와 어디에 박힐지 생각만 해도 아찔했다.

날이 저물면서 양쪽 다 공격을 자제해 30분 가까이 움직임이 없었다. 게릴라 요원 한 명이 중간지대로 포복을 나갔는데 경고사격조차 없이 조용했다. 게릴라군이 저쪽의 동태를 살펴볼 수 있는 위치 선점으로 정부군이 사상자가 많은 게 확실했다. 진을 쳤던 적군이 아직 목숨이 붙은 채 쓰러져 있는 동료들을 챙기지 않고 쥐새끼처럼 도망갔다고 포복정찰을 나갔던 요원이 말했다.

"임무를 완수했어."

우락부락이 말했다. 게릴라군 병사 다섯 명의 지친 얼굴에 슬픔과 고통과 자부심이 묻어났다.

"적군은 퇴각했다. 본부로 가자. 대장도 돌아오고

있을 거야."

우락부락이 이동하라는 손짓을 했다. 비탈을 따라 올라가는 요원들 틈에 끼어 유진은 숨을 헐떡이며 올라갔다. 총을 들고 싸운 것도 아닌데 긴장이 풀리면서 다리가 후들거렸다. 비탈을 오른 뒤에도 게릴라 병사들이 먹을거리를 대먹는 농장까지 5킬로 정도를 더 걸었다.

"여기서 그대로 묵었으면 바로 들어가 발 뻗고 잘 거구만."

나이 든 게릴라 병사가 잠긴 목소리로 말했다. 쓸데없는 소리라 그런지 아무도 대꾸를 안 했다. 말없이 쌀과 감자와 닭고기를 산 뒤 농장을 빙 돌아서 산 쪽으로 이어지는 길을 다시 2킬로 남짓 걸었다. 오르막길을 앞서 올라가던 우락부락이 우뚝 멈춰 섰다. 어디가 고장 난 것처럼 자세가 어정쩡했다. 허! 우락부락이 낮게 신음을 토하며 주위를 둘러보았다. 뒤이어 평지로 올라선 다른 병사들한테서도 신음이 흘러나왔다. 유진은 맨 끝에서 그 광경을 보았다. 처참한 광경이었다. 동굴 앞으로 천막이 쳐진 은신처 주위에 시신 다섯 구가 널브러져 있었다.

"체는? 체가 여기 있나? 체!"

우락부락이 천막 주변을 돌아다니며 고함을 질러댔다. 요원들이 동료의 시신을 살폈다. 하나같이 온몸에 총탄을 맞아 옷이 찢어져 있었고, 얼굴이 손상돼 누군지 구별이 되지 않는 시신도 있었다.

"대장을 끌고 간 것 같습니다. 그놈들이 기다리고 있다가 폭격을 퍼부은 게 분명해요."

"나쁜 놈들, 대장을 전시용으로 총살하려고……."

요원들의 대화를 듣던 유진이 그 자리에 펄썩 주저앉았다. 심장이 쥐어뜯기는 느낌이었다. 숨쉬기가 괴로워 가슴을 쥐어뜯던 엄마처럼 유진은 밭은 숨을 토해내며 목구멍을 타고 올라온 위액을 뱉어냈다. 고통이 독처럼 마음을 갉았다. 뭔가 잘못되었어. 이건 아니야. 유진은 쓰라린 마음으로 외쳤다. 이 세계에 뭔가 착오가 일어난 거야. 이건 아니야.

"체가 총살형을 당했어!"

누군가 격분한 목소리로 외쳤다.

"오, 안 돼!"

누군가 찢어지는 소리로 탄식을 뱉었다.

유진은 몸을 앞으로 숙이며 귀를 막았다. 귀를 막은

채 유진은 자갈이 섞인 흙바닥에 엎드려 슬픔과 분노와 공포가 밴 목소리들을 들었다. 유로 계곡… 부상… 볼리비아 적군… 처형… 부서진 말들이 불티처럼 날아들었다. 환영의 영역에 체 게바라라고 하는 구멍이 뚫리면서 스위핑홀의 세계가 무너지고 있었다. 게릴라 요원들이 하나둘 쓰러지고, 천막이 무너지고, 숲이 무너졌다.

졸도하듯 쓰러졌다가 마당에서 그대로 잠이 든 유진은 해가 높직이 뜬 뒤 일어났다. 등을 펴고 앉는데 몸에서 삐거덕 소리가 났다. 밤새 습기 머금은 공기에 젖었는지 몸이 차갑고 뻣뻣했다. 이 세계의 소란에 아무런 책임이 없다는 듯 천연덕스럽게 떠오른 붉은 해를 바라보자 마음이 그럴 수 없이 허탈했다. 절망감과 무력감, 죄책감이 뒤엉킨 마음의 밑바닥을 자포자기의 감정이 쓸고 지나갔다. 유진은 넋을 놓은 채 눈앞을 응시했다. 카메라의 초점이 맞춰진 듯… 아니, 초점이 어긋난 듯 시야의 음영이 흔들리더니 어둠을 채운 동굴이 3D프린터로 빚어내는 것처럼 형상을 드러냈다. 저기 가야겠다. 유진이 자리에서 일어났다.

"꼬마는 어디 있어?"

멀리서 우락부락의 목소리가 들렸다. 어둠의 공간에 눈길을 빼앗긴 채 넋 나간 소리를 중얼거리던 유진이 고개를 돌렸다. 어둠을 끌어안은 짐승처럼 형상을 드러내던 동굴이 아침 햇살에 증발하듯 사라졌다.

"받아라. 대장이 주는 선물이다."

우락부락이 마당을 걸어 들어와 피크닉 바구니처럼 생긴 바스켓을 내밀었다. 바스켓은 얼음으로 가득 채워져 있었다. 얼음 속에 담긴 것이 체 게바라의 심장이라는 것을 말하지 않았으나 유진은 알 수 있었다.

"처형 명령을 받았지만 아무도 체 대장을 쏘려고 하지 않았어. 체가 병사들을 호령하던 장교에게 부탁했다더군. 자신의 심장을 유로 계곡의 게릴라군에게 전해 달라고. 그리고 자신을 쏘라고."

산적 같은 우락부락의 얼굴이 저녁노을이 드리운 산처럼 붉게 젖어들었다. 유진이 두 팔을 벌려 우락부락을 안았다. 우락부락이 감정을 자제하려는 듯 심호흡을 하고는 유진의 등을 가만히 토닥였다.

"아저씨, 저 엄마 수술하고 나면 여기에 꼭 올게요."

우락부락이 서글픈 미소를 지으며 유진을 물끄러미 보았다. 여기에 다시 올 건 없어. 어디서든 네가 옳다고 생각하는 일에 최선을 다하면 돼! 대장이… 체가 널 만났으면 이렇게 말했을 거다. 우락부락의 눈이 전하는 말에 유진은 잠자코 고개를 끄덕였다.

유진은 은둔지의 동굴 앞에 서서 게릴라군을 태운 지프차가 멀어지는 것을 지켜보았다. 스스로 자책하면서도 유진은 바스켓을 가슴에 꼭 끌어안았다. 이제부터는 유진에게 달린 것이다. 유진이 해야 할 일은 하나였다. 이 세계를 지우고 로그아웃되는 것. 그리고 엄마를 살리는 것.

이곳은 볼리비아도 쿠바도 아니었다. 지도 위의 그 어느 곳도 아니었다. 이곳은 엄마를 살리겠다는 욕심으로 누군가의 심장을 빼앗은 이기심의 뻘밭이었다. 유진이 알렉스와 체 게바라의 여린 마음을 이용한 것은 가난한 젊은이의 장기를 사 들이는 노인의 욕심과 다를 바 없었다. 이기적이고 탐욕스럽고 비열했다. 이런 인간인 줄도 모르고 유진을 끌어당기기 위해 알렉스는 그의 온 에너지를 모아 스위핑홀을 노려보고 있을 거였다.

햇볕 사이로 사라졌던 동굴이 다시 모습을 드러낼 때까지 유진은 그 자리에 서 있었다. 머리 위로 떠오른

해가 차차 기울어 노을 속으로 잠길락 말락 하는 늦은 오후, 유진은 어둠을 끌어안은 동굴을 향해 걸음을 내디뎠다. 동굴은 어귀에서부터 발을 더듬거려야 할 정도로 어두웠다. 유진은 바스켓을 끌어안고서 바닥을 디딘 발에 힘을 주면서 한 걸음씩 앞으로 나아갔다. 차고 습하고 무거운 공기의 저항 탓인지 거의 물속을 걷는 느낌이었다. 동굴이 아니라 거대한 짐승의 아가리로 들어선 기분이었다.

짐승의 아가리를 떠올린 유진의 머릿속을 누군가 스캔해서 읽은 듯 갑자기 콰으으응 하는 비후의 괴성이 쏟아졌다. 마치 동굴이 고통을 다스리지 못해 비명을 내지르는 것 같았다. 겁이 나 죽을 것 같았지만, 유진은 용기를 내어 사방을 둘러보았다. 뭔가 있었다. 유진은 동굴 속 어딘가에서 자신을 노려보는 시선이 있다는 것을 알아차렸다. 동굴로 그 형용을 드러낸 경계지대로 들어서면서 진작 그것을 느꼈다. 시선의 주인은 알렉스가 아니었다. 그것은 훨씬 강하고 탐욕스럽고 사악한 기운을 담은 시선이었다.

그것이라… 그것이란 말이지.

환청이 들렸다. 유진의 마음을 읽는 낡고 거친 목소

리. 겁을 내면 더 고약하게 나올 인정머리 없는 존재라는 게 직감되었다. 앞으로 계속 나가려는데 발이 움직이지 않았다. 그것이 너를 해칠 것 같아? 반대쪽에서 다른 목소리가 들렸다. 유진이 용기를 내기 위해 억지로 불러낸 알렉스의 목소리였다. 형, 그것이 나를… 내 영혼을 빼앗으려고 해. 유진이 길을 잃은 사도처럼 속삭였다. 유진이 넌 운수 대마왕이야. 내가 널 지켜보고 있을게. 용기를 북돋우기 위해 불러낸 알렉스가 속삭였다. 운수 대마왕은 바람의 나라, 로스트아크 같은 게임을 할 때 쓰는 유진의 닉네임이었다. 유진은 어둠 속으로 한 발을 내디디고 다시 다른 발을 내디뎠다. 알렉스는 더는 말이 없었다.

알렉스의 환영이 조용해지자 등 뒤에서 또 다른 기운이 느껴졌다. 괴성을 쏟아내던 기운은 아니었다. 그것과는 다른 기운이었다. 만만찮은 압박감이 느껴지긴 해도 유진을 해치려는 기색은 없었다. 유진은 또다시 두려움이 차오르기 전에 발길을 재게 놀렸다. 동굴에는 강력한 두 기운 말고도 숱한 기운들이 어른거리고 있었다. 낯선 기운들이 가까이에서 멀리서 유진의 곁을 지나갔다. 짓궂은 소리를 내기도 하고 싸늘하고 매운 기운을 끼얹기도 했지만 대놓고 건드리지는 않았다. 다들 성정이 순해서라기보다 공연히 소란을 일으키고 싶지 않은 듯했다. 그래, 조심하면 별일 없을 거야. 스스로 격려하며 유진은 어둠의 안쪽으로 들어섰다. 그 순간 어둠보다 짙은 그림자가 바닥을 미끄러지듯 지나갔고, 왼쪽 발목에 칼날 같은 통증이 와서 박혔다.

악! 비명을 지르며 균형 잃은 몸이 어둠 속으로 빨려들려는 순간 누군가 유진의 팔꿈치 아래를 잡아챘다. 아까부터 등 뒤에서 유진을 압박하며 쫓아오던 자, 해칠 기색은 없는 것 같은데 한순간도 떨어지지 않고 따라오던 자였다. 팔꿈치를 잡힌 순간 누군지 알 것 같았다. 유진이 알렉스와 함께 스위핑홀로 보냈던 소해헌이었다. 어둠 저편으로 이끌려 들어가지 않게 붙잡아 준 이유가 뭔지 몰라도 유진은 어이쿠, 감사합니다 말이 저절로 나왔다. 감사한 건 감사한 거고, 유진은 자빠지려는 와중에도 놓치지 않은 바스켓을 끌어안고 냅다 달음박질을 쳤다. 소해헌이 쫓아오는 기척이 느껴졌다. 아, 왜 저래. 왜 자꾸 따라와. 유진은 시큰거리는 발목을 몇 번이나 접질리며 있는 힘껏 내달렸다.

"유진아! 여기야!"

환청 아닌 생목소리가 들려왔다. 스위핑홀의 입구, 알렉스의 환영에 들어선 것이다. 발목의 통증을 발판처럼 냅다 차면서 유진은 알렉스의 목소리가 들리는 방향으로 자신을 쏘았다.

13장. 내가 옳다는 확신이 가장 위험해

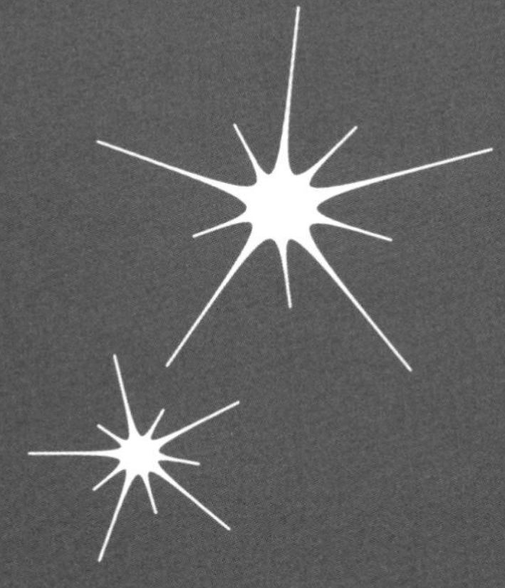

알렉스는 밝은안과에서 안구의 전방출혈 처치를 받은 뒤 미래로병원으로 왔다. 유진이 심장을 가져온다면, 그런 일이 있을 것 같지는 않지만, 엄마가 입원해 있는 미래로병원으로 올 거였다. 알렉스는 순환기 내과가 자리한 본관 건물 안에서 사람들 왕래가 없는 곳을 물색하다 5층 비상구 안쪽에 자리를 잡았다.

병원 본관은 신축된 지 몇 년 안 된 건물이어서 비상구가 꽤 넓었다. 알렉스는 딱딱한 바닥에 책상다리를 하고 앉아 눈을 질끈 감았다. 처치를 받아도 쿡쿡 쑤시는 증상이 남아 있었다. 눈물이 고이면 안구의 통증이 덜한데 건조증이 심했다. 슬픈 생각을 해도 눈물이 나지 않았다. 윤아의 죽음을 떠올려도 눈물이 나지 않았다. 윤아의 죽음이 언젠가부터 슬프지 않았다. 슬프지 않다기보다 무감하고 둔중한 뭔가가 자신의 감정을 덮어쓰고 있는 것 같았다. 윤아의 이름을 떠올리거나 윤아가 웃던 모습, 윤아가 검지손가락을 입술에 댄 채 노트북을 골똘히 들여다보는 옆모습을 떠올릴 때면 어떤 고통이 자신의 삶을 그으며 지나갔다. 그러나 한순간이었고, 잠시 뒤에는 그저 느낌만 희미하게 오래 남을 뿐이었다. 알렉스는 그 느낌이 싫었다. 자신의 생에 결정적인 무언가가 새어 나가 버리고 오직 회한에 찬 느낌만이 텅 빈 마음속에 웅크리고 있는 것 같았다.

알렉스는 눈을 감은 채 숨을 깊이 들이켰다. 자신을 돌아보거나 앞으로 무얼 하고 싶은지 생각하면 암담한 기분이 들었고 금세 우울해졌다. 알렉스는 자주 우울했고, 우울할 때면 대체로 꿉꿉한 마분지처럼 마음이 굳었다. 윤아가 죽고, 눈물이 마르고, 자책과 그리움이 둔통처럼 멀어지면서 알렉스는 삶이 어설퍼졌다. 알렉스는 차차 생각을 줄였고, 멍해졌고, 멍청해 보였고, 베티가 시키는 대로 했다. 약탈자를 그의 욕망이 들끓는 세계로 보내기 위해 얼룩을 띄우면서 시력은 점점 더 떨어졌다. 이런 것들이 다 무슨 인과관계가 있을까 싶은데, 자신이 어딘가를 향해 제어장치 없이 달려가고 있다는 느낌은 등을 치듯 강렬했다.

시력이 급격히 나빠지면서 알렉스는 종종 검은 골짜기를 헤매었다. 무성한 나무와 수풀과 검은 저수지는 두려움이 만들어낸 환영일 텐데 알렉스는 꿈을 꾸는 내내 골짜기를 헤매다 몹시 지쳐서 돌아오곤 했다. 때때로 알렉스는 무성한 수풀 뒤로 모습을 드러내는 벼랑 위 검은 바위로 올라가 앉아 있기도 했다. 자신이 그 높은 곳을 대체 어떻게 올랐는지 알 수 없으나 몸에 남은 비상의 여운은 감지할 수 있었다.

검은 골짝 어둠을 바라보며 알렉스는 심호흡을 시작했다. 배 속 깊이 들숨을 밀어 넣었다가 길게 뱉기를 여러 차례 반복했다. 유진의 기척이 희미하게 느껴졌다. 유진의 밭은 숨소리가 들려왔고 단내가 나는 숨과 열감이 느껴졌다. 눈앞에 어른거리는 불길이 실재인지 환영인지는 알 수 없었다. 불길 속에 어떤 환영을 보고 있는 것 같기도 하고, 환영 속에서 불길을 보고 있는 것 같기도 했다. 형! 나야, 유진이야. 불길이 환영을 사르는 순간 유진이 절룩거리며 달려오는 게 보였다.

"알렉스 형!"

알렉스는 일렁이는 불길 너머를 응시했다. 눈과 귀가 타는 듯 뜨거웠다. 화염에 싸인 듯 얼굴이 달아오르는데 날다람쥐 같은 기운이 알렉스의 부릅뜬 눈을 관통하며 뛰어들었다. 유진이 바스켓을 안은 채 튀어나왔고, 바로 뒤이어 소해헌이 번쩍거리면서 뛰쳐나왔다. 알렉스는 두 사람의 덩치에 밀려 넘어지면서 스톤 바닥 타일에 뒤통수를 찧었다.

"형, 알렉스 형!"

유진의 목소리가 귀에서 왕왕 울려대다 사라졌다. 알렉스는 눈 안쪽에서부터 머리 꼭뒤까지 찢겨 나가는 듯한 통증을 견디지 못하고 스스로 의식을 놓았다. 의식을 놓자 비로소 숨을 편히 쉴 수 있었다. 무중력 상태의 어떤 공간이 자신을 받아안는 느낌이었다. 이것이 죽음이라면 이대로 가도 좋겠다. 그런 바람이 알렉스의 표정을 문질러 부드럽게 폈다.

알렉스가 깨어났을 때 소해헌이 비상구 문에 등을 대고 앉아 있었다. 이쪽 세계로 용케 돌아왔으면 제 갈 길을 갈 것이지 왜 저러고 있어. 알렉스는 쓰러진 자세 그대로 눈을 가늘게 뜨고 소해헌의 동태를 살폈다. 스위핑홀로 밀려 들어갈 때 소해헌은 티셔츠에 무릎바지 차림이었는데, 어디서 저런 걸 다 구했을까 싶은 금속 재질의 옷을 걸치고 있었다.

"푹 쉰 거 같은데 그만 일어나지?"

소해헌이 말했다. 알렉스는 왜 이렇게 욱신거리는지 모르겠다고 중얼거리며 몸을 일으켰다. 기절 상태로 휴식을 취해서인지 눈의 열감과 통증은 덜했다.

"막 속보가 떴어. 날 엿 먹인 게 자네들인가."

소해헌이 휴대폰을 들여다보며 말했다.

"무슨 속보요?

소해헌이 휴대폰 화면을 알렉스 쪽으로 들어 보였다. 알렉스는 휴대폰 화면을 건성 보고는 소해헌을 쳐다보았다. 소해헌이 저지른 자료 조작을 언론에 제보하게 될 거라던 베티의 말이 기억났다.

"번잡스럽게 이럴 것까지 없었는데."

소해헌이 혀를 찼다. 어쩌라고. 알렉스가 투덜거렸다. 상황상 잘잘못을 따지며 기 싸움을 해야 하는 자리인가 싶기도 하고, 상대를 하자니 너무 피로했다. 몸에 남은 힘이 하나도 없었다.

"아, 그 애는 어딘가 급히 갔어. 나더러 자네 깰 때까지 있어 달라는 부탁까지 하고 가더군."

소해헌이 말했다. 맞다, 유진이! 알렉스는 그제야 유진이 없다는 걸 알아차렸다.

"얼음통 안에 뭐가 들었는지 죽어라 껴안고 가더만. 꼬마 덕분에 자네가 열어 준 스위핑홀로 빠져나왔는데, 고맙다는 말을 할 새도 없이 가 버리더군."

알렉스가 입을 벌렸다. 얼음통이라고? 얼음통이 쓰일 데는 하나밖에 없다. 유진이가 정말 심장을 가져왔다는 건가. 설마 하는 눈길로 쳐다보는데 소해헌은 휴대폰에 정신이 팔려 있었다.

"기자들 아주 땟거리를 만났구만. 다행히 장기 이식 수술을 막는 데 도움은 되겠군."

소해헌이 휴대폰을 들여다보며 말했다. 다행히? 알렉스는 소해헌을 쳐다보며 물었다.

"이식 수술을 막는 데 도움이 되는 게 다행이라고 했어요? 어디 이상한 데 갔다 왔어요?"

"가고 싶은 곳에 제대로 갔다 왔어. 덕분에 오륙 년 후의 미래에 대해 정보를 좀 얻었지. 오륙 년까지 갈 것도 없이 조만간 장기 이식 수술을 한 인체는 골칫거리가 될 거야. 당장 죽을 병 아니면 약물치료를 하면서 생체인공장기 수술을 기다리는 게 나아."

소해헌이 말을 해놓고는 헛웃음을 날렸다.

"왜요? 오륙 년 뒤에는 인간이 지구를 떠나 다른 행성에서 살기라도 하나요?"

알렉스가 물었다. 눈치를 보니 오륙 년 후의 시공간을 다녀온 듯했다. 미래사회가 어떤 모습일지 궁금하긴 했다.

"그런 셈이지. 거의 온택트의 행성에서 살게 되니

까. 거기 있는 동안 내가 직접 대면한 사람은 쓰레기 압축함 같은 폐기물을 수거하는 노동자뿐이었어. 나중에 보니 노동특수고용직군의 대면직 노동자 가운데 절반은 로봇이더군. 1인 가족이 80퍼센트를 상회하고 각자의 오피스텔이 행성처럼 떠 있지."

소해헌이 말을 끝내고는 고개를 저었다. 자신이 다녀온 세계를 떠올리며 새삼 충격과 감격을 느끼는 듯했다. 알렉스가 잠자코 있자 소해헌이 다시 입을 열었다.

"비대면 사회로 정착되는 데 선두 역할을 한 게 뭔 줄 아나. 당연하지만 의료 시스템이었어. ICT 기반으로 AR생태계가 구축되고, 헬스케어 로봇이 개개인을 관리할 수 있도록 국가 차원에서 시스템을 돌리지. 제도적 지원으로 노화나 사고에 대비한 생체인공장기와 인공근육이 기본으로 제공되니 장기 이식 자체가 없어져. 내가 거기서 조사한 바로는 2027년 1월부터 제로가 돼. 이후 1년 11개월간 이식 건이 없었다는 거지."

소해헌이 말했다. 자신이 보고 온 미래 모습이 마음에 썩 드는 표정은 아니었다.

"그래서 이미 장기 이식을 한 사람들은 미래 세계

에서는 살아남지 못하나요?"

엄마에게 심장 이식 수술을 시켜 주기 위해 죽기 살기로 뛰어다니는 유진을 생각하며 알렉스가 물었다.

"관리 차원에서 열외가 되니 사망 수치가 높지. 난 늘 10년 후를 내다보며 플랜을 짰는데, 다가오는 세상이 내가 예상했던 그림과는 좀 다르더군. 레코드판이 귀하게 여겨지는 것처럼 인공지능 같은 테크놀로지의 발전에 지친 사람들이 아날로그로 회귀할 거라 생각했거든."

소해헌이 말을 맺고서 앉은자리에서 일어섰다. 기립 동작이 놀랄 정도로 가뿐했다.

"아, 그런데……."

소해헌이 비상문으로 나가려다 말고 몸을 돌렸다.

"스위핑홀로 보내진 사람들은 다들 어떻게 되는 건가. 이곳 현실계로 돌아올 수가 있나? 나만 해도 자네가 끌어당기는 꼬마를 따라붙었기 망정이지, 혼자 빠져나오기는 어려웠을 거야."

소해헌이 대답을 확실히 듣고 싶다는 듯 알렉스를 빤히 보았다.

"아마 어렵겠죠. 자신들이 상상한 세계로 갔으니

굳이 돌아오려고 애쓰지도 않을 거고요."

알렉스가 심드렁하게 말했다. 얼룩을 띄우게 한 상대가 누구든 스위핑홀로 사라지는 순간 그에 대한 관심도 사라졌다. 일 년 반 남짓 이 일을 해 오는 동안 알렉스가 개인적으로 관심을 끊지 않고 있는 상대는 단 한 명뿐이었다.

"자기 욕망의 행성으로 보낸다는 미명하에 사람들을 삭제하는 범죄를 계속할 건가."

묻는 소해헌의 눈빛이 매서웠다.

"제 욕망의 행성으로 보낸다는 말, 그럴싸하네요. 죄를 자기 안에 가둘 수 있는 행성으로 한 사람을… 어떤 자 한 명을 보낼 때까지는, 계속해야죠. 네, 할 겁니다."

알렉스가 스스로 다짐하듯 먼 눈빛을 한 채 중얼거렸다.

"이름이 알렉스라고 했나? 찾아보니 인류의 수호자라는 뜻이더군. 인류의 수호자라 자칭할 정도면 그 이름에 걸맞은 꿈을 꾸어 보는 게 어떤가. 디 오더 뒤에 숨지 말고."

소해헌이 말했다. 알렉스는 지친다는 표정으로 웃

었다.

“갑자기 웬 오지랖입니까? 할 말 다했으면 그만 가주시죠.”

알렉스가 말했다.

“한 가지 더 오지랖을 부리지. 자네가 옳다고 믿는 그 순리가, 그 믿음과 정의감이 스스로를 잡아먹을 수도 있어. 뭐가 됐든 어떤 명분에 갇히면 자책감과 양심의 소리에서 멀어지게 되지. 경험상 한 가지만 말하지. 내가 옳다는 확신만큼은 피하게. 그보다 위험한 건 없으니까. 세계 역사에서 대량살육은 언제나 그런 확신에서 나왔잖나.”

배앓이하는 사람처럼 인상을 찌푸린 채 알렉스는 소해헌의 말을 들었다. 소해헌의 말이 틀리지 않다는 건 이미 우울증이 꽤 깊어진 알렉스가 누구보다 잘 알고 있었다.

“그런데 내가 정말 이 사회에서 사라지는 게 나을 인간 같나?”

소해헌이 비상구 손잡이를 잡은 채 어조를 바꿔 물었다. 알렉스는 쓴 커피를 입에 물고 있는 표정으로 소해헌을 쳐다보았다. 소해헌이 콧방귀를 뀌고는 금속

옷을 번쩍거리며 비상구를 나갔다.

14장. 알렉스와 야수

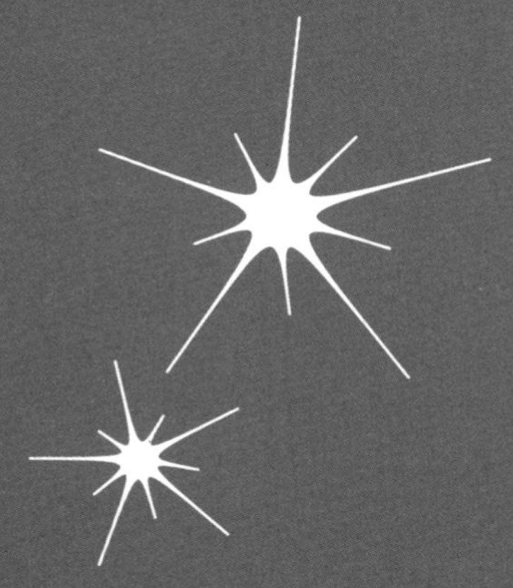

포털 검색 순위에 '소해헌'과 '장기 매매 합법화'가 올라와 있었다. 알렉스는 몇 군데 사이트를 더 둘러보다가 일어섰다. 중딩쯤 돼 보이는 녀석이 휴게실을 서성이며 컴퓨터를 노리고 있어 신경 쓰였다. 알렉스는 화장실을 들른 후 병원 1층 로비로 내려갔다. 유진이 이런저런 일로 수속하려면 원무과에 들를 것이다.

원무과 근처는 사람들이 많아 빈 의자가 눈에 띄지 않았다. 잠시 서서 티브이 화면에 눈길을 주고 있으니 아주머니 한 명이 일어났다. 알렉스는 후딱 가서 의자를 차지하고 눈을 감았다. 비상구 통로에서 기절한 상태로 숙면을 취해서인지 눈이 좀 괜찮았는데 휴게실에서 컴퓨터를 들여다보고 나자 다시 쓰리고 아팠다. 갖고 있던 폰을 정지시킨 것도 눈을 아끼기 위해서였다. 알렉스는 손바닥으로 열감이 느껴지는 눈을 지그시 눌렀다. 출혈이나 없으면 좋겠는데….

소해헌 의원이 발의한 수명 연장 등에 관한 법률의 일부개정법률안이 입법 예고를 앞두고 자료 조작 논란 의혹이 제기되면서 입법 과정의 신뢰도에 타격을 입을 전망입니다. 이번 법안 발의안을 낸 소 의원은…

깜박 잠이 든 상태에서 티브이 소리가 귀에 들어왔다. 알렉스는 눈을 떠 뉴스 화면을 보았다. CBM의 '용기 있는 제보가 세상을 바꿉니다'라는 프로그램의 속보 방송이었다. 속보 전달에 열을 내던 중년 앵커의 표정에 놀라는 빛이 스쳤다. 알렉스는 편치 않은 의자에 등을 댄 채 뉴스 화면에서 눈길을 떼지 않았다. 자막 화면이 몇 장면 나온 뒤 다시 앵커가 화면에 잡혔다. 앵커는 검찰이 수색영장을 발부했다는 멘트에 이어 소해헌 의원이 인터뷰를 자청했다는 내용을 강한 어조로 전했다. 소해헌이 병원에서 출발한 게 아직 한 시간밖에 안 됐는데 화면에 나타난 소해헌은 정장 양복 차림으로 말끔했다. 앵커가 소해헌에게 자료 조작에 대해 알고 있었는지, 자료 조작에 관여했는지 질문을 던졌다.

"자료 조작은 당연히 없었습니다. 제가 알기로 통계를 내는 방식에 따라 결과에 다소 차이가 나는 것으로 알고 있어요. 협약을 맺은 연구소에서 통계자료를 제공한 임상연구진의 해명이 곧 있을 겁니다. 장기 공여자의 건강과 안전이 보장되지 않는 한 장기 매매 합법화 발의는 있을 수 없는 일입니다."

소해헌은 논란의 여지를 제공했다는 점에 대해 사과하면서 신중을 기하기 위해 발의안을 취소할 거라고 말했다. 장기 매매 합법화 추진 절차나 과정에 대한 사과는 없었다. 소해헌 스스로는 윤리적으로 법적으로 아무런 죄가 없다는 입장이었다. 자신의 정의만이 옳다는 확신과 믿음을 경계하라고 조언한 사람이 한 시간 뒤에 취할 태도는 아니었다. 자기모순에도 불구하고 자기 스탠스를 잃지 않는 저런 사람이야말로 사실상 디 오더가 필요로 하는 인재일 것이다. 나이에서 자격 미달이긴 하지만.

알렉스가 지금의 눈 상태로 봐서 디 오더 현장 요원으로 뛸 수 있는 기간은 두세 달이었다. 그 전에 알렉스를 대신할 신참 요원을 구하지 못하면 나무달에 본거지를 둔 디 오더는 활동이 중지될 거였다. 어차피 알렉스는 타고난 전사가 아니었다. 옆에서 독려하는 베티가 없었다면 알렉스는 이 일을 계속할 수 없었을 것이다. 물론 우주 자연의 질서와 순리를 따르고 순명을 수행한다는 디 오더의 정신에는 알렉스도 공감했다. 알렉스의 생각에 인간은 누구나 하나의 구체, 공 위에 앉아 있는 존재였다. 제 몫의 공이 한 생을 돌고 나면 공

안으로 들어가든 미세먼지로 흩어지든 하는 게 순리였다.

알렉스는 의자에 등을 기대고 눈을 감았다. 티브이에서는 다가오는 총선 소식을 내보내고 있었다. 관심 없었다. 소해헌은 통계 조작이 고의적인 걸로 드러나도 살아남을 것이다. 소해헌을 강자로 만드는 욕망과 집착, 열정이 알렉스에게는 없었다. 알렉스는 오직 피곤할 뿐이었다. 피로물질이 물고기 알처럼 눈에 다글다글 붙어 있는 느낌이었다. 지금처럼 견딜 수 없이 피곤해질 때면. 알렉스는 양말을 포개서 뒤집듯 제 몸의 공을 뒤집어 안으로 사라지고 싶었다. 심한 우울증이라고 말한 의사의 진단이 맞을 것이다. 알렉스는 기본적으로 늘 슬프고 늘 아팠다. 어디가 아픈지 짚을 수 없는 몸의 일부가, 마음의 일부가 자꾸 아팠다. 약탈자로 낙인을 찍은 이들을 고약한 욕망의 심연으로 돌려보내면서 우울증에 걸려 버린 자신 또한 이 세계에서 사라져야 할 타깃일지 몰랐다. 스물여섯의 나이가 알렉스에겐 늙은이처럼 무거웠다.

알렉스….

수면 아래로 잠겨 드는 알렉스의 귀에 무슨 소리가

들렸다. 뭔가에 목울대를 눌린 채 소리를 내면 저렇겠지 싶은 목소리였다. 알렉스… 진심 듣기 거북한 소리군. 알렉스는 중얼거리며 달아날 것 같은 잠을 끌어안았다. 공 속이든 땅속이든 안으로 파고 들어가 몸을 돌돌 말고서 이번 겨울이 다 지나갈 때까지 잠들었으면 싶었다.

알렉스!

깨진 목소리의 파편이 우중충한 환영 속으로 들어선 알렉스의 의식을 긁었다. 유리 조각이 빼곡히 박힌 좁은 벽 사이를 지나가고 있는 듯 날카로운 통증이 온몸을 스치고 지나갔다. 여전히 잠에 빠진 채 알렉스는 허우적거리며 걸었다. 저만치 암굴이 떠오르고, 암굴 한가운데 검은 형체가 서 있는 게 보였다. 짐작했듯 교수였다. 윤아를 죽음에까지 이르게 한 자. 그날 이후 알렉스를 슬픔의 결정체로 만듦으로써 슬픔을 느낄 수조차 없게 만든 자.

생명 연장 장치를 주렁주렁 매달고 있는 교수는 그 자신의 가상세계에서 짐승처럼 강한 기운을 내뿜었다. 가만히 서 있어도 날래게 달려들려는 공격성이 느껴졌다. 네놈 낯짝이 궁금했지. 사악하게 늙은 자가 입을 열었다. 독사 같은 목숨이 질기게도 붙어 있군. 알렉스가 맞받아치자 교수가 가래 끓는 소리를 내며 비웃었다. 등을 들썩이며 괴롭게 웃던 교수가 돌연 알렉스를 향해 날아들었다. 모습이 그대로 인간 폭격기였다. 평생을 탐욕스럽고 포악하게 살더니 온전한 죽음을 맞기도 전에 야수로 환생한 게 틀림없었다.

"야비하고 비열한 살인자!"

교수의 가상세계에서 스위핑홀의 경계지대로 슬라이딩하듯 옮겨지면서 알렉스는 물이 고인 바닥에 철퍼덕 자빠진 채 소리쳤다. 겁을 먹은 건지, 아니면 우습게 보는 건지 교수한테서는 아무 소리가 들리지 않았다. 좀 전의 가상세계는 교수의 의식이 현실의 고통을 피하기 위해 만든 그의 홈그라운드였다. 그의 가상세계에 끌려들었다가 경계지대로 미끄러져 들어온 것은 알렉스로서는 다행이었다. 알렉스의 도발에도 교수는 동굴 안쪽에서 검은 형체 그대로 서서 움직임이 없었다. 저러고 있다 언제 또 와락 덤벼들지 몰라 알렉스는 조심하며 자빠진 몸을 바로 했다.

이게 뭐지.

마른 데를 짚고 일어서려던 알렉스는 멈칫했다. 손

바닥에 닿은 게 뭔지 모르지만 그 자리에 진작 놓였던 게 아니었다. 탁구공보다는 크고 야구공보다는 작은, 표면이 까끌까끌한 그것은 알렉스가 손을 짚으려는 곳에 또르르 굴러들었다. 알렉스는 고슴도치가 아닐까 싶어 얼른 놓으려다 그대로 주먹을 움켜쥐고 일어섰다. 교수는 이번에는 공격할 의도가 없는지 알렉스를 지켜보기만 했다. 방심하면 안 될 것이다. 눈빛만으로 대학원생 몇 명을 기절시킨 늙은이였다.

"놀라운 일이다. 너 같은 놈에게 그런 능력이 주어지다니. 다행히 네놈이 서툴렀던 덕분에 그 기운이 어떻게 작동하는지 알았지. 그 대단한 능력을 이딴 식으로 낭비하다니. 어리석고 멍청한 놈."

교수가 호통치듯 말했다.

그래, 그는 분석심리학자였지. 알렉스는 생각했다. 그가 어떻게 경계지대를 중심으로 꼬리를 물고 달리는 궤도에 올라탈 수 있었는지 알 것 같았다. 교수는 유능한 분석심리학자였으니 사람들의 무의식이 영향을 미치는 공간 영역을 읽었을 것이다.

"언젠가는 네놈이 스스로 찾아올 거라 생각했다."

교수가 말했다. 내가 스스로 찾아올 거라 생각했다

고? 저자가 날 이곳으로 불러들인 게 아니었나?

알렉스는 교수의 말이 뜻밖이었지만 놀란 표정을 드러내지는 않았다. 일 년 남짓 타깃을 스위핑홀로 보내면서 경계지대의 존재를 알게 됐지만 알렉스 스스로 발을 디밀 생각은 안 했다. 자신의 의지도 아니고 교수도 아니라면, 무언가 다른 힘이 알렉스를 이곳으로 이끌었다는 결론이 나온다. 그게 무엇인지 신경이 쓰였지만, 지금 당장은 누가 왜 자신을 이곳으로 불러들였는지가 중요한 게 아니었다. 교수가 어둠 저편에서 살기를 세운 채 알렉스를 노리고 있었다.

이제 알렉스는 교수를 삭제할 것인데, 그가 그 자신의 추악한 심연 속으로 던져지기 전에 알고 싶은 게 있었다. 너무 늦었지만 절대 이해할 수 없었던 것. 도대체 왜! 왜 그랬을까, 저자는. 알렉스는 그것을 알고 싶었다. 교수의 욕정 어린 눈빛과 검버섯이 핀 손길을 역겨워했다 하더라도 제자를 그렇게까지 내쳐야 했을까. 시간과 노력을 갈아 넣은 논문이 당시의 윤아에게 삶의 전부인 것을 교수란 사람이 설마 몰랐단 말인가. 저 늙은 몸에는 인간의 마음이 없나? 영혼이 얼마나 썩으면 사람에게 그렇게까지 잔인할 수 있는 거지?

"사람이란 게 멈출 줄 모르는 존재지. 하고 싶은 일은 할 수 있는 데까지 하는 게 인간이라는 종이거든. 인류문명을 이룬 이기적인 유전자의 힘이지. 그 당연하고 뻔한 걸 몰라서 징징거리나."

알렉스의 마음을 읽은 듯 검은 형체로부터 날아온 목소리는 강의실에서 들었던 톤 그대로였다. 어둠 속 검은 형체로부터 부조되듯 그의 모습이 천천히 드러났다.

"그래서 윤아를 죽음으로 내몰았나. 자신이 어디까지 악해질 수 있는 시험해 보려고? 당신은 인간이 아냐. 스스로 인간으로 생각해서도 안 돼. 어째서 다른 늙은 이들처럼 사라지지도 못하고 숨이 붙어 있는지 알겠군."

알렉스가 한마디 한마디 칼을 내던지듯 쏘아붙였다.

"내가 윤아를 죽였나? 그 애 팔목을 내가 그었나?"

교수가 목소리를 높였다.

"팔목을 긋고 목숨을 버릴 만큼 괴롭힌 게 당신이잖아. 기억 안 난다고는 못할 거다!"

"살아남을 놈들은 다 살아남았어. 살아남지 못한

애들은 자기한계에 부딪쳐 떨어져 나간 거고. 흥, 윤아는 다소 애매한 경우긴 하지. 윤아 입장에선 억울하겠지. 어쩌겠어. 나도 나를 지켜야지. 나도 교수이기 전에 인간인데. 참, 인간으로 생각해선 안 된다고 했나? 못 들어 줄 것 없지. 나도 인간이기 지겨우니까. 인간이든 다른 무엇이든 내가 나를 지킨 게 악은 아니지 않나. 결국 나는 나의 본성에 충실한 거였고, 윤아는 윤아의 본성에 충실했던 거지."

교수의 목소리가 점점 커지면서 그의 모습도 점점 뚜렷이 드러났다. 알렉스는 주먹을 불끈 쥐었다. 손바닥에 가시가 쿡 박혔다. 아까 땅바닥에서 주워 들었던 거였다. 알렉스는 신음을 흘렸다. 손에 쥐고 있는 것이 뭔지 알 것 같았다. 여태 알렉스의 마음속에서 꽁꽁 숨어 있다 비로소 밖으로 모습을 드러낸 윤아였다. 윤아는 여전히 자신을 지킬 가시 말고는 아무것도 없었다. 알렉스가 저번처럼 뭔가를 집어 들고 머리를 내려칠까 경계해서인지 교수는 온전히 모습을 드러내고서도 멀찌감치 거리를 유지하고 있었다.

"윤아는 제 실력으로 깨끗하게 자기가 가고 싶은 길을 갈 수 있는 애였어. 지킬 건 지키면서 교수가 되는 길을 밟아 갈 애였다고. 그걸 막은 건 윤아의 약한 본성이 아니라 당신이야. 당신도 그걸 알아. 개소리로 죽은 윤아를 모욕하지 마."

알렉스가 격해지려는 감정을 누르면서 말했다. 지난 일 년여간 디 오더 회원이 되어 치러야 했던 모든 일들이 여기 이 자리에 서기 위해서가 아니었던가. 흥분해서 일을 망치고 싶지 않은데 몸이 부들부들 떨렸다. 윤아… 윤아만 생각하자. 윤아가 함께 있는데, 그런데 나는 왜 이렇게 떠는가. 아직도 준비가 덜 된 걸까. 아직도 나는 나를 위해 분노하고, 나를 지키느라 겁을 내는 것일까. 담대하지 못하고 당당하지 못하여 윤아를 지키지 못한 정준혁의 비겁과 어리석음을 떠올리자 알렉스는 자신을 향한 염오감이 치밀어 올랐다.

"미련한 것들이 핑계를 대요. 그렇게 남 탓을 하고 한심한 위로나 주고받으면서 인생 실패자로 사는 것도 나쁘지 않지. 주제에 맞게 사는 게 나쁠 거 있나. 자신이 깜냥이 아니라는 걸 받아들이지 못하는 게 문제지. 제 탓은 않고 부모 원망하고 교수 원망하고 사회를 원망하면서 못난 꼴을 보이거든. 못난 짓거리를 하다 하다 결국 지가 못난 걸 알면… 그렇게들 죽더구만. 수

치스럽다고 죽고, 세상이 내 마음 같지 않다고 죽고, 인간이 역겨워 죽겠다고 죽고……."

교수의 말을 듣는 동안 손안에 가시로 박혔던 윤아의 감각이 사라졌다. 굳이 손을 펴서 들여다보지 않아도 알 수 있었다. 그것이 자신의 손목과 겨드랑이를 뚫고 심장 속으로 파고든 것을 알렉스는 본능적으로 감지했다. 죽음을 통과한 인간의 검푸른 기운이 심장에 똬리를 틀면서 교수가 가진 에너지와 흡사한, 차갑고 잔혹한 에너지가 알렉스 속에 고였다. 정준혁, 준혁아, 내가 원하는 건 저자의 심장이야. 알렉스는 윤아의 목소리를 들었다.

"알겠어."

알렉스가 말했다. 이것이 자신이 행할 마지막 오더가 될지도 모른다고 알렉스는 생각했다.

"뭘 알겠다는 거지."

교수가 경계하며 물었다. 알렉스에게서 흘러나오는 에너지가 바뀐 것을 알아차린 것이다. 알렉스 역시 교수가 달라진 것을 알아차렸다. 교수에게서 흘러나오는 사납고 불안한 기운 속에 그의 것이 아닌 어떤 힘의 박동이 느껴졌다. 올곧고 강하고 맑은, 어쩌면 알렉스를 이곳으로 이끈 게 아닐까 싶은 어떤 힘… 차가운 바람 한 줄기가 머릿속을 스쳐 지나갔다.

체 게바라!

알렉스의 머릿속에 유진이 만났다던 체 게바라의 모습이 떠올랐다. 담대하라. 체 게바라의 모습을 떠올리는 순간 알렉스의 마음속에서 목소리가 울렸다. 알렉스는 교수를 향해 한 걸음을 내디디며 입을 열었다.

"당신은 그래도 된다고 생각한 거지."

지금 이 자리에 알렉스 대신 윤아가 서 있었다면 교수를 향해 던졌을 말이었다. 교수가 멈칫하는 기색을 보였으나 착각일 수 있었다. 실제로 교수는 소리 내어 콧방귀를 뀌었다. 알렉스는 무시하고 말을 이었다.

"당신은 사람이 마땅히 지켜야 할 도리 따위 벗어 던져도 된다고 생각한 거지. 사회의 지탄을 겁내고 인간관계가 파탄 날 것을 두려워하는 사람들을 우습게 여긴 거지. 그들이 가진 것을 빼앗고 이용하고 밟으면서도 복수의 칼이 날아올 걱정은 하지 않았을 거야. 그들은 사회의 온갖 금기에 발목 잡혀 괴로워할 뿐인 어리석은 종족이니 그저 비웃고 경멸했겠지. 스스로 강하고 자유로운 영혼이라고 여기면서 어리석은 종족에게는 무슨 짓이든 해도 된다고 생각했던 거야. 나는 교수니까, 나는 결정권자니까, 나는 남자니까. 당신의 한 마디에 인생을 저당 잡힌 여학생에게 그런 짓을 해도 된다고 생각한 거야."

분노에 차서 시작한 말에 슬픔이 배어났다. 마음의 지하도시에 묻혀 있다 흘러나온 슬픔이었다. 그 슬픔에는 스위핑홀로 던져진 자들에 대한, 숨겨온 두려움과 죄책감도 담겨 있었다. 교수는 윤아의 인생만 망친 게 아니었다. 윤아의 죽음을 지켜보았던 알렉스의 인생을 망쳤고 베티의 인생을 비틀어 놓았다.

"내 논문의 제2저자로 넣어 주겠다는 말에 윤아가 스스로 연구실을 찾아온 걸 알고나 하는 소린가. 누가 들어올까 봐 외출 중으로 표지판을 돌려 놓은 것도 그 애였어. 윤아 스스로 원해서 한 거야. 그게 잘못된 게 아니란 걸 알았어야지. 이루고 싶은 꿈이 있으면 남들이 어떻게 생각하건 제 욕망이 끄는 대로 끝까지 갔어야지. 나라고 처음부터 교수였나. 내가 깔고 앉은 자리에 그보다 더한 굴욕이 없었을 거 같아? 왜 자신이 한 행동을 부끄러워해. 왜 신고를 하고 일을 시끄럽게 만들어. 왜 자존감 따위를 엉뚱한 데서 찾아. 감히 내게 칼을 겨

눌 생각을 하다니… 겨눴으면 목에 칼을 꽂든가. 멍청한 것."

교수의 말에 알렉스는 대꾸하지 않았다. 교수와 윤아 사이에 있었던 일의 진실은 이미 땅에 묻혔다. 교수는 악마야. 알렉스는 윤아가 했던 말만 기억하면 되는 것이다.

"당신의 그 대단한 생각이 이 세계에 만들어낸 게 엔투(N2)방이고 Z존지대야. 친딸을 패서 식물인간을 만드는 아비이고, 손녀를 성폭행하는 할애비고, 의붓딸을 트렁크 속에 넣어 굶겨 죽이는 어미인 거야. 당신이, 당신 같은 자들이, 어린애들을 노리개로 팔아넘기고 장기를 뜯어내어 팔아먹는 세상을 만드는 거야. 당신의 개소리를 받아서 지껄이며 우쭐대는 인간 같지도 않은 자들 모두 교수, 당신인 거야. 두려워하고 불안해하고 염치를 알고 쪽팔려 하는 사람들이 그렇게나 우스웠나? 차마 할 수 없는 일은 끝내 하지 못하는 사람들을 상대로 당신이 해 온 짓이 자랑스러웠나? 수치를 모르고 죄의식을 모르는 자신이 독자적이고 멋진 인간 같나? 착각하지 마. 당신은 당신이 생각하는 그런 인간이 아니야. 당신은 욕망에 솔직한 강자가 아니라 남의 욕망과 권리를 훔치고 빼앗는 한 마리 비열한 야수일 뿐이야. 이게 교수, 당신의 진실이야. 당신을 부수면 당신 심장 속의 야수도 부서지겠지. 그러고도 남아 있는 게 있다면… 한때는 인간이었다는 기억쯤은 남을 거야."

알렉스는 감정을 억누른 어조로 말을 뱉어내면서 교수가 서 있는 동굴 안쪽으로 걸어 들어갔다. 두렵지 않았다. 알렉스는 전신을 덮쳐 오는 생경한 파동을 느낄 수가 있었다. 거침없으면서 부드러운 파동이 교수가 내뿜는 독기에 섞여 알렉스를 맞이하듯 밀려오고 있었다.

"당신이 가게 될 그곳이 어딘지는 확실히 알겠군."

알렉스가 진저리를 치며 말했다. 아까는 착각인 줄 알았는데, 교수의 몸 어딘가에서 체 게바라의 심장이 뛰고 있었다. 교수는 스위핑홀의 경계지대를 지나오던 유진에게서 체 게바라의 심장을 훔친 것이다. 그런데 어떻게 몸속에… 삼켰나? 뼛속까지 혐오스러운 자를 노려보며 알렉스는 심호흡했다. 기운을 끌어모으기 위해 심호흡하는 것만으로도 눈 주위가 뻑뻑해지면서 열감이 느껴졌다. 상관없었다. 열기로 눈에 물집이 잡혀 며칠 또 앓아눕는다 하더라도 알렉스는 체 게바라의 심장을 다시 뺏을 것이다. 체 게바라가 누군가. 헐벗고 굶주린 민중을 위해 일어선 혁명가가 아닌가. 그의 심장을 저런 자의 몸속에서 뛰게 할 수는 없었다. 그건 명백히 죄를 짓는 행위였다.

알렉스는 교수에게 에너지를 집중했다. 눈 안쪽에서부터 타는 듯한 느낌이 시작되었다. 알렉스의 시야에 비문증의 티끌 대신 타오르는 불길이 너울거렸다. 알렉스를 젖은 담요처럼 우울하게 만들었던 죄책감이 불길에 살라지고 분노의 힘이 팝콘처럼 화끈하게 터졌다. 알렉스는 다리가 3미터쯤 되는 거미처럼 겅중거리며 어둠을 긋고 갈랐다.

알렉스에게서 이만한 공격력이 나오리라고 예상치 못했던지 교수는 당황한 모습이었다. 알렉스의 몸속에 스며든 윤아의 에너지가 독한 염료처럼 뿌려지고, 군데군데 페인트가 뜯겨 나가듯 어둠이 벗겨졌다. 어둠을 보호구처럼 둘렀던 교수의 사지가 뒤틀리고 형체가 일그러졌다. 교수가 과으으으어! 괴상망측한 소리를 질렀다. 조금만… 더 힘을 집중하면 교수는 사라지고 체 게바라의 심장만 남을 것이다. 이 상태로 계속해서 신경을 집중하다간 눈을 완전히 잃을 수 있다는 것을 직감하지만 그만둘 수가 없었다. 알렉스는 조잡하고 사악한 것들이 떠 있는 어둠을 향해 자신의 전 에너지를 쏘았다.

15장. 엄마는 괜찮아

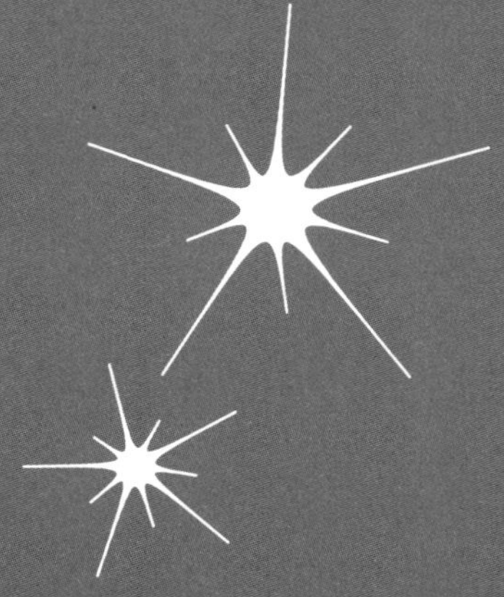

알렉스는 의자에 앉은 채 기절해 있었다. 알렉스 형! 소리치며 유진이 알렉스를 안았다. 알렉스의 눈과 귀에서 핏물이 흘러나왔다. 형, 왜 이래! 알렉스 형! 유진의 비명에 앉아 있던 사람들이 몰려들었다.

"의사 좀 불러 줘요!"

유진이 울부짖었다. 엎친 데 덮친 격이었다. 옛날이야기에 나오는 주인공처럼 천신만고 끝에 구해 온 심장을 잃어버린 유진은 어찌할 바를 몰라 알렉스에게 달려온 참이었다. 시은이와 희준은 학교로 돌아가 버렸고 달리 하소연할 데가 알렉스밖에 없었다. 어쩌면 알렉스가 가진 남다른 능력으로 해결책을 찾아낼지 모른다고 기대했는지 모른다. 그런데 알렉스가 봉제 인형처럼 구겨져서는 피를 흘리고 있었다. 유진은 마음에 불이 나간 듯 암담했다.

알렉스는 응급실로 옮겨졌다. 알렉스를 눕혀 놓고 이것저것 체크하던 응급실 의사가 허리를 펴고 유진을 돌아보았다. 의사는 별다른 이상증세는 보이지 않는다면서 안구 출혈이 의심되니 안과에 연락을 취해 놓겠다고 했다. 유진은 안과 의사를 기다리며 알렉스의 병상을 지켰다. 사실 유진은 알렉스 곁에서 넋 놓고 앉아 있을 때가 아니었다. 어떻게든 엄마를 설득해야 하는데 묵직한 추가 어깨에 매달린 듯 꼼짝하기가 힘들었다. 오늘 낮에 담당 의사 진료실로 뛰어들 때까지만 해도 유진은 일이 이렇게 될 줄 몰랐다.

"의사 선생님, 여기요."

대기하고 있던 환자를 제치고 진료실로 뛰어 들어간 유진은 숨을 헉헉거리며 바스켓을 내밀었다. 담당의가 바스켓 안을 들여다보고는 이걸 왜, 하는 표정으로 유진을 보았다.

"이거 뭔데? 얼음으로 뭘 하라고?"

의사가 바스켓을 바닥에 놓고 물었다. 유진은 입술을 꽉 깨문 채 허리를 굽혀 바스켓을 들여다보았다. 없었다. 잘게 쪼갠 얼음이 쑥 내려갔고, 한가운데 박혀 있던 심장이 보이지 않았다. 유진의 심장이 그 순간 얼음장처럼 차가워졌다. 의사가 다시 무어라고 말을 건넸지만, 유진은 꼼짝할 수가 없었다. 자칫 함부로 움직였다간 차가운 심장이 둘로 쪼개지고, 유진은 바로 그 자리에서 죽을 수도 있을 것 같았다. 동굴 속에서 들었던 괴성이 머릿속에서 과으으으아 살아났다. 그놈이었다. 발목에 찌르는 듯한 통증을 느끼며 휘청할 때 바스켓 안의 심장을 어둠 속으로 빨아들인 놈! 그놈이 내 심장을, 체 게바라의 심장을 가져간 것이다. 유진은 그 자리에 털썩 주저앉았다.

"얼음은 왜 가져왔어. 왜 그래? 어디 아파?"

의사의 말이 귓전에서 웅웅거렸다. 진료실 바닥에 앉은 채 유진은 고개를 푹 숙였다. 저절로 고개가 꺾였다. 끝났어. 이제 다 끝난 거야. 툭, 눈물이 떨어졌다. 내가 그렇게 애썼는데… 죽을힘을 다했는데… 어떤 짓궂은 신이 이렇게 야멸차기만 한지 원망이 이는 순간 헝 하고 울음이 터졌다. 체 게바라에 대한 죄책감이 더해지면서 유진은 걷잡을 수 없는 심정이었다.

"어어, 이거 참."

의사가 달래는 말을 했지만 귀에 들어오지 않았다. 지난봄 엄마가 요양병원에 들어간 뒤로 발 디딜 데를 잃은 듯 불안하게 지내면서 외롭고 힘들었던 감정들이 이 시점에 드디어 폭발한 모양이었다. 그치려고 해도 울음이 그치지 않았다. 어디서 얼음통을 들고 와 대성통곡하는 유진을 보며 의사는 기가 막힌다는 표정을 지었다. 의사가 간호사를 불렀다.

"김미홍 환자 검사 시작할 거니까 준비 좀 하지. 이

거 양동이도 좀 갖고 나가고."

간호사에게 던진 의사의 말이 유진의 귀에 꽂혔다. 유진이 울음을 뚝 그쳤다.

"무슨 검산데요, 선생님?"

유진이 눈물을 쓱쓱 닦으며 물었다.

"한길병원에서 뇌사자 유족이 결정을 미루고 있는데 일단 검사를 해 놓으려고. 감염질환이 없으면……."

"선생님, 감사합니다!"

의사의 말이 끝나기도 전에 유진이 벌떡 일어나 구십 도로 인사를 하면서 외쳤다.

"우리 엄마 수술할 수 있는 거죠?"

유진이 흥분해서 안길 듯 달려드는 바람에 의사가 난처한 듯 웃었다.

"엄마가 현재 몸이 몹시 쇠약해지신 상태야. 수술이 어렵다고 판단되면 두 번째 대기자로 수술을 진행하게 돼. 검사는 해 보겠지만 결과는 장담 못 해. 무슨 말인지 알겠지?"

"안 돼요, 우리 엄마 수술해야 돼요."

유진은 싸움닭처럼 목을 빳빳이 세우고 말했다. 의사가 한숨을 쉬며 일어섰다.

뇌사자의 유족이 장기 기증을 결정했다고 알려 온 건 엄마가 검사실에서 나온 직후였다. 유진이 복도에서 서성거리고 있는데 검사를 마치고 나온 의사가 유진에게 다가왔다. 검사 결과가 어떻게 나왔는지 의사의 표정으로는 알 수 없었다.

"유족이 장기 기증서에 사인을 했어. 우리가 수술이 준비되는 대로 거기서 심장을 가지고 출발할 거야."

"검사 결과는요? 우리 엄마 수술할 수 있죠?"

"크게 나쁘지는 않아. 그렇다고 안심할 수 있는 조건도 아니고. 다소 어려운 수술이 되겠지만, 환자의 의지가 받쳐 주면 잘될 거야."

의사의 말에 유진은 긴장했던 몸을 풀었다. 수술의가 수술 앞두고 보호자에게 하나도 어렵지 않은 수술이라고 자신만만해하는 경우는 없을 것이다.

"그럼 이제 수술만 하면 우리 엄마 심장병 낫는 거잖아요, 맞죠?"

의사한테서 다른 말이 나올까 봐 유진은 몰아붙이듯 물었다.

"그런데, 이게 참, 환자분들 사이에 오간 이야기라 내가 관여하기가 그러네. 엄마는 대기자 순위를 은우에게 양보하고 싶으시다는데."

조심스럽게 말을 꺼낸 의사가 폭탄이 되겠다 싶은 마지막 말을 빠르게 내던졌다. 대기자 순위를 양보한다는 게 무슨 뜻인지 생각하느라 유진은 잠시 멍해졌다. 순위를 양보한다니. 유진이 중얼거렸다. 의사가 뭘 잘못 알아들었을 것이다.

"아니, 아니에요. 말도 안 되는 소리 하지 마요."

유진은 의사에게 소릴 질러 놓고 입원실로 뛰어갔다. 엄마는 자고 있었다. 아냐, 말도 안 돼. 말도 안 되지. 유진은 침대 옆에 앉아 고장 난 녹음기처럼 중얼거렸다. 엄마를 이해할 수가 없었다. 유진에게는 엄마가 절대적으로 있어야 한다는 걸 모르나. 아빠는 여섯 살 때부터 없었으니까 이젠 없어도 괜찮았다. 그렇지만 엄마는, 지금보다 더 많이 아프고 더 많이 늙어서 침대에서만 지낸다 해도 상관없었다. 무조건 그냥 있는 것만으로도 좋았다. 엄마는 어째서 그런 유진의 마음도 몰라 주고….

"엄마가 죽은 것도 아인데 와 울고 앉았노."

언제 깼는지 엄마가 손을 내밀며 말했다. 유진이 엄마의 손을 잡았다.

"엄마는 왜 엄마 맘대로 그라는데. 뭣 때문에 수술 순서를 바꿀라고 하는데."

유진이 엄마를 닦달했다.

"열 살짜리 알라 아이가. 저래 어린 알라를 모른체 하고 우예 내가 먼저 수술하겠노. 그래 사는 인생에 무슨 의미가 있겠노."

"엄마가 지금 인생의 의미 따질 때가? 그라고 엄마가 뭐가 살 만큼 살았노."

유진이 하는 말을 듣는 둥 마는 둥 엄마는 창가로 눈길을 주었다. 창가 침대에 아이가 누워있었다. 보호자는 보이지 않았다. 엄마가 한숨을 쉬었다.

"건강하게 살아야 사는 게 좋지. 생판 모르는 영감탱이 심장 끼워 넣어 갖고 명줄 늘리 봐야 좋을 것도 별로 없다."

"엄마, 뭔 소리야. 모르는 영감탱이 심장이면 어때서!"

유진이 엄마 말에 버럭 짜증을 냈다. 그러다 문득 영감탱이라는 말이 마음에 걸렸다. 너무 늙은 심장이면 수술을 해 봐야 소용없는 거 아닌가.

"기증자가 영감탱이인지 엄마가 어떻게 알아? 원

래 기증자는 안 가르쳐 주는데."

"내가 자는 줄 알고 지거들끼리 쑤군거리는 거 들었지를. 유명한 대학교수라카데. 심리학이라나 뭐라나."

"교수면 완전 늙은 사람은 아니잖아. 아냐, 이것저것 생각하지 말고, 내가 의사 샘한테 가서 엄마가 수술할 거라고 말할게."

유진이 당장 달려갈 듯 일어섰다. 늙은 심장 젊은 심장 가릴 때가 아니었다.

"유진아!"

엄마가 유진을 잡은 손에 힘을 주었다. 엄마 손에 힘이 들어간 건 몇 달 만에 처음이었다.

"엄마 말 끝까지 들어 보래이."

엄마는 말을 꺼내 놓고는 힘에 부치는지 눈을 감고 숨을 몰아쉬었다. 힘이 부치는 건 사흘을 꼬박 굶다시피 한 유진도 마찬가지였다.

"엄마, 나 대학 가는 거 보고 싶다고 했잖아. 장가가서 아들딸 낳는 것도 보고 싶다며. 그럼 수술해야지. 수술해야 살잖아."

엄마가 눈을 감은 채 말을 그만하라는 손짓을 했다.

손짓 하나 하는 것도 힘에 겨운 듯했다. 살이 빠져 마른 뼈대가 드러난 엄마 얼굴이 해골처럼 보였다.

"은우는 오늘 수술 안 하면 오늘내일 우째 될지 모른단다. 나는 아직 그렇게 급한 것도 아인 거 같고……."

"급한지 아닌지 엄마가 어떻게 아는데. 지금 당장은 괜찮다 해도 기증자가 안 나타나면? 그땐 어떡해. 수술 못 해서 엄마가 죽으면 나는? 나는 엄마?"

유진이 목소리를 떨면서 따져 물었다.

"유진아, 은우 유치원 때 사진 보니 유진이 니 어릴 때하고 똑같더라. 고마 유진이 니 사진인 줄 알았다. 그 나이 때 우리 유진이 유치원복 입혀 놓으면 얼마나 이뻤는동 모른다. 착하기는 또 얼마나 착했노. 혼자 유치원도 갔다 오고, 밥도 혼자 찾아 먹고……. 돈 몇 푼 더 벌라고 야간 청소까지 하고 집에 오면 어린 기 눈물범벅이 돼서 자고 있었지를. 엄마는 저래 누워 있는 은우가 자꾸 유진이 니 같다. 눈물범벅이 돼서 자는 아아를 우째 내버려 두노. 유진아, 은우부터 살리자. 엄마는 그라고 싶다."

엄마는 진심이었다. 그 진심 이면에 드리운 엄마의

속마음이 읽혀 유진은 마음이 쓰라렸다. 엄마는 그만 하고 싶은 거였다. 살기 위해 통증을 견디면서 하루하루 버티는 삶을 이제 그만하고 싶은 거였다. 엄마가 그만 놓아 버리고 싶어 하는 모든 것들 속에 유진도 있었다. 엄마의 고통을 고스란히 느끼면서도 유진은 가슴에 구멍이 난 듯 썰렁했고, 서운했다. 엄마가 옆에 있는데도 외롭고 외로웠다. 엄마는 유진과 나눈 대화로 힘을 다 소진했는지 눈을 감고 힘들여 숨을 쉬고 있었다.

누군가 있으면 좋겠다고 유진은 생각했다. 알렉스 생각이 났다. 낮에 비상구 통로에 떨어졌을 때 알렉스는 비상구 유도등이 있는 벽에 등을 기댄 채 비스듬히 누워 있었다. 바스켓에 든 심장을 의사에게 넘기고 와야지 하고는 몇 시간이나 깜박 잊고 있었다. 유진은 엄마 폰에 저장해 둔 번호를 눌렀다. 낯선 번호일 텐데 베티는 전화를 금방 받았다.

"알렉스? 낮에 전화 왔길래 어디냐니까 미래로병원 로비라던데?"

카페 손님이 몰려들 시간이어선지 베티는 무슨 일인지 묻지도 않고 전화를 끊었다. 디 오더의 본부로도 이용되는 나무달 카페는 베티만의 쉼터 같다는 생각이 들 때가 있었는데 역시나 그랬다.

어디 간 거지. 알렉스를 생각하자 빽빽하던 마음이 좀 말랑해졌다. 누가 뭐래도 알렉스는 두 세계의 경계를 지우는 비밀을 알고 있는 사람이었다. 유진은 엄마가 잠든 걸 확인하고 로비로 달려 내려갔다. 그리고 자신을 도와줄 거라 기대했던 알렉스가 맥없이 쓰러져 있는 걸 발견했던 것이고, 정신없이 응급실로 옮긴 거였다.

알렉스는 응급실로 옮긴 지 한 시간이 지나도 깨어나지 않았다. 자리를 비웠던 응급실 의사가 와서 안과 선생님이 오늘은 힘들고 내일 오전 중에나 오실 거라고 말을 바꿨다. 아까는 금방 오실 거라더니… 의사는 유진의 말을 못 들은 척 다른 침상으로 가 버렸다. 미래로병원 본관 6층과 1층 응급실에 엄마와 알렉스를 뉘어 놓고 유진은 뭘 어떻게 해야 할지 갈피를 잡을 수 없었다. 유진은 베티에게 다시 전화를 걸었다.

"어, 유진아. 내가 좀 바쁜데."

아직 아무것도 모르는 베티의 목소리를 듣자 얄미운 마음이 들었다. 유진은 알렉스가 쓰러져 응급실에 있다고 말했다. 베티가 3초쯤 침묵하더니 바로 가겠다고 했다. 유진은 전화를 끊고 일어섰다. 링거액이 바닥을 보이려면 한 시간은 걸릴 것 같았다. 오늘 수술을 심야수술로 잡았다고 했으니 곧 수술실이 열릴 거였다. 엄마 마음을 돌릴 수 있는 시간이 별로 없었다. 시간이 문제가 아니라는 건 유진도 알고 있었다. 이곳 미래로 병원으로 옮겨 오고 불과 이틀 새 엄마에게 어떤 변심이 일어났고, 엄마는 달라져 버렸다. 엄마의 삶에서 한 순간도 유진이 최우선이 아니었던 적이 없는데 이제는 아니었다. 엄마와 자신 사이에 뭔가 들어와 있었다. 스위핑홀과 이쪽 세계 사이에 존재하는 경계지대와 같은 무언가가.

유진은 느려 터진 엘리베이터 대신 비상구로 갔다. 계단을 뛰어 올라가던 유진은 3층 계단참에서 나비의 팔락임 같은 미미한 기운을 감지했다. 형태 없이 떠 있는, 몽글몽글한 의식의 덩어리 같은 것. 유진이 경계지대를 떠돌 때의 모습과 닮은 뭔가가 새끼를 껴안는 어미 곰처럼 유진의 등을 보듬었다. 아— 유진은 비탄에 빠진 한숨을 길게 토해냈다. 먹은 것 없이 사흘 내리 지치도록 달려서인지 머릿속이 휑해지면서 눈앞이 아뜩했다. 유진은 난간을 잡고 끙끙대며 계단을 올라갔다.

이렇게 비틀거리며 가서 만나게 될 세상이 스위핑홀의 또 다른 세상일 것만 같아 유진은 홀로 무섭고 막막했다.

16장. 알렉스와 체 게바라

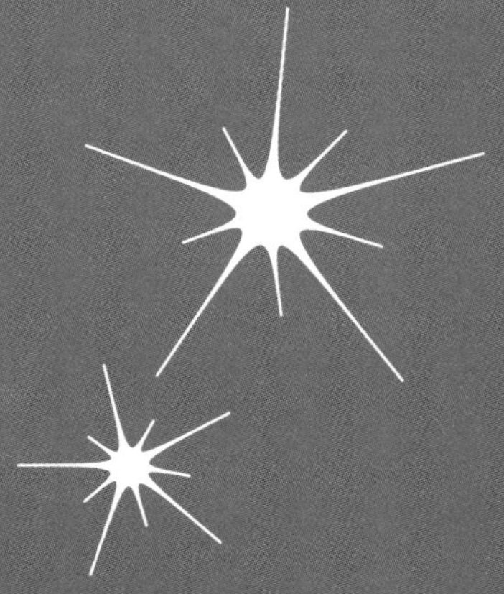

보조침대에 엎드려 기절하듯 잠에 빠졌던 유진은 엄마가 아침 식사를 얼추 다했을 때에야 일어났다. 요양보호사가 식반을 거둬 가고 엄마가 침대에서 입을 헹구고 있는데 은우 엄마가 들어왔다. 은우가 수술을 무사히 마치고 중환자실로 옮겨졌다고 했다. 은우 엄마는 엄마한테 은혜를 절대 잊지 않겠다면서 허리를 조아렸다. 은우 엄마가 너무 좋아하고, 너무 굽실거리는 모습이 거슬렸지만 유진은 한마디도 하지 않았다. 은우 엄마는 세 번 네 번 절하고는 늘 건강하시라는 인사를 남기고 나갔다.

엄마는 별말이 없었다. 은우에게 순서를 스스로 양보했지만 엄마는 심경이 복잡한 거 같았다. 유진은 슬그머니 병실을 나왔다. 엄마는 은우의 빈 침대를 물끄러미 보고 있었다. 볼품없이 마른 엄마의 어깨와 등을 보고 있으려니 마음이 아팠다. 누가 가슴에 발을 대고 짓이기는 것처럼 기분이 고약하고 아프고 화가 치밀었다. 엄마한테도 화가 나고, 엄마의 마음을 돌리지 못한 자신에게도 화가 났다. 하늘에 대고 욕이라도 퍼붓고 싶은 심정이었다.

유진은 울적한 심정으로 알렉스의 병실을 찾아갔

다. 간밤에 입원실이 나서 418호실로 옮겼다고 베티가 엄마 폰에 문자를 남겨 놓았다. 알렉스는 한밤중처럼 자고 있었다. 창가 자리라 아침 햇살이 침대 위로 쏟아져 내렸다. 유진은 햇살을 받으며 누워 있는 알렉스의 얼굴을 내려다보았다. 날개가 접질린 새 같다, 고 유진은 생각했다. 뼈가 약해 발목이 부러진 꺽다리 광대 같기도 했다.

"평소 못 잔 잠을 몰아서 자나 보다."

이맛살을 찌푸리고 있던 베티가 일어서며 말했다. 여기 좀 지키고 있어. 베티는 자신이 앉았던 의자에 유진을 앉히고는 밖으로 나갔다. 알렉스는 깨지 않고 계속 잤다. 알렉스를 보고 있으니 절로 한숨이 나왔다. 사흘 전 스위핑홀로 도망치던 순간부터 엄마가 수술 기회를 포기한 어젯밤까지의 일들이 하나씩 떠올랐다. 어디서부터 뭐가 잘못됐는지, 모든 게 엉망이 돼 버렸다. 알렉스한테도 체 게바라한테도 유진은 낯을 들 수 없는 처지였다. 알렉스를 속이고 스위핑홀로 가는 바람에 자신을 끌어내던 알렉스를 다치게 했고, 자신을 위해 심장을 내어 준 체 게바라의 선물을 동굴 괴물에게 도둑맞고… 생각을 이어 가던 유진은 저도 모르게 신음을 흘렸다.

베티는 한 시간 반쯤 지나 돌아왔다. 그새 카페에 다녀왔는지 알렉스가 별실에서 덮던 담요를 침대 밑 보조침대에 올려놓았다. 고양이 사료를 넣어 다니는 커다란 천가방에서 수건, 칫솔과 치약, 드로즈 팬티, 면도기와 물컵과 갑 티슈가 쏟아져 나왔다. 외출로 기분이 나아졌는지 베티의 표정이 다소 밝아 보였다.

안과 전문의는 오전 외래진료까지 끝내고 알렉스를 검사했다. 눈을 잘 뜰 수가 없어 알렉스는 베티의 부축을 받으며 진료실 안쪽에 있는 검사실로 갔다. 검사를 하고 유진까지 세 명이 다 진료실에 들어가 기다렸다. 잠시 후 안과 전문의가 서류를 들여다보면서 등장했다. 안과의사는 베티가 조금 전 허리 작살난 사람이 앉는 의자라고 속삭인, 희한하게 생긴 의자에 앉더니 몸을 꿈지럭거렸다. 자세를 잡아 허리를 안정시키는 것 같았다.

"환자분은 이리 와서 앉으시고요."

안과의사가 소파에 나란히 앉은 세 사람을 보더니 책상 옆 의자를 턱짓으로 가리키며 말했다. 베티가 알렉스를 부축해 의자에 앉혔다. 알렉스는 등받이 없이 작고 동그란 의자에 앉아 의사가 하는 말을 들었다.

“내 각막… 내 한쪽 눈이라도 주고 싶어.”

입원실로 돌아온 뒤 베티가 입을 열었다. 알렉스가 들은 척도 않고 가만히 있자 베티가 덧붙였다.

“디 오더 일을 하다가 다쳤잖아. 공평하게 하나씩 잃는 게 맞아.”

베티의 말을 무시한 채 알렉스는 비스듬히 세운 침대에 상체를 기댄 채 눈을 감고 있었다. 눈을 떠도 온통 안갯속 같으니 감고 있는 게 덜 답답하다고 했다.

조금 전 안과의사는 알렉스의 상태를 상세히 말해 주었다. 시신경이 죽은 건 아니라고 운을 뗀 그는 용접 각막염으로 각막 손실이 지속적으로 이뤄졌다고 말했다. 알렉스의 묵묵한 반응을 지켜보던 의사는 베티와 유진까지 세 사람 다 입을 떼지 않자 이대로 방치하면 실명을 피할 수 없을 거라고 선언했다.

베티가 꼬리를 밟힌 개처럼 소리를 질렀고, 알렉스는 말귀를 알아듣지 못한 표정으로 앉아 있었다. 알렉스가 사태의 심각성을 인식하지 못하는 듯하자 안과의사가 다시 입을 열었다. 최근 들어 간헐적인 실명 상태가 있었을 것이다. 사실 시신경 손상이 꽤 심각한 편이다. 더 심한 손상이 오기 전에 빨리 각막을 이식해야 한다.

"너 시신경 손상이 심해서 각막 이식을 해도 효과가 미미하다잖아. 실명보다야 나을 거라는 게 말이나 돼? 내가 줄 거야. 내가 내 한쪽 눈을 주는 거 말곤 방법이 없어."

베티가 결심을 굳힌 듯 말했다.

"오버하지 마."

알렉스가 말했다.

"알렉스, 네가 이렇게 된 거, 일정 부분 내 책임이야. 내가 책임지는 게 맞아."

유진은 구석으로 물러나 안구 이식에 대해 실랑이하는 두 사람을 다소 의아한 눈으로 지켜보았다. 수혈옹이나 소해헌 같은 사람을 스위핑홀로 보낸 이유가 남의 것을 훔쳐서라도 생을 늘리려고 했기 때문이기도 하지만, 장기 이식 자체에 대한 거부감도 작용했을 거라고 유진은 생각했다. 그런데 그게 착각이었던 모양이다. 디 오더 요원들에게 중요한 건 장기 이식이나 무슨 합법화 따위가 아니었다. 성매매를 했건 살인을 저질렀건, 그들은 나이가 젊은 사람들은 건드리지 않았다. 살날이 많이 남은 자들을 건드리는 건 자연의 순리에 어긋나는 거라고 여기는 거였다. 그들은 오로지 늙은 사람들만 타깃으로 정했다. 그들에게 노인은 존재 자체가 민폐였다. 사는 것 자체가 민폐였고, 사는 것보다 죽는 게 나은 존재였다. 유진이 수술을 양보한 엄마 이야기를 하면 은우에게 심장을 양보한 게 당연하다는 표정을 지을 것이다.

유진에게 엄마가 어떤 존재인지 그들은 손톱만큼의 관심도 보이지 않을 거였다. 엄마가 어떻게 살아왔는지, 교통사고로 아빠를 잃고 다들 죽은 목숨이라고 했던 유진을 엄마가 어떻게 살려냈는지 알고 싶어 하지도 않을 것이다. 그들은 모르지만, 엄마는 누구보다 더 살 자격이 있는 사람이었다. 엄마의 하루는 은우의 하루만큼, 유진의 하루만큼 똑같이 소중했다. 유진은 앉아 있던 자리에서 벌떡 일어났다. 지금 유진이 있어야 할 곳은 디 오더가 전부인 사람들 옆이 아니었다. 당장 엄마한테 가야겠다고 발걸음을 떼는데 알렉스가 입을 열었다.

"누나가 왜 나를 책임져. 헛소리 그만하고 길냥이들 밥이나 주러 가."

약 기운이 퍼지는지 신경질적인 말투에도 불구하고 알렉스의 목소리는 힘이 없었다.

"윤아가 죽고 너를 수소문했을 때, 네가 윤아의 남자친구여서 연락했던 게 아냐."

베티가 갑자기 윤아 이야기를 꺼냈다. 엄마한테 가려고 일어섰던 유진은 자리에 도로 앉았다. 알렉스와 베티가 어떤 사람들인지, 웹툰을 그리는 것으로 자신도 참여하고 있는 디 오더의 진실을, 아니 두 사람의 진짜 내막을 알고 싶었다.

"윤아는 인권센터에 교수의 성추행을 고발하고 조사를 요청했어. 그런데 조사위원회가 열리기 전에 너는 교수가 윤아를 협박한 문자를 보고 인권센터에 넣은 조사 요청을 취소하라고 했어. 얻는 것도 없이 소문만 무성해질 거라고 말이야. 네가 지레 겁먹고 윤아를 무릎 꿇게 만든 거지. 윤아는 교수의 죄를 까발릴 기회마저 잃었고, 그 바람에 교수의 노회한 술책에 끌려든 거야. 동료 대학원생들 사이에서 윤아는 피해자가 아니라 몸으로 학위를 따고 전임 자리를 얻으려 한 천하 잡년이 됐고."

베티가 거기서 말을 뚝 끊었다. 내가 잘못 알고 있

는 건 아니지? 베티가 그렇게 묻는 표정으로 알렉스를 노려보았다.

"누나 말이 맞아. 내가 윤아를 죽였어."

알렉스가 말했다.

"네가 윤아를 죽였다고는 안 했어."

베티가 화를 냈다. 조금 전까지 눈을 빼 줄 정도로 알렉스를 걱정하던 모습은 온데간데없었다.

"내가 죽인 거야. 고발을 취소하면 교수가 윤아를 봐줄 줄 알았어. 어차피 학교 인권센터는 제대로 징계도 못 내릴 거고… 교수가 그렇게 끝까지 윤아를 괴롭힐 거라고는 생각 못 했어. 누나를 만나고, 비로소 윤아의 죽음을 받아들일 수 있었어. 그리고 생각했지. 내가 살아서 할 일이 생겼구나. 교수 같은 자들을 이 세계에서 모조리 치워 버리겠다는 꿈이 나를 다시 살게 했어. 그렇다고 더 행복하지는 않았어. 눈을 잃는다고 해도 지금보다 크게 불행하지는 않을 거야."

알렉스는 눈을 감은 채 띄엄띄엄 말을 늘어놓았다. 유진은 윤아의 죽음을 제대로 슬퍼할 수 없었던 알렉스의 마음을 이해했다. 베티가 알렉스를 불러들이면서 느꼈을 원망과 슬픔까지도.

"네가 일하다가 다쳐서 들어올 때는 안됐기도 하고 솔직히 기쁘기도 했어. 나 자신이 혐오스러웠지만, 나는 너와 함께 속죄와 복수를 동시에 할 수 있다고 믿었지."

"베티……."

알렉스가 눈을 뜨고 베티를 불렀다. 초점을 잡을 수 없어서인지 눈이 흐릿해 보였다.

"알아. 알렉스 너는 그걸 알고도 디 오더의 활동을 계속했어. 너는 다 알면서 너 자신을 희생했어. 내가 너한테 내 한쪽 눈을 주는 게 맞아. 그러니까 내 말대로 하자. 의사한테 수술해 달라고……."

"안 돼요."

베티의 말에 낯선 목소리가 끼어들었다. 베티와 유진이 목소리의 주인을 돌아보았다. 간호사가 점안약과 처치기구를 들고 서 있었다.

"환자분과 가족이라 해도 눈은 안 돼요."

간호사가 쌀쌀맞게 말했다.

"왜 안 되죠? 간도 떼 주고 신장도 떼 주고 하잖아요."

베티가 항의했다.

"눈은 안 돼요. 그런 수술은 어느 의사도 해 줄 수가 없어요. 각막이랑 인체조직은 사후에만 기증할 수 있어요. 차라리 이 병원 중환자실 환자 가운데 기증자가 있는지 찾는 게 나을 거예요. 국립장기조직혈액관리원에 장기 이식 대기자로 등록부터 하시고요. 조금 비켜 주시고… 정준혁 환자분, 삼투압제랑 항생제 점안합니다,"

간호사가 자신이 아는 정보를 좍 읊고는 알렉스 옆으로 다가섰다. 알렉스는 맹한 눈을 끔벅이며 간호사에게 얼굴을 내맡겼다.

"각막 이식 수술이 단순 각막변성이나 혼탁 증상만 있는 경우는 이식 후 예후가 좋은데요. 정준혁 환자분처럼 각막화상 증상이 있으면 수술해도 시력이 막 좋아지고 그렇지는 않을 거예요. 수술에 대해서는 선생님이 또 말씀해 주실 거예요."

안약을 점안하고 나서 간호사는 환자에게 해도 되나 싶은 말을 조르르 던지고 나갔다. 베티의 표정이 어두웠다. 알렉스는 간호사의 말을 들었을 텐데 표정의 변화가 없었다. 아까부터 계속 다른 생각에 빠져 있는 것 같았다.

"나 엄마한테 가 봐얄 거 같아."

유진이 일어나 보조의자를 원래 자리로 돌려놓으면서 말했다. 어, 그래. 베티가 얼른 가 보라는 고갯짓을 했다.

"나는……."

알렉스가 눈앞의 한 점에 보이지 않는 시선을 맞춘 채 입을 열었다. 목소리에 담긴 떨림이 생경하여 유진은 나가려던 걸음을 다시 멈췄다. 오늘 중으로 엄마한테 갈지 모르겠네. 유진은 초조해지려는 마음을 눌렀다.

"내 의지가 아닌, 어떤 힘에 의해 스위핑홀의 경계지대로 빨려 들어갔어. 거기서 교수와 한바탕 싸움을 벌였는데… 무슨 일인가 일어났어. 맑은 물줄기처럼, 청량한 한 줄기 바람처럼 어떤 기운이 내게로 흘러들었어. 그 기운이 무엇인지는 저절로 알 수 있었어. 체 게바라가… 체 게바라의 심장이 나한테서 펴진 거였어. 그걸 펴졌다고 해야 하나 번졌다고 해야 하나. 우리가 아는 그 체 게바라가… 그의 에너지가 내 심장 속으로 흘러들면서 뭔가가 바뀌었어. 내가 거부했다면 나를 스쳐 지나갔겠지. 그냥 자신의 궤도를 따라갔을 거야.

나는 그러지 않았어. 내가 그러지 않는 바람에 그것은 스스로 나한테 갇혔다가 내게 최적화돼 버린 것 같아. 체 게바라로서는 길을 잃은 거겠지. 나는 눈을 잃고 그는 길을 잃었으니… 우리는 다른 방법으로 길을 찾아야겠지. 찾아 나서면 방법이 있을 거야."

알렉스는 머릿속으로 흘러든 낯선 음성을 받아서 다시 흘려내는 사람처럼 띄엄띄엄 말을 뱉었다. 베티가 알렉스의 말을 집중해서 듣고 있다가 유진을 돌아보았다. 이해돼? 베티의 묻는 눈길을 의식하지 못한 채 유진은 알렉스를 뚫어지게 보고 있었다. 유진의 심상찮은 표정에 베티가 어깨를 으쓱했다. 알렉스의 말이 종잡을 수 없기는 유진도 마찬가지였지만, 알렉스가 헛소리를 하는 게 아니라는 건 알았다.

"체 게바라가 뭘 어쨌다고? 체 게바라가 여기서 왜 나와."

베티가 다시 알렉스를 돌아보며 물었다.

"유진이 여기 있나? 유진이한테……."

알렉스의 말에 유진이 침대 옆으로 갔다.

"나 아직 여기 있어. 지금 형한테서… 체 게바라가 살아 있다는 거잖아! 체 게바라의 심장이 뛰고 있다는 그 말인 거지?"

유진이 알렉스의 팔을 붙잡고 물었다. 죽은 체 게바라를 다시 만난 듯 유진은 반갑고 울컥한 심정이었다.

"내가 살아 있으니까."

알렉스가 말했다.

"뭔 소리야. 누구 나 좀 이해시켜 주면 안 될까?"

베티가 답답하다는 듯 소리를 높였다.

"내가 체 게바라가 된 것 같아. 체 게바라가 내가 된 거 같기도 해."

알렉스가 제 가슴을 천천히 쓸어내리며 말했다. 몸속 어딘가에 스며든 경이로운 존재를 더듬듯 조심스러운 손길이었다.

"체 게바라, 내 속에 너 있다! 뭐 그런 거야?"

베티가 알렉스에게 따지듯 물었다. 베티는 알렉스가 일시적 정신착란을 일으키고 있다고 판단한 모양이었다.

"체 게바라가 너한테 업로드돼서 사이좋게 공존하는 거면 문제 될 거 없겠네. 히틀러나 트럼프 같은 게 업로드되는 것보단 백번 낫지. 체 게바라랑 담화라도 나눠. 난 의사 선생 좀 만나고 올 테니."

베티가 농담인지 한탄인지 모를 말을 던지고 자리에서 일어섰다. 넌 엄마한테 좀 이따 가도 되지? 베티가 단정적으로 묻는 바람에 유진은 고개를 끄덕였다. 알렉스는 눈을 감은 채 말이 없었다. 유진이 침대를 낮춰 줄까 묻자 알렉스가 고개를 저었다. 누워 있는 알렉스의 목울대가 한 차례 크게 움직였다.

길을 찾아야겠다고, 조금 전 알렉스가 말할 때 그는 진심이었다. 알렉스는 뭔가 더 할 말이 있는 듯했다. 결연한 표정으로 무슨 말인가를 더 하려다가 베티가 끼어드는 바람에 그만둬 버렸을 것이다. 평소에도 베티는 알렉스에 대해 다소 그런 면이 있었다. 어쩌다 알렉스가 좀 진지하게 속 깊은 말을 한다 싶으면 베티는 엉뚱한 말을 하거나 천연덕스러운 농담을 해서 얘기가 옆길로 새게 만들었다. 알렉스의 속마음을 아는 게 부담스러워 그러는지 자기도 모르게 그렇게 되는지는 알 수 없었다. 가까이 지내는 사람들일수록 상대에 대해서는 잘 알아도 상대를 대하는 자신에 대해서는 잘 모르기 쉬웠다.

"유진아, 내가 진짜 미친 걸까."

알렉스가 눈을 감은 채 물었다.

"미친 사람이 자기가 미쳤다는 걸 어떻게 알아."

유진이 말했다. 말은 그렇게 했지만 유진은 알렉스가 미쳤을 수도 있다고 생각했다.

"미쳤다 해도, 나는 알렉스고, 나는 체 게바라야. 지금은 알렉스의 에너지로 살아 있지만… 어떤 상황으로 들어가면 체 게바라의 에너지로 버티게 될 거야. 지금은 이렇게밖에 설명할 수가 없어."

말을 마친 알렉스가 눈을 뜨고 고개를 조금 돌렸다. 알렉스는 조용했다. 그의 초점 없는 눈을 들여다보던 유진은 문득 양손을 들어 머리를 감쌌다. 강한 텔레파시에 노출이 된 듯 낯선 말들이 샤워기에서 쏟아지는 물줄기처럼 머릿속으로 쏟아져 들어왔다. 알렉스가 갑자기 유진의 팔을 잡았다. 유진이 숨을 훅 들이켰다. 이건 알렉스의 손이 아니었다. 유진의 다친 발목에 붕대를 감아 주던 단단한 손….

"체 게바라 아저씨?"

유진은 어떤 벅찬 느낌이 가슴을 채우는 것을 느끼며 물었다. 유진의 팔을 잡은 손에서 체 게바라의 에너지가 느껴졌다. 체 아저씨 맞죠? 유진이 속삭이듯 다시 물었다. 알렉스는 대답이 없었다. 유진은 알렉스의 먼 눈빛 저편에서 어떤 반짝이는 것의 움직임을 본 듯했다.

"아저씨, 내 말 들을 수 있죠? 아저씨가 나한테 심장을 내주신 거, 그냥 심장만 내준 게 아니라는 거 알아요. 엄마가 갑자기 왜 그런 결정을 했는지도… 알 거 같아요. 아저씨가 그런 것처럼 엄마도 심장만 내준 게 아니었어요. 누군가에게 내 삶의 자리를 내어 주는 게, 진짜 내 삶의 자리를 만들어 가는 거겠죠. 속상하긴 하지만, 엄마가 한 일을 이해하고 존중하려고요. 내 목숨만큼 다른 사람의 생명이, 다른 사람의 삶과 인생이 귀하고 소중한 것을 아는 사람이 될게요. 이게 아저씨가 저한테 준 진짜 선물이죠. 간직할게요. 잃어버리지 않을게요."

유진은 진심을 전했다. 알렉스의 눈은 미동 없이 유진의 얼굴에 머물러 있었다. 유진은 자신의 말이 체 게바라뿐 아니라 알렉스에게도 전해지는 느낌을 받았다. 그것은 또 그것대로 고마웠다. 알렉스가 설사 지금 약간의 정신착란 상태라 하더라도 진실은 다른 모든 것보다 진실에 가까이 있을 거였다.

"유진아, 그만 엄마한테 가 봐. 찾으시겠다."

베티가 병실로 들어서며 말했다. 목소리에 힘이 없었고 표정도 시무룩했다.

"의사 선생님 못 만났어요?"

유진이 물었다. 베티는 대답하기도 귀찮은지 입을 다문 채 고개를 저었다. 어떤 수술을 언제 할 건지 궁금했으나 묻지 않았다. 더 물었다간 왠지 베티가 울 것 같았다. 천하의 베티가 그럴 리는 없겠지만.

유진은 일어서서 조용히 병실을 나왔다. 자신을 둘러싼 벽이, 비바람을 피하게 해 주고 늑대의 공격을 막아 준 보호벽들이 나무달 둔덕의 기찻길 담장처럼 금이 가는 느낌이었다. 비상구로 들어서는 유진의 눈에서 눈물이 흘러내렸다. 자신이 눈물을 흘리고 있다는 사실을 유진은 몰랐다.

눈물을 뚝뚝 흘리면서 비상구 계단을 오르는데 기분이 이상할 정도로 착 가라앉았다. 몹시도 외롭다는 생각이 들었다. 마음은 서늘하고 고요한데 머릿속 어딘가에 커다란 구멍이 난 듯 정신이 아득했다. 아직 일어나지 않은 일의 예지로 거품 없이 말갛게 가라앉은 아픔이 온몸으로 번져 오는 걸 유진은 느꼈다. 한 명… 또 한 명… 모두가 자신의 곁을 떠나게 될 거고, 유진은 홀로 남겨질 터였다.

병실 문을 열자 사람들이 엄마의 침대를 둘러싸고 있는 게 보였다. 유진은 문간에 그대로 서서 엄마를 보았다. 아침에만 해도 침대를 세우고 앉아 밥도 반 공기나 비우고 말도 또렷이 했던 엄마였다. 불과 한나절이 지났을 뿐인데 엄마는 허옇게 부은 모습으로 누워 있었다. 어서 오너라. 말 대신 눈빛으로 의사가 유진을 침대 곁으로 불렀다. 엄마를 바라보며 걸음을 떼는데 허공을 딛는 듯 다리가 흔들거렸다.

엄마는 살아 있었다. 새끼를 기다리는 어미의 인내를 발휘하여 엄마는 유진을 기다리고 있었다. 엄마가 온전히 살아서 유진을 맞는다 해도, 지금 이 얼굴 이 표정과 똑같을 거였다. 유진을 보면서 이렇게 다정하게, 수심에 찬 표정으로 웃어 줄 수 있는 사람은 세상에 엄마뿐이었다. 유진의 어깨에 누군가 손을 얹어 토닥였다. 엄마… 엄마… 유진은 엄마에게 말을 하고 싶었지만 새 나오지 못한 통곡이 목구멍을 틀어막았다. 또 다른 누군가의 손이 다가와 부들부들 떨고 있는 유진의 손을 엄마에게 이끌었다. 유진은 창백하고 푸르딩딩한 엄마의 얼굴에 손을 가져가 허공에 멈춰 있는 눈길을 거두어 감겼다.

17장. 디 오더 되기

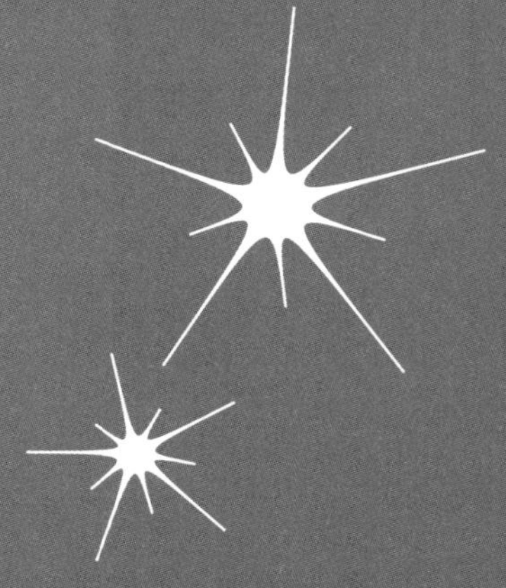

빈소는 미래로병원 장래식장에 차렸다. 수술 전에 신경을 쓰면 좋지 않을 것 같아 알렉스에게는 아무 말도 하지 않았다. 병원 소속의 장례지도사는 어린 상주라 알아서 하겠다더니 화장 예약도 알아서 하고 염습이며 입관이며 다 알아서 진행했다.

첫날 밤 엄마의 담당 의사가 다녀갔고, 이튿날 점심시간에는 미래로병원 장기이식센터에 근무하는 직원이 다녀갔다. 엄마의 각막을 알렉스에게 이식하는 절차에 대해 설명했던 직원이었다. 두 사람 다 조문하고 나서 우두커니 선 유진을 돌아보고는 한숨을 쉬고 나갔다. 둘째 날 저녁에 엄마 지인들의 조문을 받았다. 건물 청소원으로 같이 일했던 이모들과 용역회사 때 친했던 이모들이었다. 이모들은 향을 올리고 국화를 바치면서 서럽게 울더니 음식을 먹으면서는 크게 웃고 떠들었다.

이모들이 상 두 개를 차지하고 있어 그나마 접객실이 덜 휑할 때 희준과 시은이 식장에 들어섰다. 둘 다 조문객으로 장례식장에 온 게 처음인지 빈소에 들어서지도 못하고 쭈뼛거렸다. 마침 상식을 가져왔던 장례지도사가 참견해서 둘 다 향을 꽂고 절을 했다. 장례식장 조문을 왔으니 상주인 유진과 마주 보며 인사를 해야 하는데 시은도 희준도 난감한 표정만 짓고 있었다. 유진이 표정을 풀고 웃어 보이자 시은이 작은 소리로 명복을 빌게, 하고 말했다. 희준도 힘내라고 중얼거렸다. 유진이 접객실로 가 있으라고 하자 시은이 머뭇거리더니 희준이랑 같이 강아지파티 하러 가야 된다고 했다. 독썸플레이스에서 크리스마스 콘셉트로 포토존을 만들어 준대. 우리 까미 사진 찍어서 보내 줄게. 배웅 나온 유진에게 희준이 변명을 늘어놓았다.

유진이 혼자 빈소를 지키는 동안 알렉스는 금식하면서 뇌 MRI 촬영을 하고, 신장 기능 검사를 하고, 이튿날 새벽에 도플러 초음파 촬영으로 눈에 공급되는 혈관을 검사했다. 수술 들어가기 전에 베티가 빈소로 내려와서 말해 주었다. 오전 열한 시 삼십 분에 수술이 시작됐고, 성공적으로 깔끔하게 됐다고 의사가 말했다. 그것도 베티가 직접 와서 알려 주었다.

베티는 밤에 누가 오지 않을 거니까 병실에 올라와서 있으라고 했다. 유진은 엄마 사진을 쳐다보았다. 빈소에 엄마 혼자 둘 수는 없었다. 시은이랑 희준이 도망치듯 후딱 가지 말고 남아서 같이 있었으면 좋았을 것이다. 다소 서운했으나 그걸로 두 친구를 원망하지는 않았다. 엄마 아빠가 같이 부부 치과를 운영하는 시은과 공기업 임원 아빠를 둔 희준은 사는 방식이 이미 유진과 달랐다. 지금까지도 달랐지만 이제부터는 더 많이 달라질 거였다.

다음 날이 발인이어서 알렉스의 병실에 들렀다. 유진은 수목장을 지낸 뒤 학교 기숙사로 돌아갈 거라고 알렉스와 베티에게 말했다. 엄마가 수술하지 않아서 고등학교를 마칠 돈은 충분하고, 아르바이트하면 대학을 다닐 수 있을 것 같다. 당분간 공부에 매달릴 생각이다… 유진이 앞으로의 거취를 이야기하는 동안 알렉스와 베티는 한 번도 끼어들지 않고 가만히 들어 주었다. 이번 수술을 거치면서 알렉스와 베티는 약간 연인처럼 보였다.

영안수목공원은 서울에서 두 시간 거리라 좀 멀기는 한데 나무도 많고 가까이 멋진 호수가 있어 마음에 들었다. 바다나 강이 나오는 티브이 프로그램을 좋아했으니까 엄마도 좋아했을 곳이었다. 수목공원에서 유진은 엄마에게 대학생이 되어서 오겠다며 작별 인사를 하고 하버드 기숙학원으로 갔다. 하버드 기숙학원으로 가기로 한 건 알렉스의 병실에 들렀을 때 베티가 한 조언 때문이었다. 베티는 두 달간 나무달 카페에서 지냈으니 겨울방학 동안 예비 고3 윈터스쿨을 다니라고 콕 집어서 추천했다. 엄마의 사망증명서와 함께 요양병원 입원서를 떼서 학교에 제출하는 것도, 하버드 기숙학원에서 수강 과목을 선택하는 것도 다 베티의 조언을 따랐다. 유진은 1, 2월 두 달을 꽉 채운 윈터스쿨을 끝내고 학교로 돌아왔다.

"뭐야 그럼, 장례 치르고 하버드 기숙학원에서 지냈던 거야?"

시은이 휴게실 자판기에서 캔 음료 세 개를 뽑아왔다. 유진은 자리에 앉으며 하버드 기숙학원에서 받은 가방을 옆에 놓았다. 유진은 하버드 기숙학원에서 개학일을 하루 앞두고 지금 막 학교로 돌아온 참이었다.

"응, 딴 데 갈 데도 없고… 슬기로운 감방생활이었어."

"나 같음 혼자서 모르는 애들이랑 거기 있느니 학교 기숙사에 와있겠다. 예비 고3이라고 집에 안 간 애들 꽤 있었어. 스터디실도 계속 열어 놨고."

희준이 말했다.

"혼자 지낸 건 아냐. 제주도에서 온 애랑도 친해졌고 강원도랑 청도에서 온 애들이랑도 친하게 지냈어. 수학캠프랑 사탐캠프도 같이했고."

"걔들이랑 아주 신나게 보냈나 보네,"

시은이 입을 삐죽였다. 어, 괜찮았어. 그런 표정으로 유진이 고개를 끄덕였다. 셋은 잠시 말문을 닫고 앞에 놓인 캔을 들어서 마셨다. 어쩐지 서먹한 분위기가 돌았다. 유진은 시은과 희준을 보며 희미하게 웃었다. 자신이 좀 달라졌다는 것을 유진은 알고 있었다. 자신을 둘러싼 세상이 달라졌으니 예전과 같을 수는 없었다. 엄마는 더 이상 세상에 없었고, 알렉스는 유진에게 전화하지 않았다. 자신이 무슨 짓을 해도 편들어 줄 사람이 떠나고 멀어지면서 유진은 두 친구에게 의지하려는 마음을 밀어냈다. 자신을 함부로 동정할 사람들과 멀어지고 느슨해지면서 스스로 단단해져야겠다고 유진은 생각했다. 농담은 할 수 있지만 서운함은 느끼지 않을 거리가 적당한 것 같았다.

시은과 희준의 걱정이 무색하게 유진은 빠르게 고3 수험생의 일상을 회복했다. 엄마의 추억은 유진의 마음속 지하도시에 고요히 닻을 드리웠고, 슬픔은 수험생의 일과를 지키는 루틴으로 스며들어 마른 꽃잎처럼 조금씩 부스러져 갔다. 그래도 새벽에 일어나 책상에 앉을 때면 종종 엄마 생각이 났다. 유진은 몸과 마음의 공복을 느끼며 공부를 시작했다. 가끔 아무래도 정처 없다는 느낌이 그을음처럼 밀려오면 마음이 저렸다. 그럴 때는 자신이 어딘가로 가기 위해 긴 골목을 걸어가는 중이라고 생각했다. 시은과 희준은 예전보다 말이 줄고, 생각에 잠겨 씁쓸한 미소를 머금곤 하는 유진을 그러려니 하고 대했다.

"become the order, 게임 나오는 거 들었냐?"

희준이 어깨동무를 하며 말을 걸었다. 구내식당을 나오던 중이었다. 유진이 걸음을 멈추었다. 마음속에 숨어 있던 뭔가가 공 튕기는 소리를 내며 떨어졌다가 도르르 굴러갔다.

"become the order… 디 오더 되기?"

유진이 반문했다. 의도치 않게 말투가 날카롭게 나왔다. 중간고사를 앞두고 사흘째 서너 시간밖에 못 자서인지 목소리가 꺼끌거렸다.

"일단 휴게실로 가자. 시은이도 밥 다 먹고 올 거야."

휴게실은 식당 바로 옆이었다. 유진에게 앉아 있으라고 하고 희준은 콜라 세 개를 뽑았다. 그새 유진은 휴대폰으로 'become the order'를 검색했다. 아닌 밤중에… 디 오더 되기라니!

"안 나오는데?"

유진이 맞은편에 앉는 희준에게 물었다. 희준이 유진의 휴대폰을 보고는 뭔가 말을 하려다 말고 눈을 굴렸다. 희준은 유진에게 그 꾸진 실버폰을 어떻게 쓰냐는 말을 하고 싶은 거였다. 예전 같으면 희준이나 시은이 휴대폰 신상을 엄카로 지르고는 자기가 쓰던 폰을 유진에게 넘겼을 것이다. 그럴까 봐 유진은 조심했다. 사실 유진이 메고 다니는 내셔널지오그래픽 백팩도 1학년 때 희준이 캘빈클라인에 꽂히면서 유진에게 넘긴 거였다. 가방 때문에 마음이 불편했던 적은 없지만 받지 않아도 될 도움은 받지 않는 게 좋을 것 같았다.

"정식 버전은 6월 6일에 출시된대. 이번에 나온 건 챌린저 버전이야. 디시인사이드 게임갤러리랑 루리웹 모바일스샷에 들어가면 트레일러 영상이 올라와 있어. 게임 홍보 사이트 어지간한 데는 다 올라가 있을 거야. 인트로 1분 30초 분량인데 조회수가 장난 아냐."

희준이 평소답지 않게 흥분해서 떠들었다.

"어떻게 알았냐. 너 원래 게임 별로 안 좋아하잖아."

유진이 의심스럽다는 표정을 숨기지 않고 말했다.

"사실은 이 게임을 만든 사람이 우리 사촌 형이야. 게임회사 들어간 지 네 달밖에 안 됐는데 자기가 낸 아이디어가 채택돼서 만들어진 거래. 웬일로 그 형이 일부러 내 인스타에 들어와서 링크로 초대해 주더라고."

희준이 말하는 사촌 형이라면 디 오더 요원인 디노였다. 작년에 소해헌 의원 사무실에서 조작 자료를 빼내고 바로 인턴을 그만둔 모양이었다. 디 오더 활동도 그만두고 게임회사에 들어간 건지, 아니면 혹시 디 오더 활동의 일환으로 게임을 만든 건지 알 수 없었다. 카페를 본거지로 하는 나무달의 디 오더는 해산했다고 베티가 알려 주었다.

"게임은 어떤데?"

유진이 물었다.

"위기에 처한 마을을 구하는 게임인데 전사들 캐릭터가 리얼해. 되게 사실적이야. 애니메이션이나 강철 로봇틱한 캐릭터보다 난 이게 더 실감 나더라. 근데 캐릭터 이름이 좀 웃겨. 설원랑, 사다함, 무관랑, 미시랑

이런 식이야."

"화랑들 이름이네."

유진의 알은체에 희준이 고개를 한 번 끄덕이고 말을 이었다.

"구성이 쉬워. 마을을 구할 때마다 민첩성, 지력과 지혜, 힘 이런 능력치를 하나씩 얻게 돼. 마지막 미션을 수행하면 천둥새로 몸을 바꿀 수 있는 변신 능력치를 획득하게 되는데……."

"천둥새?"

"응, 천둥새가 바로 디 오더야. 천둥새로 모습을 바꾸는 건 디 오더라는 새로운 존재로 환골탈태한다는 의미래. 그러니까 디 오더는 명령 자체를 의미하기도 하고, 사람들을 보호하고 심판하는 존재, 명령을 내리는 존재를 의미하기도 하는 거지."

희준의 설명을 들으며 유진은 자존심이 좀 상했다. 나무달 카페에서 디 오더 요원들과 함께했던 게 무색하게 유진은 천둥새의 위상에 대해 아는 게 없었다. 베란다에 있던 수첩에서 천둥새 이야기를 읽은 적은 있었다. 낟족인가 낟알족인가 하는, 농사짓는 부족의 수호새였던 것 같은데 자세히는 기억나지 않았다.

"천둥새가 신적인 존재겠네, 그럼?"

마지막 미션 수행에서 천둥새로 변신하는 거면 마땅히 신급일 것이다.

"그건 모르겠고, 최상위 존재인 건 확실하지. 그런데 마지막 단계에서 99퍼센트의 유저가 게임오버 당할 거래. 난공불락으로 만들었다는 거지."

희준이 말했다.

"무슨 심보야. 아무도 디 오더가 될 수 없게 하는 게임을 왜 만들어?"

"형 말로는 아직은 때가 아니라던가, 그렇게 말했던 거 같아. 보통은 최고 등급을 달성하면 훈장을 받거나 포인트를 받아서 무료로 게임을 즐기잖아. 근데 이 게임은 천둥새로 바뀌면서 디 오더가 되는 순간 사라진다는 거야."

"게임오버가 된다고?"

유진이 물었다.

"응. 클리어하지 못하면 패널티만 가지고 실패한 데서 다시 시작할 수 있는데 성공하는 순간 게임의 세계에서 사라지는 거지."

최고 등급의 디 오더가 되면 게임의 세계에서 사라

진다? 사라진다는 게 뭘 의미하는 거지? 혹시 이게 디노의 메시지라면? 발신의 타깃은 유진이고, 게임에서 사라진다는 건 알렉스의 미래를 빗댄 거라면? 그렇다면 디노는 왜 희준을 통해 유진에게 이 메시지를 전달했을까. 메시지의 의미는… 메시지의 진짜 의미는… 안 돼! 유진은 자리에서 벌떡 일어났다.

"벌써 가려고?"

시은이 휴게실로 들어오며 물었다.

"급히 할 일이 있어. 먼저 올라갈게."

유진의 표정이 심상찮아 보였던지 시은이 어어, 하고는 희준의 옆자리에 앉았다. 유진은 휴게실을 나서며 베티에게 전화를 걸었다. 알렉스는 여전히 휴대폰을 쓰지 않아 통화를 하려면 베티를 통해야 했다.

베티는 알렉스를 바꿔 달라는 유진에게 지금은 통화할 수 없다고 했다. 왜 계속 통화를 할 수 없냐고 유진이 화를 내자 베티는 나도 괴롭다면서 전화를 끊었다. 매번 이랬다. 알렉스가 퇴원하고 한 달간은 통화가 잘 됐다. 한번은 알렉스가 고3이 이렇게 전화하면서 낭비할 시간이 있냐고 잔소리를 했다. 자주 한다고 해 봐야 일주일에 한두 번이었는데 유진은 서운했다. 뭔가 기대하고 실망하고 서운해하는 인간관계를 멀리하겠다 결심했지만 막상 알렉스가 냉담하게 나오자 당황스러웠다. 아마 통화할 때 알렉스의 기분이 좋지 않았겠지 싶어 그 뒤로도 몇 번 더 전화했는데 외출 중이라는 대답만 돌아왔다. 딱 한 번 베티가 알렉스를 바꿔 주었는데 어디에 있는지 통화 품질이 영 안 좋았다. 어디 지하 감옥에 갇혀 있냐고 유진이 물을 정도로 통화감이 나빠 제대로 이야기를 나누지도 못했다. 휴대폰 캘린더를 열고 짚어 보니 그게 벌써 두 달 전이었다.

18장. 천둥새에게

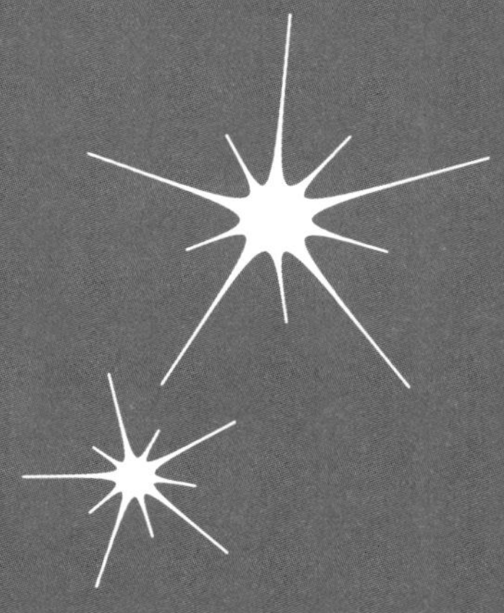

유진은 열두 시까지 스터디실에서 자습하다가 점심을 먹고 기숙사를 나왔다. 토요일 낮에 귀가하는 아이들과 함께 기숙사를 나서는 게 진짜 오랜만이었다. 약간 얼떨떨한 기분으로 마을버스를 타고 가다 지하철로 갈아타고 나서 유진은 휴대폰을 켰다. 화면에 띄워 놓은 become the order 챌린저 버전을 열었다. 공부하다 잠이 올 때 잠깐씩만 해서 능력치 등급이 2에 머물러 있었다. 예전 같으면 약이 올라 공부고 뭐고 접어 놓고 매달렸을 것인데, 지금은 그렇게 분별없이 굴지 않았다. 스토리 콘텐츠가 제외된 무료 버전이라 그런지 게임 자체도 아주 재미있지는 않았다.

어, 이게 왜 뜨지?

게임 중인데 팝업창으로 독수리 모양의 그래픽이 떴다. become the order 게임의 키워드로 천둥새가 들어가 있어서 연관검색어인 독수리 그래픽이 뜬 모양이었다. 다음 달 출시 예정인 스팀 신작 게임이었다. 유진은 게임을 닫고 구글을 열었다. 알렉스를 만나기 전에 천둥새에 대해 다시 한번 짚어 보고 싶었다. 천둥새, 독수리를 한꺼번에 검색어로 넣자 백과사전을 비롯해 블로그 글이 몇 개 떴다. 위키백과 항목에 얹혀 있는 천둥새 사진에 먼저 눈이 갔다.

정면을 응시하는 천둥새의 눈빛이 카페 별실에 걸려 있던 독수리의 눈빛과 똑 닮았다. 인간의 꿍꿍이쯤 0.1초 만에 꿰뚫고도 남을 눈빛에다 오만함은 옵션이었다. 유진은 개요를 대충 읽고 천둥새에 얽힌 신화 부분을 훑어내렸다. 천둥새에 대한 이야기가 어느 한 곳에 갇히지 않고 세계 곳곳에 퍼져 있다는 게 신기했다. 대부분 천둥새 설화가 외부에서 전해졌을 것인데 내용은 디테일에서 조금씩 달랐다. 이야기의 원천은 북아메리카였다. 그쪽 원주민에게는 독수리의 일종인 천둥새가 천둥신으로서 각별한 의미를 가지는 듯했다.

원주민에 따르면 이 거대한 새는 태곳적에 인간들을 위협한 파충류 괴수로부터 인류를 구해 준 영물이었다. 원래 사는 곳은 산꼭대기인데 무리 중 일부가 인간으로 변신해 마을로 내려와 살았다. 약탈족들이 쳐들어와 마을 사람들이 노예로 끌려갈 위기에 처하자 이들은 천둥새로 돌변해 약탈족을 모두 죽인 뒤 자취를 감추었다. 북아메리카의 천둥새 신화는 유진이 나무달 카페에 있을 때 읽었던 천둥새 이야기와 비슷했다. 수첩에 적어 놓은 이야기에서도 장차 천둥새가 되어 돌아올 소년은 자취를 감춘 상태로 결말이 열려 있었고, 이 신화에서도 천둥새에 대한 뒷이야기는 나오지 않은 채 매년 제사를 지낸다고만 기록돼 있었다.

기록에는 나오지 않지만 유진이 생각하기에는 천둥새가 아시아 쪽으로 날아서 이동한 듯했다. 한국신화사전에도 천둥새에 대한 항목이 있었다. 천둥새에 대해 햇대(Suntree)나 장승 위에 만들어 놓은 새의 형상이라고 정의하면서 이 앞에서 무당이 고사를 지냈다고 나와 있었다. 유진은 언젠가 티브이에서 본 무당춤을 떠올렸다. 목도리 모양의 기다란 깃을 늘어뜨린 무당이 팔을 번쩍 들어 올리자 넓은 소맷부리가 펼쳐지면서 새가 날갯짓하는 모습 같았다. 마지막 춤사위에서 무당이 땅을 치고 공중으로 도약하던 모습이 선연히 떠오르는 순간 알렉스의 얼굴이, 그리고 체 게바라의 얼굴이 겹쳤다 사라졌다. 아주, 아주 짧은 순간이어서 유진의 의식에까지 닿지는 않았다. 유진의 의식에 걸려든 것은 무당이 뒤집어쓰고 있던 큰 새의 탈이었고, 새의 탈은 액자 속에 세밀화로 갇혀 있는 독수리로 바뀌었다.

나무달의 기찻길 둔덕이 있는 골목으로 들어서자 유진의 몸속으로 열차가 지나가는 양 가슴이 쿵쿵 뛰었다. 오랫동안 집을 떠나 있다가 돌아올 때 마음이 이럴까. 쫄깃쫄깃한 기대감 같은 것이 목까지 차올라 숨이 잘 쉬어지지 않았다. 유진은 카페 건물의 나무계단 아래 서서 휴대폰 액정에 비친 얼굴을 슬쩍 들여다보았다. 상기된 표정이 마음에 들지 않았다. 지난 두 달간 자신의 전화를 받아 주지도 않았던 알렉스를 떠올리며 표정을 새침하게 정리했다.

나무달 카페는 오늘 장사를 접은 모양이었다. 유진은 2층 카페 문이 잠긴 걸 확인하고 3층으로 올라갔다. 낡은 목조건물이라 계단에서 삐걱대는 소리가 유난히 크게 났다. 베티는 거실의 흔들의자에 앉아 있었다.

"유진이 왔구나. 나랑 어디 좀 같이 가자."

베티가 유진을 돌아보더니 으랏차, 소리를 지르며 의자에서 일어섰다.

"갑자기 어디를요?"

"너 온다는 문자 받고 기다리면서 생각할 거 다 했고 답을 찾았어. 인생에서 해야 하는 선택 중에 정답이 없는 건 정답으로 미는 게 정답이야!"

흔들의자 등받이에 걸쳐진 외투를 입으며 베티가 말했다.

"알렉스 형은요?"

"가 보면 알아."

알렉스 형한테 간다는 뜻인가. 그럼 여기 카페에서 같이 사는 게 아니었나. 그래서 그동안 전화가 안 됐던 모양이다. 입을 다물어 버린 베티를 따라 유진은 삐걱거리는 계단을 내려갔다. 어쩐지 반년 전 그날로 돌아간 듯했다. 신장 이식 수술을 당할 위기에서 구출돼 나무달 카페로 숨어든 그날처럼 유진은 알렉스와 베티의 새로운 세계로 초대받아 가는 느낌이었다.

베티를 따라간 곳은 정신병원이었다. 베티는 유진에게 잠시 기다리라 하고는 원무과로 갔다. 유진은 소파에 엉덩이를 걸치고 휴대폰을 열어 병원 홈페이지로 들어갔다. 병원 전경을 찍은 사진이 대문으로 뜨면서 잘 정돈된 홈 화면이 열렸다. 병원은 설봉산을 뒤로 하고 앉은 형국인데 건물 주변에 나무를 심고 공원처럼 조성해 놔서 분위기는 나쁘지 않았다. 홈페이지 의료진 소개란에 올라와 있는 의사와 간호사들도 대체로 젊고 인상이 좋았다. 내친김에 병원소개도 클릭했다. 정신건강센터로서 어쩌고저쩌고하는 인사말이 있고, 인사말 끝에 원장 이름이 달려 있었다. 설봉정신건강의학과 전문의 고추장(高酋長). 무슨 이름이 고추장이람. 한자를 병기한 고추장,이라는 이름을 보며 유진은 피식 웃었다. 웃다가 혀를 씹힌 듯 비명을 질렀다. 고추장은, 특히 이름의 의미가 高酋長인 사람은 '연락을 보내오는 자'였다. 리더를 임명하고 천둥새의 신화를 알려 주는 자. 유진은 이 고추장 전문의가 수첩에서 보았던 그 고추장일 거라는 확신이 들었다.

"유진아, 담당 의사가 바쁜지 그냥 들어가란다."

베티가 유진을 손짓해 불렀다. 유진은 베티를 멍하니 보다가 허둥거리며 일어섰다. 베티에게 고추장의 정체를 알려야겠는데 입이 떨어지지 않았다. 베티를 여기서 더 힘들게 하고 싶지 않아. 그런 생각이 들었다. 고추장이 요원들에게 막 우호적이지는 않을 것 같았다.

베티와 함께 엘리베이터를 타고 올라가 3층에서 내렸다. 내린 데가 3층의 휴게실 공간이었다. 창 쪽으로 티브이와 소파 몇 개가 놓여 있고 몸이 크고 물렁물렁해 보이는 남자 한 명이 티브이를 향해 앉아 있었다.

티브이가 아니라 창밖을 보고 있는 듯도 했다. 왜 그런지 높은 창틀에 정물처럼 앉은 크고 뚱뚱한 고양이가 연상됐다. 창틀에 아슬하게 앉은 고양이는 스스로 내려오기 전까지는 건드리지 말고 가만히 내버려 두는 게 옳아. 뚱뚱한 남자를 보며 생각에 잠긴 유진을 베티가 잡아끌었다.

"왜 아까부터 자꾸 넋을 놓고 그러냐. 이쪽이 남자 병실이야. 저쪽은 여자 환자 병실이고."

오른쪽 복도로 들어서며 베티가 말했다. 휴게실을 가운데 놓고 남자 여자 입원실이 양쪽으로 나뉜 모양이었다. 복도를 따라가다가 맨 끝에서 두 번째 병실 앞에서 베티가 걸음을 멈췄다.

"혹시 싶어서 말인데 질질 짜면서 오버할 거 없어. 여기 알렉스 스스로 들어온 거야. 오늘 퇴원시켜서 데려갈 거야. 너도 옆에서 도와."

베티는 빠르게 말하고는 문을 열었다. 알렉스는 보이지 않았다. 낮은 침상이 네 개 있고, 체구가 작은 노인과 눈알이 돌출된 중년 남자가 왼쪽 벽에 붙은 침대를 하나씩 차지하고 누워 있었다. 둘 다 아무 말 없이, 이런 말 하긴 그렇지만, 마치 자의식이 없는 개의 표정을 하고서 유진과 베티를 보았다.

베티와 유진은 문 옆에 있는 침대에 걸터앉아 알렉스를 기다렸다. 십 분쯤 기다리다 베티가 돌출눈의 중년 남자에게 이 침대 주인 어디 갔느냐고 물었다. 돌출눈은 질문을 곱씹는지 감감한 표정이더니 고개를 저었다. 대답하기 귀찮은 게 아니고 행선지를 모른다는 뜻이겠지 싶어 옆 침대에 누운 노인을 보았다. 같은 병실을 쓰니 알 듯도 한데 노인은 베티의 묻는 눈빛만으로 매우 부당한 질문을 받았다는 듯 마른 뺨을 실룩이고는 돌아누웠다.

"벌써 폐쇄병동으로 옮겼나. 원무과에서 아무 말이 없었는데."

베티가 혼잣말하며 침대맡에 있는 사물함을 열었다. 사물함은 비어 있었다. 내 이럴 줄 알았지. 베티가 신경질을 냈다. 노인이 고개를 돌려 베티를 보았다. 돌출눈도 불길한 뭔가를 감지한 양 핏줄이 선 눈알을 굴렸다. 베티가 휭하니 복도로 나갔다. 유진은 베티가 놓고 나간 천가방을 주워 들고 따라 나갔다.

"이게 진짜 미쳤어! 폐쇄병동에 들어가서 뭘 하겠다고."

베티가 복도를 걸어가며 떠들었다. 엘리베이터를 타고 내려와 건물 밖으로 나온 뒤 유진이 폭탄 상태인 베티에게 발언권을 청하듯 손을 들었다.

"누나, 알렉스 형 어떻게 된 거예요? 정말 미친 건 아니지?"

"저기 가서 좀 앉자."

베티가 공원 벤치로 빠르게 걸어가며 말했다. 유진이 앉기를 기다려 베티가 입을 열었다.

"알렉스가 경찰서로 가서 모든 걸 당당히 밝히고 법의 처분을 받겠다는 걸 내가 말렸어. 당당히 밝히는 건 네 자유인데 다른 요원들은 무슨 날벼락이냐고. 디오더 활동을 하게 된 동기에 복수심이 더해진 건 사실이지만, 누군가는 해야 할 일을 한 거잖아. 자청해서 벌을 받아야 할 이유가 없거든. 더럽고 까다로운 청소를 한 게 잘못은 아니잖아."

베티는 힘주어 말하고 수긍을 요구하는 눈빛을 던졌다. 단호한 말투와 달리 베티의 눈빛은 불안했다.

베티는 정말로 살 가치 없는 인간들을 청소한 것이 잘못이라고 생각지 않는 걸까. 그런 인간들이 사라지는 게 사회에 유익하기만 하면, 그 행위는 면죄가 되는 걸까. 지난 몇 달간 유진 스스로 백스물세 번쯤 던졌던 질문이었다. 무엇보다 유진의 마음을 불편하게 했던 건 디 오더의 타깃 선별 기준이었다. 같은 악행을 저질러도 그들은 대개 늙은 사람들만을 삭제 타깃으로 올렸다. 개선의 여지가 적고, 살아가야 할 의미와 보람이 없는 목숨이라는 이유에서였다. 유진은 타깃을 정하는 디 오더의 원칙에 결코 동의하지 않았지만, 제 마음이 진심이었는지는 확신이 서지 않았다.

엄마의 목숨이 은우의 삶보다 귀하지 않다고는 아무도 말하지 않았다. 똑같이 귀하지만 엄마가 양보하는 게 옳다는 말은 형용 모순이었다. 엄마가 귀한 목숨을 선물하고 갔다는 말로 유진을 위로한 사람은 다 위선자거나 거짓말쟁이였다. 의사도 베티도 장기이식센터 직원도 위선을 떨었다. 학교로 돌아와서는 선생님들한테서 그런 허튼소리를 들었다. 그럴 때마다 무수한 감정의 잔가지가 유진의 마음속에서 얽히고, 부딪치고, 부서졌다.

유진은 막판에 엄마의 선택을 인정하고 존중했지만, 엄마의 마음을 백 프로 알았다고 자신할 수는 없었다. 확실한 건 아무것도 없었다. 디 오더도, 이 세계 자체도 무의미하고 무가치하다는 생각이 드는 순간이 있었다. 가끔 그런 생각에 마음을 뺏기긴 해도 유진은 공부를 내려놓거나 하루의 계획표를 건성 건너뛰지 않았다. 한 가지는 확실히 알고 있었다. 정말로 무가치할지도 모르는 이 세계와 삶에 의미와 가치를 불어넣을 수 있는 방법은 하나밖에 없었다. 그건 하루하루의 일상을 스스로 선택하고 수행하면서 자신의 삶의 가치를 찾아가는 거였다. 디 오더의 순명을 수행했던 나무달 카페의 요원들 역시 이런 의문과 고민에서 자유롭지 않았을 것이다. 특히나 현장 작업을 감행했던 알렉스의 입장이라면.

나는 길을 잃었어. 길을 찾아야겠어….

유진은 깜깜한 표정으로 중얼거리던 알렉스를 생각했다. 길을 찾아야겠어… 약간 비음기가 느껴지는 알렉스의 목소리가 귓전에서 먼지처럼 부유하는 느낌이었다. 그는 지금 어디서 어떤 길을 가고 있는 걸까. 유진은 괜히 눈물이 고일 것 같아 설봉산 꼭대기로 먼 눈길을 보냈다. 겨울이 왔는데 설봉산은 한 점의 눈도 이지 않은 채 군데군데 암벽만을 내보이고 있었다. 유진은 깎아지른 암벽이 주랑의 기둥처럼 서 있는 설봉산을 바라보며 늙은이처럼 한숨을 쉬었다. 그 순간 불씨 하나가 탁 켜지는 기분이었다. 불현듯이 찾아든 깨달음이 새의 발자국처럼 유진의 가슴에 찍혔다. 길을 찾는다고 했으니, 그는 말 그대로 길을 찾고 있는 것이다. 그렇지 않은가.

"퇴원하고 한 달쯤 실랑이했어. 뭐에 씐 건지… 감옥에 갈 수 없다면 대신 정신병동에 들어가서 지내겠다고 고집을 부렸어. 어쩔 수 없이 개방병동 선에서 타협을 본 거지. 그런데 저번 면회 왔을 때 폐쇄병동으로 옮기겠다고 하더라고."

베티가 분통이 터진다는 투로 말했다. 사회의 기준선에서 폐쇄병동이 알렉스에게는 스스로 파괴한 윤리의 무덤 같은 곳이었을까. 그래서 신음만 흘리며 숨어 있는 것일까. 궁금증과 걱정이 더해지면서 유진은 배앓이가 시작될 때처럼 몸속 어딘가가 괴로웠다.

"알렉스 형 지금 폐쇄병동에 있는 거 확실해?"

"그렇다니까!"

베티가 고함을 빽 지르고는 바로 덧붙였다.

"모르지, 또. 알렉스가 어디 있는지 그걸 누가 알겠어."

베티가 이상해졌어요,라고 생각하며 유진이 표 나지 않게 고개를 저었다. 미래로병원에서 알렉스를 간병하며 지내는 동안 뭘 잘못 먹었는지 베티는 살이 찌고 감정 기복이 아주 심해졌다.

"누가 알겠냐니, 그게 무슨 말이야? 폐쇄병동에 있긴 있는 거야?"

유진도 톤을 맞춰 목소리를 높였다.

"몰라. 나도 영혼 다 털렸어. 여기 좀 있어. 면회 신청하고 원무과 들렀다 올게."

베티가 천가방을 둘러메며 씩씩하게 말했다. 스스로는 몰랐겠지만 베티의 얼굴에 차라리 홀가분하다는 표정이 슬쩍 얹혔다. 시험을 말아먹고 자포자기한 고딩처럼 걸어가는 베티를 쳐다보다가 유진이 아, 하고 제 머리를 쳤다. 천둥새였다. 이 모든 게 천둥새로 귀결되고 있었다. 아니, 천둥새 신화에서 이 모든 이야기가 흘러나오고 있었다.

천둥새는 몸집이 거대한 독수리였다. 디 오더 게임에서 천둥새는 모든 미션을 깨부수고 사라지지만, 현실의 독수리는 싸움에서 패했을 때 사라진다. 적에게 패하고 상처 입고 세월에 약해진 독수리가 가는 곳은 벼랑 위였다. 독수리는 벼랑 꼭대기에 앉아 부러진 발톱을 갈아서 없애고 튼튼한 발톱이 새로 돋아나길 기다린다고 했다. 튼튼한 새 발톱이 돋아나와 천둥새로 돌아올지 아닐지, 그것은 그의 운명에 달려 있었다. 유진은 막막한 심정으로 하늘을 올려다보았다. 텅 빈 하늘처럼 마음이 허했다.

유진아….

눈꼬리를 적시며 멍하니 서 있던 유진은 그 소리를 들었다. 알렉스의 목소리였다. 환청인가. 유진의 목덜미를 건드리고 지나간 바람 소리였을까. 유진은 벤치에서 일어나 나무숲을 돌아보았다. 병원 건물 주위에 조성된 공원 저편으로 나무숲이 깊숙이 뻗어 있었다. 유진은 공원을 가로질러 나무숲이 울창한 곳으로 걸어갔다.

유진은 걸음을 멈추었다. 저만치, 나무숲 한가운데 그것이 서 있었다. 서 있는 건지 앉아 있는 건지, 아무튼 목을 쭉 빼고 머리를 하늘로 치켜든 모습이 멀리서 보아도 당당하고 위엄 있었다. 유진은 머뭇거리지 않고 독수리를 닮은 괴조를 향해 걸음을 내디뎠다.

"유진아, 그냥 가자. 폐쇄병동은 오늘 면회 시간 지

났단다."

베티가 본관 건물을 뒤로하고 서서 유진을 불렀다. 유진은 못 들은 척 계속해서 앞으로 걸음을 옮겼다. 배롱나무 숲을 지나 3미터가량 거리를 두고 유진은 그것과 대치하듯 섰다. 독수리의 몸에서 풍긴다는 악취는 나지 않았다. 눅눅한 다락방 냄새가 나는 것도 같았다.

당신이 천둥새인가.

유진은 코를 벌름거리며 그것을 가만히 쳐다보았다. 그래, 그럴 것이다. 천둥새는 황장목 옆에서 어깻죽지가 치켜 올라간 날개를 몸통 옆에 차분히 내리고 유진을 보았다. 눈길이 차갑고 고요했다. 깃털은 썩은 나무껍질처럼 거칠고 더러웠고, 그럼에도 아름다웠다. 유진은 바람에 미세하게 흔들리는 깃털을 쓰다듬어 보고 싶었다.

유진이 걸음을 떼는 순간 휘익 소리와 함께 천둥새가 날아올랐다. 새는 큰 덩치로 공중을 한 바퀴 빠르게 돌고 다시 위로 솟구쳐서는 하늘에 원을 그리며 천천히 날았다. 멋있다… 생각하며 바라보는데 천천히 선회하던 천둥새가 사라졌다. 믿을 수 없이 순식간에. 눈 깜박할 새 온데간데없이 새는 사라졌는데 소리가 들렸다. 천둥새의 울음소리 같기도 하고 개 짖는 소리 같기도 했다. 어딘가에 개가 있는 건지, 개는 없고 숲 너머 저쪽 폐쇄병동에서 누군가가 내는 소리인지, 혼란에 휩싸인 채 유진은 울음을 터뜨렸다. 흐느끼는 소리를 내며 비통하게, 유진은 울었다.

"빨리 가자. 고양이 밥 주러 가야 돼."

나무숲으로 들어온 베티가 배롱나무 밑에 서서 큰 소리로 말했다. 유진은 소매로 눈물을 닦았다. 베티는 뭐라고 투덜거리는 말을 했지만 가까이 오지는 않았다. 유진은 고개를 젖히고 천둥새가 날아갔을 것 같은 설봉산 뒤편 하늘을 바라보았다. 형, 거기 있는 거야? 유진이 작은 소리로 말했다. 유진이 보고 싶어 하는 사람들이 거기 다 있을 것 같았다. 혁명을 꿈꾸었던 체 게바라 아저씨도, 복수심을 감춘 채 정의를 외쳤던 어설픈 알렉스 형도, 은우를 위해 심장을 포기한 엄마도 거기서 유진을 보고 있을 것만 같았다.

기다릴 수 있게 해 줘서 고마워… 알렉스 형!

유진은 엄마와 체 게바라도 차례로 호명해 암호 같은 말을 속삭였다. 그리고 그들이 하고픈 말을 할 수 있도록 잠시 기다렸다.

"유진아, 고양이 밥 주러 가야 된다니까! 하나같이 말도 더럽게 안 들어."

베티가 빽빽 소리를 높였다. 유진은 베티의 속을 뒤집으며 잠시 더 거기서 꾸물거렸다. 숲 위로 날아오른 커다란 새는 돌아오지 않았다. 며칠 뒤 become the order 정식 버전이 출시되었다.

에필로그 — 더 나은 세상

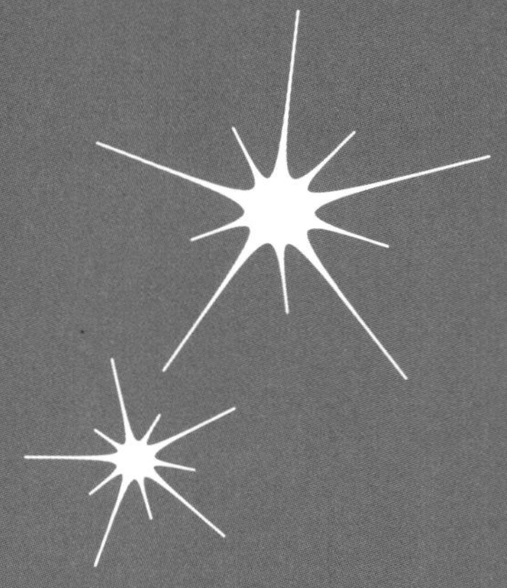

"become the order 해 봤냐? 대박 재밌던데."

1학기 중간고사가 끝나고 오랜만에 편의점에서 노닥거리는 중이었다. 희준이 대박 재밌다고 잘난 척했지만 유진이 아는 한 거짓말이었다. 디 오더 게임이 정식 출시되자마자 유진도 다운받아서 해 봤는데 솔직히 퀄리티 면에서 별로였다. 스펙터클도 그냥 그랬고 대사도 오그라들 정도는 아니지만 유치했다. 캐릭터는 그렇다 치고, 디 오더가 되면 천둥새의 모습으로 변신해 사라진다는 설정 자체가 유저들의 플레이 의욕을 사그라지게 만들었다. 제작자도 알았을 텐데 왜 그렇게 밀고 나갔는지는 시즌2가 나와 봐야 알 것이다. 제작사는 시즌1에서 천둥새로 변신한 유저들은 바로 연이어 출시될 시즌2에서 어마무시한 아이템을 획득할 거라고 광고하고 있었다.

"게임 이야기 그만하고 이거 함 봐봐! 유진아, 우리 이거 같이 해 보자. 팀 공모도 가능하대."

시은이 도르르 말아서 손에 쥐고 있던 포스터를 편의점 테이블에 펼쳤다. '포스트 휴먼 창작 웹툰 공모전' 홍보 포스터로 유진도 마감일을 체크해 놓고 있었다.

"이거 나도 같이하고 싶은데."

희준이 포스터 끝이 말리지 않게 한쪽을 누르며 말했다.

"넌 웹툰 전공할 것도 아니면서 뭐 하러. 유진아, 여기서 입선만 돼도 수시 넣을 때 도움 될 거야."

시은이 희준을 밀어내며 유진에게 말했다. 애들 사이에는 유진이와 팀을 짜면 개이득이라는 말이 돌았다.

"공모 참가하면 자소서 쓸 때 분량 확보용으로 써먹을 수 있거든. 내가 기획은 좀 하잖아."

희준이 말했다.

"둘이 셋이 되면 당선 무게감이 떨어질 거 아냐."

시은이 희준을 나무라고는 유진에게 고개를 돌렸다. 같이 할 거지? 시은이 기대에 차서 미소 지었다. 유진이 자리에서 일어서고 싶은 표정을 지었다.

"너, 나랑 팀 하는 거 싫어?"

시은이 물었다.

"음, 내가 따로 작업하는 게 있어서 그래. 메시지 MZ에 일주일에 서너 컷 올리는데, 포스트 휴먼 주제에 맞는 걸 골라 엮어서 출품할 생각이야."

유진은 솔직히 말했다. 유진의 말 한마디에 분위기

가 가라앉았다. 메시지MZ가 뭔지 시은과 희준도 알고 있었다. 그러나 메시지MZ에 웹툰을 올리는 게 유진의 '디 오더 되기'라는 것은 알지 못했다.

나무달의 디 오더는 해체되고 후원계좌는 닫혔지만, 유진은 메시지MZ에 꾸준히 웹툰을 업로드하고 있었다. 유진이 정한 웹툰의 코너 제목은 '더 나은 세상'이었다. 어젯밤에는 스위핑홀에서 돌아온 수혈옹이 헌혈 독려 테이블을 맡아서 열심인 모습을 그려서 올렸다. 아침에 들어가 보니 헌혈 받아서 먹튀하는 거 아니냐는 글이 베스트 댓글로 올라와 있었다.

지금까지 올린 웹툰 가운데 피드백이 가장 많았던 건 전세금을 내주지 않고 속을 썩였던 뽀글이 아줌마 편이었다. 뽀글이 아줌마가 교내식당 주방에서 대형 솥을 들고 끙끙거리는 그림도 다운로드 수가 많았다. 스무 명도 넘는 사람들이 싸구려 원룸과 반지하와 옥탑방에 얽힌 경험을 풀어놓았고 서로 위로도 하고 욕도 했다. 사람들이 풀어놓는 경험에만 귀를 기울여도 웹툰 소재가 무궁무진 생길 것 같았다.

"메시지MZ? 아직도 그걸 하고 있다고? 유진이 너, 고3이야! 잊었어?"

시은이 목소리를 높였다. 대꾸는 없이 유진이 싱겁게 웃었다.

"고3인 건 잊고 싶어도 못 잊지. 대학입시가 우리 운명의 첫 관문인데 1초도 잊으면 안 되지. 출발이 잘못되면 인생 피곤해져."

희준이 농담기 없이 말했다. 난 이번 시험 망했는데. 시은이 시무룩한 얼굴로 중얼거렸다. 유진이 두 친구를 물끄러미 보다가 입을 열었다.

"디 오더도 마찬가지야. 디 오더는 나한테 운명의 관문 같은 거야."

유진 역시 농담기 없이 말했다.

"디 오더 안 한다고 인생 실패하는 건 아니잖아."

희준이 말했다.

"누구에게나 자신의 삶에 주어진 소명이 있잖아. 메시지MZ에 웹툰을 그려 올리는 건, 내 소명을 다하기 위해서야. 더 나은 세상을 향해 가는 길에 작은 돌멩이 하나 놓는 일이라 여기면서 웹툰을 그려. 일단은 이런 식으로 디 오더의 길을 따라가 보려고 해."

유진은 솔직히, 진심을 담아 말했다. 비밀로 하지 않아도 되는 디 오더도 얼마든지 멋질 수 있다고 유진은 생각했다.

"뜻은 좋은데, 언제까지 그럴 건데?"

희준이 경외심과 비꼬임이 뒤섞인 표정으로 물었다.

"할 수 있는 한 계속하고 싶어. 베티 누나가 길고양이에게 먹이를 주는 것처럼 꾸준히."

유진은 그렇게 더 오더 되기를 실천하고 싶었다. 알렉스에 대한 서운한 마음은 잘 치워 놨다가 돌아왔을 때 따지면 될 거였다. 내일의 자신에게, 내년이나 10년 후의 알렉스에게, 세상의 궤도가 어긋나 준다면 마주치게 될 체 게바라들에게 어떻게 멋있는 말을 걸지도 차츰 알게 될 것이다. 그때 가서는 지금보다 유진은 더 나은 사람이 돼 있을 거니까.

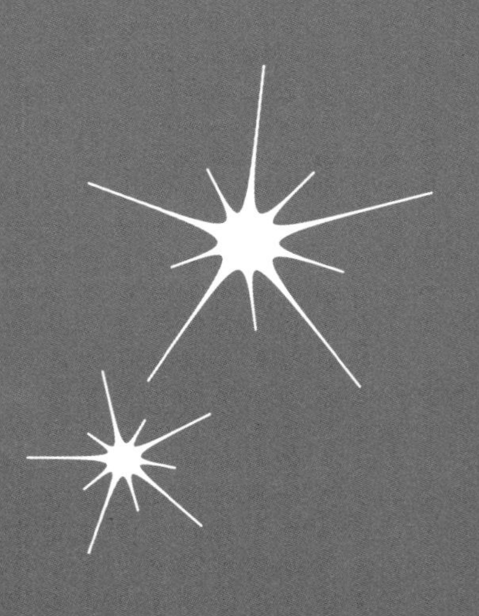

작가의 말

적어도 이보다는 나은 세상을 바라며

하룻밤 새 두 가지 축제가 있었다. 하나는 요산문학제 축제고, 또 다른 하나는 이태원 핼러윈 축제다. 요산김정한창작지원금 수상 시상식을 마치고 밤늦게까지 성대한 뒤풀이를 한 후 집으로 돌아온 날,

시상식에서 받은 두 개의 꽃바구니와 묵직한 상패와 동료 작가들의 선물과 덕담을 방 안에 풀어 놓고 흥감한 기분에 잠시 취했다. 카카오톡으로 날아온 사진을 들여다보다가 열두 시 침대에 들었다. 그리고 새벽 네 시쯤이었나. 꿈도 없이 곤히 잤던 것 같은데 문득 잠이 깼다. 특별히 이상한 덴 없었다. 자주 찾아오는 두통도 없었고, 척추협착증으로 잠자리를 고통스럽게 만

드는 경련도 심하지 않았다. 물을 마시고 화장실에 갔다 와서 다시 누웠다. 밤중에 자다 깨면 보통 금세 잠이 들었다. 이날은 이상하게 잠이 오지 않았다.

가슴이 심하게 두근거렸다. 몸 상태도 나쁘지 않았고, 불시에 나쁜 소식을 전할까 봐 마음 졸이게 하던 부모님도 이제는 돌아가시고 없었다. 두근거릴 이유가 없는데 왜 이러지, 돌연사하려고 이러나. 헛소리를 하며 30분가량 눈을 감고 있다가 일어나 앉았다. 이건 어디선가 내 의식이 깨닫지 못하는 사고가 터졌다는 신호였다. 사람은, 생명을 가진 모든 존재는 존재 자체를 위협하는 사태에 의식적이든 무의식적이든 반응한다. 내가 왜 이러지, 할 때가 그런 때이다.

나는 일어나 앉아 안경을 끼고 휴대폰을 켰다. 어디선가 지진이 일어났는지도 몰라. 무심중에 그런 생각을 했던 것 같다. 그리고 휴대폰 불빛을 뚫고 잘 해독되지 않는 문장을, 어딘가 부러지고 깨진 것 같은 문장을 보았다. 이태원… 핼러윈 압사… 10월 30일 새벽 소방구급 대원들이… 오전 4시… 143명 압사… 20대가 대부분이며… 나도 모르게 눈을 질끈 감았다. 어지러웠다.

현실이 아냐. 악몽을 꾸고 있는 거야… 쿵쿵쿵… 심장 뛰는 소리가… 누군가 불안하고 급박하게 달려오는 소리가 뚝 그쳤다.

축제는 끝났다. 국가는 '이태원 참사 애도 기간'을 선포했다. 책임을 묻지 말고, 분노하지 말고, 묻지도 따지지도 말고 모두 슬픔에 잠긴 채 가만히 있으라고, 아무 잘못도 책임도 없는 국가를 향해 작은 돌멩이조차 던지지 말라고, 근조 없는 검은 눈을 부라린다. 그리하여 축제는 끝났다. 방향을 찾지 못한 분노와 깊은 슬픔, 트라우마가 된 기억이 용암처럼 끓고 있다. 경악과 고통이 시그니처가 된 날,

작가의 말을 쓰기 위해 앉은 나는 작가의 말을 포기한다. 나는 애도한다. '지금은 애도(만)을 해야 하는 시간'이라는 공포에 따른 애도가 아니다. 세상에서 가장 어이없고 허망한 죽음을 맞이한 이들에 대한 애도이며, 그들 앞에 별처럼 펼쳐졌던 날들에 대한 애도이다. 애도는 죽은 자에게 보내는 산 자의 배웅의 의례이며 그들의 죽음에 애통해하는 살아남은 자들을 위한 위로이다. 이 참사가 일어난 세상보다 더 나은 세상을 염

원하는 마음의 간절한 기도다.

이번에 내는 장편소설 『스위핑홀』의 부제가 '더 나은 세상'이다. 처음에 부제를 그렇게 붙였다가 아예 한 장(章)으로 써서 에필로그로 삼았다. 공정, 평등, 정의를 외치는 우렁찬 목소리가 스치고 지나간 자리에서 교묘하게 뻔뻔하게 행해지는 온당치 못한 행위를 까발리고 싶었다. 일테면, 생생하게 들려오는 비명으로 짐작건대 사람이 죽어 나가는 현장일 수도 있는데 신고 전화를 조용히 삼가는 인간을 이 사회에서 삭제해 버리고 싶다는 충동에서 이 소설이 시작되었음을 고백한다. 타인의 고통에 무감한 인간들이 156명이 죽은 현장에서 설정샷 사진을 찍고 인터뷰를 하며 웃는 세상이다.

적어도 이보다는 나은 세상을 바란다. 이 같은 비극이 반복되지 않도록, 망각되지 않도록, 용납할 수 없는 일은 용납하지 않도록, 각자의 삶에 주어진 소명에 대해 생각하고 따로 또 같이 행동하기를 소망한다.

소설 『스위핑홀』을 쓰는 동안 행복했고, 힘들었다. 민폐 덩어리 악당을 향해 혼자 떠들고, 유진의 통쾌한 활극에 혼자 웃고, 알렉스의 슬픔에 과도하게 몰입해 휘청거리고, 어린 친구에게 생명을 선물하고 떠난 미홍에게 연민하며 디 오더(The Order)와 함께했다. 소설은, 그러니까 세상에 대한 내 애도의 방식이다.

2022년 11월

안지숙

스위핑홀

2022년 11월 28일 초판 1쇄 펴냄
2022년 12월 30일 2판 1쇄 펴냄

지은이 안지숙
펴낸이 김성규
편집 김안녕 김도현
디자인 신아영
펴낸곳 걷는사람
주소 서울 마포구 월드컵로16길 51 서교자이빌 304호
전화 02 323 2602
팩스 02 323 2603
등록 2016년 11월 18일 제25100-2016-000083호

ISBN 979-11-92333-40-3 03810

* 이 도서는 한국출판문화산업진흥원의 '2022년 우수출판콘텐츠 제작 지원' 사업 선정작입니다.